眼撷花』文丛

野莽 主编

拐弯的地方叫堤角

刘益善 著

中国言实出版社

图书在版编目（CIP）数据

拐弯的地方叫堤角 / 刘益善著 . -- 北京 : 中国言实出版社, 2019.10
（“锐眼撷花”文丛 / 野莽主编）
ISBN 978-7-5171-3205-9

Ⅰ . ①拐… Ⅱ . ①刘… Ⅲ . ①中篇小说—小说集—中国—当代②短篇小说—小说集—中国—当代 Ⅳ . ① I247.7

中国版本图书馆 CIP 数据核字（2019）第 210242 号

出 版 人：王昕朋
总 监 制：朱艳华
责任编辑：丰雪飞
责任校对：史会美
出版统筹：胡　明
责任印制：佟贵兆
封面设计：竹　子

出版发行　中国言实出版社
地　址：北京市朝阳区北苑路 180 号加利大厦 5 号楼 105 室
邮　编：100101
编辑部：北京市海淀区北太平庄路甲 1 号
邮　编：100088
电　话：64924853（总编室）　64924716（发行部）
网　址：www.zgyscbs.cn
E-mail：zgyscbs@263.net

经　销　新华书店
印　刷　北京中科印刷有限公司
版　次　2020 年 1 月第 1 版　2020 年 1 月第 1 次印刷
规　格　880 毫米 ×1230 毫米　1/32　9.75 印张
字　数　200 千字
定　价　39.80 元　ISBN 978-7-5171-3205-9

山花为什么这样红

——『锐眼撷花』文丛总序

在花开的日子用短句送别一株远方的落花，这是诗人吟于三月的葬花词，因这株落花最初是诗人和诗评家。小说家不这样，小说家要用他生前所钟爱的方式让他继续生在生前。我从很多的送别文章里也像他撷花一样，选出十位情深的作者，自然首先是我，将他生前一粒一粒摩挲过的文字结集成一套书，以此来作别样的纪念。

这套书的名字叫“锐眼撷花”，锐是何锐，花是《山花》。如陆游说，开在驿外断桥边的这株花儿多年来寂寞无主，上世纪末的一个风雨黄昏是经了他的全新改版，方才蜚声海内，原因乃在他用好的眼力，将好的作家的好的作品不断引进这本一天天变好的文学期刊。

回溯多年前，他正半夜三更催着我们写个好稿子的时候，我曾写过一次对他的印象，当时是好笑的，不料多年后却把一位名叫陈绍陟的资深牙医读得哭了。这位牙医自然也是余华式的诗人和作家：

“野莽所写的这人前天躺到了冰冷的水晶棺材里，一会儿就要火化了……在这个时候，我读到这些文字，这的确就是他，这些故事让人忍不住发笑，也忍不住落泪……阿弥陀佛！”“他把荣誉和骄傲都给了别人，把沉默给了自己，乐此不疲。他走了，人们发现他是那么的不容易，那么的有趣，那么的可爱。”

水晶棺材是牙医兼诗人为他镶嵌的童话。他的学生谢挺则用了纪实体：“一位殡仪工人扛来一副亮锃锃的不锈钢担架，我们四人将何老师的遗体抬上担架，抬出重症监护室，抬进电梯，抬上殡仪车。”另一名学生李晁接着叙述：“没想到，最后抬何老师一程的是寂荡老师、谢挺老师和我。谢老师说，这是缘。”

我想起八十三年前的上海，抬着鲁迅的棺材去往万国公墓的胡风、巴金、聂绀弩和萧军们。

他当然不是鲁迅，当今之世，谁又是呢？然而他们一定有着何其相似乃尔的珍稀的品质，诸如奉献与牺牲，还有冰冷的外壳里面那一腔烈火般疯狂的热情。同样地，抬棺者一定也有着胡风们的忠诚。

一方高原、边塞、以阳光缺少为域名、当年李白被流放而未达的，历史上曾经有个叫夜郎国的僻壤，一位只会编稿的老爷子驾鹤西去，悲恸者虽不比追随演艺明星的亿万粉丝更多，但一个足以顶一万个。如此换算下来，这在全民娱乐时代已是传奇。

这人一生不知何为娱乐，也未曾有过娱乐，抑或说他的娱乐是不舍昼夜地用含糊不清的男低音催促着被他看上的作家给他写稿子，写好稿子。催来了好稿子反复品咂，逢人就夸，凌晨便凌晨，半夜便半夜，随后迫不及待地编发进他执掌的新刊。

这个世界原来还有这等可乐的事。在没有网络之前，在有了文学之后，书籍和期刊不知何时已成为写作者们的驿站，这群人暗怀托孤的悲壮，将灵魂寄存于此，让肉身继续旅行。而他为自己私定的终身，正是断桥边永远寂寞的驿站长。

他有着别人所无的招魂术，点将台前所向披靡，被他盯上并登记在册者，几乎不会成为漏网之鱼。他真有一双锐眼，撷的也真是一朵朵好花，这些花儿甫一绽放，转眼便被选载，被收录，被上榜，被佳评，被奖赏，被改编成电影和电视，被译成多种文字传播于全世界。

人问文坛何为名编，明白人想一想会如此回答，所谓名编者，往往不会在有名的期刊和出版社里倚重门面坐享其成，而会仗着一己之力，使原本无名的社刊变得赫赫有名，让人闻香下马并给他而不给别人留下一件件优秀的作品。

时下文坛，这样的角色舍何锐其谁?

人又思量着，假使这位撷花使者年少时没有从四川天府去往贵州偏隅，却来到得天独厚的皇城根下，在这悠长的半个世纪里，他已浸淫出一座怎样的花园。

在重要的日子里纪念作家和诗人，常常会忘了背后一些使其成为作家和诗人的人。说是作嫁的裁缝，其实也像拉船的纤夫，他们时而在前拖拽着，时而在后推搡着，文学的船队就这样在逆水的河滩上艰难行进，把他们累得狼狈不堪。

没有这号人物的献身，多少只小船会搁浅在它们本没打算留在的滩头。

我想起有一年的秋天，这人从北京的王府井书店抱了一摞西书出来，和我进一家店里吃有脸的鲽鱼，还喝他从贵州带来的茅台酒。因他比我年长十岁，我就喝了酒说，我从鲁迅那里知道，诗人死了上帝要请去吃糖果，你若是到了那一天，我将为你编一套书。

此前我为他出版过一套“黄果树”丛书，名出支持《山花》的集团；一套“走遍中国”丛书，源于《山花》开创的栏目。他笑着看我，相信了我不是玩笑。他的笑没有声音，只把双唇向两边拉开，让人看出一种宽阔的幸福。

现在，我和我的朋友们正在履行着这件重大的事，我们以这种方式纪念一具倒下的先驱，同时也鼓舞一批身后的来者。唯愿我们在梦中还能听到那个低沉而短促的声音，它以夜半三更的电话铃声唤醒我们，天亮了再写个好稿子。

兴许他们一生没有太多的著作，他们的著作著在我们的著作中，他们为文学所做的奉献，不是每一个写作者都愿做和能做到的。

有良心的写作者大抵会同意我的说法，而文学首先得有良心。

野莽

2019年9月

目 录

河子驼

一百八十七一百八十八一百八十九一百九十…… 河子嘴巴嘟囔着吐出一长串数字，中间不留标点。面对着绿茵茵的瓜叶，粗壮扭曲的瓜藤，藏在藤叶间圆溜溜带黑条纹的西瓜，河子微微喘息着。看不见太阳和云彩，要看就得把颈子朝后狠狠地仰起来。他只觉太阳在辣辣地烤着腰脊，衬衣又滑落到背上去了。五六月的天气就这么热，这一地的西瓜会有个好价钱的。

两百四十一两百四十二…… 河子一边嘟囔着一边把西瓜翻动着放平，把这些玩意放平躺得舒服些。汗水从头发根里冒出来，吧嗒在瓜叶上，腰脊酸痛得厉害，头就昏眩起来，一地的西瓜变成了恶狠狠的绿色眼睛。河子哼了一声，想直起腰，就在用力的一刹，腰脊剧痛，他终于没能直起来，就转头朝地头的瓜棚里奔去。

金水河从地头擦身而过往南流着，土黄色的河水翻起咕咕的泡浪，这哪是条温顺的河？娘怀他九个月挺着肚子下河洗衣，把他生在河边，他就叫河子。

西瓜地头有四根离地三尺多高的柱子，柱子上搁着两块旧门板，门板上盖间小棚子。河子扒住门板把身子一耸，进了瓜棚。河子坐在门板上，直起上半截腰，看清瓜地那头的村子，村子里有炊烟漫不经心地袅起，是到了做午饭的时候了。河子车过脸凝望着身边的河，停了喘息。这河是长江的一条支流，从金口镇边经过，就哗啦啦来这儿了。前方有个拐子湾，留一处鼓肚，河水在鼓肚处变得湍急，鼓肚像条鳊鱼，人们叫鳊鱼潭。鳊鱼潭河段岸陡水深，是个巨大的阴谋之处。

腰痛稍减轻了些，河子看着瓜地，这一季大约又可弄个几百块钱。眼前这一地的西瓜，还不知是祸是福。瓜地北邻是结巴三爷的地，南邻是大奈的地。大奈的两亩地瓜藤如癞痢毛，这地又丢了，河子狠狠地呸了一口。结巴三爷的三亩地，瓜藤茂盛墨绿，就是没几个西瓜。邻居的瓜地不行，河子的瓜地再好，终不会有好结果的。河子一阵寒心，心里绞痛起来，又车过脸凝望河水。

太阳照在河面，发出刺眼的光。这河像条鞭子，抽得河子身上流血；这河是长江伸出的一个小指头，鳊鱼潭是小指头的指拇肚。这是谁的小指头？为什么跟我河子过不去？小指头轻轻地一按，河子就像只蚂蚁，被按得粉身碎骨了。

望着鳊鱼潭的方向，河子在心里喊："菊菊，菊菊哟——"一百二十三一百二十四一百二十五……一样的频率一样的不间歇地数瓜，菊菊的声音脆脆的，像唱歌一样好听。两家的瓜地，河子在这边默默地数瓜翻瓜，菊菊在那边出声地数瓜翻瓜，大奈家的瓜地，没人过问。

河子说："大奈呢？"

菊菊答："哪个晓得他？肯定又到哪里赶赌去了！再输，只能卖婆娘娃子了！他婆娘又生了一对双胞胎咧，三个娃子了，乡里罚他超生款一千六百块！"

"真是！"河子叹口气，"菊菊，把那瓜蒂掰了！"

“哎呀，这就要长成个瓜了！”菊菊舍不得。

“掰掉，听我的！这瓜和人也是一样的理，优生优育，舍不得掰掉过多的瓜蒂，就收不到十几二十斤的西瓜啰！”

菊菊笑了：“嘿，看不出来，没媳妇的小伙子，还蛮清楚优生优育咧！”

“你也要学学嘛！”

“看我不撕烂你的臭嘴，没大没小的，我是你姑姑咧！”菊菊脸通红。

“好，姑姑，我夜里听到你在树上咕咕叫！”河子打趣说。

“你要遭天雷打的！”菊菊并没有生气，停了一刻，她自言自语，“我为么是你的姑姑呢？”

河子说：“隔八丈远，你们大房跟我们二房这两系人，早超过了五代人，有什么关系？”

菊菊的两只眼里有火光闪动，那光如电朝河子射来，使河子身上热起来。河子伸直腰，好标致结实的一个小伙子。

菊菊说了声：“我爹来了！”河子朝地头看去，结巴三爷提只茶壶走来。

“三爷，给菊菊送茶来了，好呀，我也喝一口吧！”河子是从不喊菊菊姑姑的，菊菊比他还小两岁。

“来喝一气吧，河子，你这一地西瓜被你盘得真惹人爱、爱、爱的！”结巴三爷结巴了几句。结巴三爷把瓦壶放在地头，对菊菊喊了声，就回头走了。菊菊望望河子，河子与菊菊一起朝地头的瓜棚走去。

河子的姐姐在城里教书，姐夫出国援建去了，两个小外甥没人带，姐姐把娘接到城里帮忙。河子一人在家种地，到农忙和西瓜上市时，娘才从城里回来，给河子送饭洗衣，替换河子看守瓜地。

太阳当顶，河子从瓜棚里溜下来，该回屋做饭吃了。眼下瓜没有熟，不必担心别人来偷。娘要一个月后才能回来。河子躬着腰，慢慢地朝村里走。

村小学放午学了。

“河子驼，河子驼，河子两头无着落！”

“河子河子九十度，脑壳大来屁股瘦！”

一群小把戏在河子身后唱起来，河子像挨了一刀，想伸直腰来揍这些小王八蛋，腰脊一用力，却是剧痛。他浑身血往外涌，他在心里大声呼喊：“我要伸腰！我要伸腰！”眼泪从眼眶里冒出来。他咬紧了牙关，赶忙跑回屋，关起了大门。

几天没见大奈，大奈变了个人形，脸上黑瘦，两眼布满血丝，头发蓬乱胡子拉碴的。地头瓜棚里，大奈找到河子。

“河子兄弟，救救大哥吧！你嫂子坐月子，家里穷得叮当响，借我三百块钱，我给你嫂子买点补品！”大奈可怜巴巴的样子。

“大奈哥，你这地里西瓜长得稀稀拉拉的，你也不来侍弄，这些时你到哪里去了？钱，我下午到信用社取回，晚上给你送去，好吗？”河子说。

“别听他的话，赌黑了脸输红了眼，他哪是借钱给媳妇买补品？分明又是找本去赶赌。河子，别借给他，借了钱你是害了他！”菊菊不知什么时候站在瓜棚边，气呼呼地说。大奈和菊菊是一房，他俩隔得亲，菊菊是大奈的真姑姑。

“哎，我的好小姑，我再决不赌了，真的是给孩子的妈买点补品。河子兄弟，就借点吧，三百块没有，就先借我一百块吧！”大奈狠狠地瞪了菊菊一眼，在河子面前还是低声下气的。

河子说：“大奈哥，改了吧，再不要去赌了，你还有家，你还有三个娃儿，朝孩子看吧！把西瓜好生侍弄一下，也能换些钱补贴家用！这地糟蹋了可惜。”

河子跟大奈回村，把屋里的一百块现金给了大奈，大奈千恩万谢地去了。

河子回到瓜地。

菊菊问：“你给了？”

河子答：“给了一百块，屋里只这么多，没去信用社取。”

菊菊生气了：“你这一百块钱，算是扔到金水河里打水漂了！不到半天，他要输得精光的！”

菊菊的话真灵，真的不到半天，下午五点钟左右，大奈又摇摇晃晃地到瓜棚里找河子。这回大奈就实话实说了。

“河子兄弟，再借我三百块吧！上午那一百块，我又输了，真他妈晦气。我输得太惨了，可怜我吧，兄弟，我要赶本，我要把我输的钱赢回来，赢回来我就再也不赌了，我好好跟你学种西瓜哟！”大奈说得眼泪巴巴的。

菊菊在瓜地里看见大奈来了，就知道不是好事，忙赶过来。听了大奈的话，菊菊怒火冒起来，狠狠地看着大奈。

大奈见了菊菊，忙笑着招呼：“小姑，你忙呀，你家的瓜地今年看样子不错，好收成，好收成！”

菊菊叫着：“你少跟我来这一套，你个不知羞耻的东西、赌棍，你还好意思伸手吗？河子种瓜辛辛苦苦的血汗钱，能叫你拿去输吗？你那个赌窟窿是个无底洞。河子，你要再借他一分钱，你就不是人！你这不是帮他，你是害他！”

河子说：“他拿我的钱去赌博，我当然不借了。大奈哥，你怎么是这样个人呢？人要讲点脸面，全村人哪个不说你，不走正路，赌场要把你吞了的！”

菊菊吼起来：“滚！快点滚！”

大奈突然抬起凶狠狠的眼睛，朝菊菊骂道：“你个小骚娘们，这事与你什么相干，输的不是你的钱，老子又不是找你借。以为我不晓得你们俩勾勾搭搭的，这是乱伦，家法不容的，哪有做姑姑的跟侄儿乱搞？看老子不张扬出去，你跟老子小心点！”

“啪！啪！”河子跳起来，抡起胳膊，狠狠地抽了大奈两个耳光，打得大奈身子一歪，倒在地头，压坏了一片瓜藤。菊菊捂着脸，气得哭着跑回村里去了。

大奈从地上爬起来，眼露凶光，瞪着河子：“好，你狗日的好狠，不就是几个臭钱吗？你有钱，你住三间宽敞的瓦房，老子还住茅屋，这不公平！你有钱，就不怕再来一次土改吗？借老子几个，对你狗日的有好处哩！这是共产党领导的新社会，人人都会有饭吃的！好哇，你打了老子，记住你狗日的和那小骚娘们的丑事，老子有一天就抖出来，叫你死无葬身之地！”

河子抱着胳膊，听大奈嘟嘟囔囔骂了半天。河子捋起胳膊准备再揍，大奈吓得一溜烟跑了。

屋门关起来了，孩子们的叫声关在屋外。河子无心做饭，趴在床上用被单蒙了头，号啕大哭起来。屈辱，歧视，肉体的痛苦和精神的痛苦，使得河子忍受不了，他想了结自己卑微丑陋的身躯，想冲进鳊鱼潭追随菊菊而去。但是河子又不死心，难道就这么忍了，窝窝囊囊地去死吗，谁为自己洗刷名誉？河子的父亲在那一年糊糊涂涂地在一场乡间武斗中被打死，母亲带着河子和姐姐苦熬到今日。姐姐上了师范学校，进城当了教师。河子高中毕业，没能考上大学，在家务农。毕竟读过一场中学呢，怎能这么轻易自贱，就是死，也应死个清楚明白。这成了九十度直角的腰肢，不伸直，不伸直成一个堂堂正正的男儿，死了就不值得。难道叫那些背书包的小把戏总是记得“河子河子九十度，脑壳大来屁股瘦”吗？

河子清醒了些，掀开被子，用拳擦干眼泪，站起身来。他的腰直不了，但他的双腿是直的，他要站着。自从出事后，娘就留在他身边陪着他，浆洗做饭，河子又种了这一季西瓜。看到姐姐在城里带着两个外甥实在难，河子又把娘打发到姐姐家去帮忙。

娘走时说：“儿啊，没做亏心事，腰不直人直，你要挺得住哩！”河子记住白发苍苍的娘的话，娘在苦难中挺了二十年，河子一定要挺住，他是男子汉。

晚风习习，瓜棚的夜是凉爽的。河子坐在瓜棚里，听金水河从身边流过，流到鳊鱼潭发出哗哗的声响。瓜地里飘来西瓜熟透的甜香味，沁人肺腑。夏日这夜，满天星子灿烂着，引起人们的许多遐想。河子吃过晚饭，洗了澡，拿只口琴，吹着支“十八岁的哥哥坐在河边”的曲子。风吹琴音飘洒，乡间的夏夜幽深温情。

河子在这边瓜地里吹着口琴，那边瓜棚里有女声接过去唱起来，听声音是菊菊，今日怎么菊菊也来守瓜地？歌声甜甜的软软的，有些发颤。

一曲终了，菊菊说：“再吹！”

河子说：“吹什么？”

菊菊说：“《十五的月亮》。”

吹了一会唱了一会。河子说："今天怎么让你来看瓜？女孩子家，不怕吗？"

菊菊说："怕什么？不是有十八岁的哥哥坐在河边吗？"

河子不作声了。

夜又静下来。一会，菊菊喊："河子，我怕！"

河子说："莫怕，不是有我吗？你怕什么！"

菊菊说："我还是怕，我怕那东西！"

"么东西？"

"我也说不上，我就怕嘛，我到你那里去！"

"你别来，千万别来！"声音颤颤的。

"我要嘛。"那边瓜棚里有个黑影朝这边跑来。

夜静静的，瓜地静静的，只有河水在哗哗地响着。"河子，亲亲我！"话没说完，暖暖的发颤的身子就偎过来。闻到女人的发香，透着薄薄的绸衫，触得到丰满柔软的肉体。

有过一阵眩晕，河子颤颤地推开菊菊，"别胡来，你是我的姑姑！"

"什么姑姑？我们相隔十代八代，早出五服了，这不是你说的吗？"菊菊又偎过来。

河子有点经受不了啦！夜色中，他看到菊菊两颗星子般的眼睛在放光，似乎看到菊菊激跳的心。河子伸手抚摸着菊菊润滑的发丝，叹口气："你为么事（方言：为什么）要是我的姑姑呢？"突然，河子一把搂过菊菊的腰肢，嘴唇贴上菊菊丰满的嘴唇，狂吻起来。两人的气息急迫起来，就这样吧！世界啊，生活啊，就这样吧！永远这样，一辈子这样！不要动。

夜色渐渐深了。

突然，河子感到有什么响动，忙推开晕乎乎的菊菊。已经迟了，只听一声粗哑的呼叫："捉奸啦，侄子和姑姑在瓜棚里搂着睡觉呀！快拿双，拿双！"

听得出，这是大奈的嗓音。河子心里一怔，忙对菊菊说："快跑！"

没来得及，两个人早上前扭住了菊菊。这两个人不是本村的，菊菊看清，他们是附近村里的赌徒，和大奈是一路货色。

河子听了大奈的呼叫，大骂着："放你妈的屁，不许你败坏菊菊的名声，人家可是大姑娘！"

大奈哼哼冷笑起来："什么大姑娘？河子，别他妈的正经啦，老子早晓得你们有一手，今天落在老子们的手里，看你怎么说？"大奈边说边用手中电筒乱照。

河子看到两个歪头斜眼的家伙扭着菊菊，腿子故意朝菊菊的屁股上大腿边抵着擦着，菊菊在他们手里痛苦地挣扎着。河子一声怒吼，一下冲撞过来，一拳击中一个家伙的下巴，那家伙痛得嗷嗷直叫。趁被击中的家伙松了手，菊菊扭头朝另一个家伙撞去，撞得另一个家伙号叫着倒地。菊菊挣脱了手，慌不择路，朝河滩边冲去。

河子见了，头脑立即清醒，大叫："菊菊，不要……"后面的话还没喊出声，头上挨了大奈重重的一手电筒。另外两个家伙也赶上前，几拳几脚，把河子打倒在地，河子昏死过去。

大奈喊："快，快抓住那个骚娘们！"

河滩那边，只有扑通一声水响，马上就没动静了，金水河依旧发出有节奏的哗哗声。

河子瓜地里的西瓜，立刻被稀里哗啦装进几只大麻袋，瓜藤扯断了，瓜叶抓掉了，瓜地被踩得一塌糊涂，大奈原来是带着两个输红了眼的赌徒来偷瓜，没想到这下子一举两得。

河子躬着腰在灶间做午饭，饭好后草草地吃了两碗，锁上门。河子寻条僻静的屋巷，匆匆地穿过村子到西瓜地去，他不愿那些无知幼稚的娃子们用天真的鞭子抽他。他是个弯腰九十度的怪物，他只能躬着九十度的腰走路。

河子耸身揪上了地头的瓜棚，躺在门板的破席子上。当他躺着时，他的腿只能高高地跷起来。中午时分，地里没有人。如今的农民也有睡午觉的习惯。河子躺在席子上闭起眼，想认真地睡一觉，但金水河的流水在鳊鱼潭激起的回声，使他久久难以入眠。

菊菊的尸体是在第二天上午发现的，尸体泡了一夜，已经有些臃肿了。菊菊头发散乱，两眼朝天瞪着，却没有光彩。结巴三爷和菊菊的几个堂叔伯弟兄沿着金水河下游找，在离鳊鱼潭十多里的一处河滩上找到了她。结巴三爷和菊菊娘哭得很伤心，大房的族中媳妇妯娌号叫得震天响，一群男子拳头握得直冒火星。

奇耻大辱呀！奇耻大辱呀！

大奈跳起脚来叫骂："是河子这个王八蛋干的，是他要强奸菊菊姑姑，菊菊姑姑才跳的河。要河子抵命，要河子垫棺材底！"

大奈叫骂得正上劲，结巴三爷却赶上前甩了他一个耳光，打得大奈莫名其妙。结巴三爷低声吼着："你狗日的胡说，这事不要你插言，老子自有老子的办法！"

菊菊的几个堂叔伯弟兄也瞪着牛眼睛盯大奈，大奈吓得连忙闭了嘴。

河子娘哭天抢地，屋里已被大房的一群人砸得稀巴烂。神条上的座钟打了，桌子上的收音机电视机也打了，做饭的锅掀了，碗柜里的碗变成了一堆瓷片。河子娘哭着说：“儿呀，你，你怎么恁糊涂哇？”

河子扶住娘说：“娘，你放心，菊菊不是我害死的，儿不是那种糊涂人！”

河子家属于族里的二房，二房里的人少势弱，见菊菊已经死了，河子屋里也被砸了，大家只好把河子娘劝住，想把她劝走。河子娘哪里肯听：“我的河子儿，我死也要跟他死在一起。结巴三爷，你要明察秋毫哟，不要冤枉好人。菊菊妹子哟，你怎就这样糊涂呢？你这一死，害了我的河子儿哟！”

二房里的人望着大房里的人都是凶相毕露的，想着这件事非同小可，搞得不好又要出人命。有胆子壮的人就说：“结巴三爷，这事要弄清楚啊，量刑要适当，这是人命关天的事，出了人命都不好！是不是叫派出所的人来出面解决？！”

结巴三爷正在伤心头上，吼了那人一声：“走你们的吧。这里不要你们管，不会再、再、再出人命的。我们用家法，私了、了、了，不要派出所的人来管。”

二房里的人无话可说，只有把河子娘架走了。河子娘沙哑了嗓子：“你们不要害了我的儿子，你们不要害了我的儿子啊！河子娘被人一架走，结巴三爷把女人们和其他闲杂人都轰走，把大门一关。门外围了不少看热闹的人，有的叹息有的摇头，这都是些外姓人家，他们插不上言的。

菊菊直挺挺地躺在河子家的堂屋里，尸体放在两只长凳搁起的床板上。河子站在尸体边，望着菊菊发呆。你不该朝河边跑的，菊菊，只怪我没来得及喊出声来。大奈，你这个狗东西，我哪里对你不起，你不该这么存心害人的。如今人也死了，还有什么可说的，反正我是清白的，我没做过亏心事。菊菊，你死得太不值得了啊，你何必要往河边跑呢？怪我，怪我当时心慌，我不该叫你跑啊！我们不应该跑，我们没做什么亏心事，大奈这狗东西能吃了我们？迟了，后悔已经迟了。

这边几个人商定了惩治的办法，菊菊的几个堂叔伯弟兄，与大奈准备动手了。结巴三爷问河子："河子，你你你这个丧天良的东西，还有么么么子话说，你害死了你姑姑！"

"不是我害死了她，我没有害她，是大奈害的她！"河子分辩着说，说着竟呜呜地哭了。

大奈听了河子的话，慌忙跑上前，对着河子的屁股踢一脚。"放你娘的狗屁，明明是你做坏事，害死了菊菊，你狗日的还反咬起我来了！"

菊菊的几个堂叔伯兄弟不耐烦了："少啰唆，动手吧，叫这王八蛋尝尝厉害。"

河子立即被两个人抓住，堂屋里地上埋了两根柱子，柱子中间架一根横梁。河子被拖到横梁边，河子身子朝前被人按在横梁上，腰脊正好弯在上面。其余的人把河子的两只手两只脚分别绑上了一块大土砖。这样，河子不能动了，成了个弯腰九十度的形状，朝着菊菊鞠着躬。为着你的死，菊菊，我该给你鞠这个躬的。可是河子没有想到，他的这个躬要永远地鞠下去，这是个耻辱的标记，这是个罪人的标记。

河子虽然手脚与腰肢被固定不能活动了，就这个样子，短期内还可以忍受得了。哪知这时有人叫道："加码，叫这狗日的开叫！"

大奈听了命令，一马当先，往河子的背脊上压了两块土砖。乡间的土砖，一块有二三十斤重。两块砖加上去，河子不叫，接着又加了两块，四块砖有近百斤了。河子立时感到腰脊剧痛，豆大的汗粒从脸上滴落下来。这时河子想叫，却叫不出声来。河子的脸开始变白，接着变黄变乌。有人喊：“再加两块！”大奈正要搬砖，被结巴三爷喝止住了，另两块砖才没加上来。

河子疼痛难忍，双眼发黑。大奈站在河子身后骂道：“狗日的东西，种几亩西瓜有几个臭钱，就大眼充人了。老子早知道你没好下场的，求你借老子几个钱，你舍不得。好啊，现在用你那几个钱去买棺材吧！”大奈说完，冷不防照河子屁股踹一脚，河子身子一抖，只听腰脊处叭的一声，人就昏死过去。

大奈提了桶凉水，朝河子的腰背处淋下来，河子被冷水刺激得又醒过来。这时，河子的腰脊处已经没有了感觉，完全麻木。大奈又踢起河子的屁股，河子没法还击。

夜已经深了，村里的鸡已经叫了头遍。河子昏昏沉沉，似醒非醒。娘啊，你现在怎么样了？姐姐，你知道弟弟现在受的折磨吗？娘，不要担心儿子，儿子没有罪，儿子死不了，儿子一定要活下去，要洗刷这个耻辱。昏昏沉沉地想，又昏昏沉沉地麻木了。河子觉得生命在下沉，已经离开了自己的躯壳，在沉，沉向一片深渊。是哪儿，这是哪儿？是鳊鱼潭，是鳊鱼潭。菊菊，菊菊，我来救你了，你不要怕，快抓住我。抓住了，菊菊抓住了河子的手，把身子偎过来，偎过来，河子透不过气了。哎呀，这是什么，牛头马面，小鬼判官，张牙舞爪，拿着铁链锁人，举着鞭子抽人。怎么大奈也在这里，和大奈一起的两个赌徒也在这里，还有菊菊的几个堂叔伯弟兄也在这里。这群人鬼张着血盆大口，狰狞怕人，走过来了，走过来了。菊菊快跑，菊菊快跑！怎么，菊菊呢？菊菊不见了，菊菊死了，河子也死了。

一桶凉水又浇活了河子，外面，天已经亮了。

河子躺在瓜棚的席子上，高跷着两条腿，鳊鱼潭哗哗的回流声，使他一直不能入睡。干脆坐起来，望着他的西瓜地。河子是以坚韧的毅力活过来的，又种上了西瓜。金水河这一带，过去很少有种西瓜的习惯。河子跟一个河南人做助手，剽学了河南人种西瓜的手艺。河子在村里种起了西瓜，得益不少。菊菊跟他学，也种起瓜来。大奈向他学，也种西瓜，种了西瓜又去赶赌，没人管理，当然也就一无所获。菊菊死了，结巴三爷今年还种，河子当然不去指导了。结巴三爷顶着日头在地里躬腰忙着，看着结巴三爷那一地的肥瓜藤，西瓜却很少，河子心里不是个滋味。活该，没有河子指点，你的瓜想丰收吗？结巴三爷一个人在地里劳而无功，河子心里又有点不安。

这时，结巴三爷刚好从瓜地里伸起腰，眼光朝河子的瓜地这边看过来，看到坐在瓜棚里的河子，结巴三爷赶忙把眼光收回去，又躬腰忙自己的。结巴三爷也是可怜人，两个女儿，大女儿出嫁走了，小女儿又死了，如今只剩老两口种地，日子也很艰难。结巴三爷每逢遇到躬着腰的河子，都要弯路走。哼，良心上过不去了。河子在心里咒着。

屋门被人拍得啪啪响，一个威严的声音叫着："开门！"河子手脚被绑得不能动弹，人被折磨得差不多了。辛苦了一夜的大奈听了这声音一惊。屋门还在响，菊菊的堂叔伯弟兄们面面相觑，结巴三爷迷迷糊糊地起身，打开了大门。

老八爹进来了，叉着腰，身后是二房里的人。老八爹是村支书，是全族最有威望的人，他本是大房里的人，但因为是干部，所以大房二房的人都服他。

老八爹，你昨天到哪里去了呢？你来迟了啊！

老八爹看了看堂屋里的情形，脸色铁青，吼道："还有王法没有？快放人！"

大奈与另两个小年轻忙把河子背上的土砖搬下来，把手脚上的绳子都解了。老八爹还在骂："狗东西的，你们的胆子还不小咧，私设公堂咧，我才出去两天，村里就出这大的事，村长呢？"其实村长早躲了，村长是外姓人，不敢管这种事情。

大奈颤抖着走到老八爹身边说："八爹哟，这件事不能怪我，是他们，是他们要这样的！"

老八爹骂着："狗改不了吃屎，你那壶我晓得，这上派出所坐牢只有你去了。你这狗日的东西，赌博偷盗诬陷，婆娘娃儿都不顾，这回有你的好果子吃。"

大奈跪在老八爹面前，连连喊着："冤枉，这是活天的冤枉咧！"

"菊菊的尸体赶快埋了，凡是参加昨夜打人的，每人赔偿河子家的损失一百元，人家孤儿寡母的，好欺负呀！菊菊的死与河子没有关系，你们要不服，就上法院去嘛，谅你们没得那个狗胆子。不上法院，就赔钱！河子呢，年轻人，你也有自己的问题，受了些苦头，我说就算了吧，说出去也不好！"老八爹威严地挥挥手，见结巴三爷和菊菊的几个堂叔伯弟兄不动，又吼起来，"怎么，还不动手！抬人走！"

老八爹走了。菊菊的尸体也抬走了。大奈被人带到派出所去了。河子娘哭着冲进屋，村里有许多人都来了。河子的手脚都松了绑，却仍然扒在横梁上。他想从横梁上直起腰来，当着全村人的面，要和结巴三爷，和大房里的人说个清楚明白。可是，他的腰脊已经死了，他再也直不起腰来，他只能这样躬腰九十度地站着。众人七手八脚地把河子从横梁上抱起来，送到床上躺着，躺着，河子的双脚不能放下，只好高跷着。

河子娘抱着儿子痛哭："儿啊，冤死你了。这些黑心烂肝的龟孙们，恁这狠的心哟！我儿的腰完了腰完了哟！结巴黑心的结巴哟，你闺女的死与我儿有么干系哟，赔我一个好儿子来，赔我一个好儿子来！"

人们劝着河子娘，叹息着。有人给河子送来碗热汤，一匙一匙喂到河子口里。河子完全清醒了，眼泪从他的眼眶里不断线地流着。

从此，河子成了驼子，成了个弯腰九十度的驼子。从此，河子只能面对土地，太阳只能照在他的背脊上。弓着身子走路，弓着身子生活，头变得大起来，躬在上面的屁股，瘦了。"河子驼，河子驼，河子两头无着落。河子河子九十度，脑壳大来屁股瘦。"愚昧无知的孩子编歌这样唱。

整整一个下午，河子都在瓜棚里坐着，他没有到瓜地里去干活，他就这么坐着，像个雕像，太阳落土了，傍晚的河风吹拂着他。地里的人们回家了，村里的晚炊又袅袅升起。电灯亮了，乡村如今似乎有了文明，点灯不用油，有了电视啦！可河子还这么坐着，没有人来，他好安静。夜又深了起来，金水河一直不停地在身边絮叨着，鳊鱼潭的回流轰响着。金水河啊，你是长江的一条小支流，你是长江伸出的一根小指头，你是长江挥起的一条鞭子，但是你为什么按住河子抽打河子呢？你应该按住那些东西抽打那些东西才对啊！

河子从瓜棚里溜下来，躬着腰慢慢地走向鳊鱼潭，在一块草地上坐下来，草地上已有露水了。河子说：“菊菊，我又来陪你了，你死了，我驼了，他们对我们太不公平了，太不公平了！”

坐到半夜，河子又回到自己的瓜地，他在数瓜：二百六十一二百六十二……河子要从这瓜地里数出点什么来。

灾祸难禳

暮色中
那牯岭街的盲叟说
一个铜板卜一个卦
——余光中《八卦》

瞎子老贝走在乡间的土路上。夏天的太阳照射在老贝剪成短茬的平头顶上，火辣辣地痛。有一段时间没下雨了，土路上已积了厚厚的一层灰，老贝的脚踩在灰上软软的，热灰漫过鞋帮盖上老贝的脚背，老贝觉得滑腻发痒。

老贝左手执根探路的竹棍，右手的大拇指挽住圆铜片的提绳，中指和食指夹着敲铜片的短棒棒，铜片小饭碗口那么大，薄而闪亮。老贝的探路竹棍点在土路上，右手的中指食指拨动短棒敲响铜片，发出叮当叮当的响声。

老贝早晨喝了两碗稀粥从金水镇出发，在土路上留下一串点点和叮当。中午在一个村里讨了块馍吃，喝了碗凉水，现在肚里早空了。老贝估摸现在已是傍晚了，该吃晚饭了。可老贝的晚饭在哪？今晚的归宿何处？老贝可不知道。生意不好，没碰上主顾。

有主顾又怎么样？老贝能把别人的命算得头头是道，自己的命却只能靠着手里的竹棍指点。

瞎子老贝继续赶路。头上的火辣辣感觉弱了，胃里的火辣辣感觉强烈起来。老贝把手里的铜片敲得急骤起来，叮当声洒向暮色，饱含着凄凉。眼窝那两只下陷的坑被一副墨镜盖住，两块圆溜溜的墨玻璃如两块膏药，老贝永远处在黑暗无光之中。

总得要活下去，老贝凭着这股信念在世界上存在了五十年。是人都要活下去，不能活下去的那是命。瞎子老贝算这个命算了三十多年，算得主顾服服帖帖的，但老贝心里清楚这只是他活下去的手段。老贝常常恐惧，恐惧自己无意之间害人。

老贝在暮色里踽踽独行。只要碰到村子，老贝就不走了，好歹在村子里寻碗饭吃寻个草堆过一夜，还得要主动出击，自己寻找主顾，让他非请你算命不可。三十多年，老贝练下了各种本事。

果真是个村子，瞎子老贝听到狗叫鸡鸣人喧，空气中有饭香味飘过来。老贝使劲地嗅了嗅那看不见的香气，心里很激动，有一种家的感觉。

竹棍指点着老贝从土路上拐了个弯，他的脚就踏进了村子。老贝不知道这个村子有多大，也不知村子叫个什么名。在老贝记忆的深处，他没来过这个村。他立即被飘浮在身边的纯朴浑厚的气息所包裹，这是村庄的气息。是他渴望寻找的那种村风淳美人心善良的气息，老贝凭着他那无与伦比的敏锐感觉，嗅到了这些，作出了准确的判断。

瞎子老贝精神振作，跋涉一天的疲劳顿消。老贝的竹棍敲得街石蠹蠹响，而小铜片发出的叮当声在暮色笼罩的村子里响得清脆悦耳。

老贝听到左前方有一妇女叫孩子：“细安，你疯到哪里去了还不快回来吃饭，餐餐饭要人叫你这孩子呀！”

立即就有尖尖的童音回答：“呃！妈我回来了。”脚步咚咚咚跑过来，跑到老贝跟前好奇地停下来。

老贝马上有了目标：就这娘俩，让他们供我晚饭，他们的晚饭已摆上了屋门前的小方桌。老贝把小铜片敲得急骤而热烈，脚步响过来了，细安的妈走过来。

“你这孩子还站着，真淘气。这是算命的先生有么看头！快走快走！”妇女声音有些沙。

“大嫂你不要急着走，听你这声气好像不祥，声音内有祸气外透！”老贝不失时机地点到为止。

牵着孩子正准备离去的妇女停下步，惊讶地看着瞎子。村子立刻有好多双脚朝这里移动。细安妈说：“瞎子大哥，我跟你无仇无冤，你莫害我哩！”

老贝嘴里说：“大嫂这话就说差了，我瞎子与人为善，修炼也有几十年了。我是听你声气之中有祸气，出于好心提醒，信不信是你的事。”说完，老贝又提起竹棍探着，欲往前走，小铜片的叮当声又响起来。

“先生，莫走莫走！”是个老女人的声音，老贝觉到老女人伸手拉住了他的衣角。“先生做好事吧，发现了祸气就帮我们禳灾消祸，先生莫走，做做好事吧！”

老贝估摸着这是孩子的奶奶辈，老贝最喜欢这样的人。这样的人碰得多了，老贝就衣食不愁，生活会安定许多。

老贝就势站住。

孩子的妈似乎被那老女人提醒，没有主见地说：“先生你说的是真的吗？我这声气中么样有祸气呢？能禳除吗？”

老贝微微一笑，“我怎么会骗你呢？你这声气之祸，只需我七天经文，就可平安无事，信不信在你啦。”

老女人说：“熊家的，快请先生到屋，先吃饭再说。禳灾消祸还望先生多念经文，保我们合家老少平安。”

瞎子老贝今晚不会歪草堆遭蚊子叮咬了，这七天的饭食也有了保证。老贝是个知足的人，他没有因为自己只说七天没说七七四十九天而后悔。

老贝被细安牵到家门前饭桌边坐下，一伙人簇拥着老贝。那个说话的老女人被称作三婆，是细安的三奶奶，是细安的父亲的亲三婶。

老贝被细安牵着手时，他用自己的手掌捏着孩子稚嫩而肉滚滚的手，心里溢起一种温暖的情感。瞎子老贝这辈子当不了父亲，可对孩子特别喜爱。这时，他好像对孩子有一种歉疚之感，他愿意为孩子做一点什么来弥补。

在三婆的操持和指挥下，瞎子老贝饱食了晚餐，被安排在一间僻静的空屋里，用热水擦了个澡，就早早地在床上睡了。老贝睡得很香很惬意，连梦都没做一个。

细安刚进七岁，准备暑假完了后，就去小学里报名读书的，他是个逗人喜欢的孩子。

瞎子老贝住在细安家的空屋子里，每天上午关门念经，为细安家禳灾消祸。三顿饭都有人来请，或是三婶或是细安妈或是细安来牵。老贝每次捏着细安的小手，总要联想一番：自己有这么一个儿子才好。三婶或细安妈来牵老贝时，都是牵他的衣角。

细安牵着老贝时，老贝问细安：“你喜欢什么呀？”

细安说："我喜欢听故事，先生你会说故事吧？"

老贝说："我会说故事，好长好长的故事都会说，你下午来听吧，我上午要念经。"

细安下午邀了几个同伴到空屋子里听老贝说故事。瞎子老贝除了算命之外，还能说书，他会说《薛仁贵征东》《薛丁山征西》《罗通扫北》《五虎平南》《封神榜》等十来部书，这也是他的谋生手段。

三四个孩子围着老贝，老贝坐在桌子边，手握一块惊堂木，规规矩矩给细安们讲起《罗通扫北》来。老贝声音洪亮，吐词清晰，一板一眼的，很快就吸引了孩子们，孩子们听得呆呆的，看着老贝的嘴巴，连大气都不出。

瞎子老贝为熊大个子家禳灾消祸，天天上午关门念经，村子十七八户人家，家家都晓得这事。有人下午找老贝算过命，老贝问了来人的辰庚八字，又问了点其他情况，然后扳起指头掐算，口中念念有词，然后说出来头头是道，使得来人心服口服，觉得老贝不是常人。有一家藏祸之兆的人家，当即恳请老贝禳灾消祸，老贝答应把熊家大个的经念完后再去他家，瞎子老贝的生意不错，主顾不少。

老贝正给细安等几个孩子说《罗通扫北》之时，村里另有一个汉子来找老贝算自己的婚姻命运。这汉子是个听书迷，乡间只要哪村有说书的事，他与村子里的几个男人都要跑去听书。汉子走到老贝住的空屋门口，听老贝正给孩子们说书，一下听得呆了，早把求老贝算命之事忘了。

汉子听到高兴之处，情不自禁地叫起好来，惊动了老贝和孩子们。老贝停了说书，站起身来笑着说："谢谢这位大哥夸奖，我这是逗逗孩子们。”

汉子说：“先生你说书说得真好，你不如晚上在村里摆个场子，说给大伙听听好吧！”

瞎子老贝说：“那敢情好。如果乡亲们愿意听书，我说上几段给大家乘凉时解个乏助个兴。”

汉子说：“先生一言为定！我这就去张罗，今晚就开场。”说完，就咚咚地走开了。

老贝继续给细安等几个孩子说书。

汉子到村里挨家挨户通知：今晚请了个说书先生说书，去听吧，就在熊大个子家屋场上。来，一家出十只鸡蛋，没有鸡蛋就出一瓢米吧！

村里人都善良，也慷慨。能有热心人请来个说书先生，说几段古书，那好呀！正愁夏夜太寂寞难得熬呢！出几只鸡蛋一瓢米的，不算什么。汉子不一会就收了好几十只鸡蛋和半口袋米。

汉子把鸡蛋和米送给瞎子老贝，说：“这是说书的报酬。”

瞎子老贝就在熊家细安的屋场前摆案说书。屋场被细安妈收拾得干净清爽，三婆也来帮忙，放好方桌，泡了一壶香茶。屋场里摆满高高矮矮的凳子竹椅，村里的男女老幼来了许多人，如看电影听大戏。

那夜晴空朗朗，淡月轻笼，星光灿烂，栀子花香，成熟庄稼的气息氤氲浮动，远处蝉鸣在树，蛙声在田，真好的田园夏夜。老贝活了五十年，似乎才第一次碰见这样的心境这样的夜晚。

老贝洗过了澡，换上了细安妈洗得干净的衣裤，细品了一口壶里的香茶，不觉神清气爽。他端坐桌边，手握惊堂木，深吸一口气，渴盼倾泄表达的话语脱口而出。

“混沌未分天地乱，茫茫渺渺无人见。自从盘古破鸿蒙，开辟从兹清浊辨。复载群生仰至仁，发明万物皆成善。欲知造化会元功，须看《西游释厄传》。盖闻天地之数，有十二万九千六百岁为一元。将一元分为十二会，乃子、丑、寅、卯、辰、巳、午、未、申、酉、戌、亥之十二支也……”

老贝今夜是应汉子提议，开场说《西游记》，开场八句是唱出来的。这几句老贝唱得苍劲激昂，真是个好嗓子。唱过之后，惊堂木砰地一响开说，故事人物，一词一语，如排着队般从老贝口里鱼贯而出，有条不紊，又如潺潺流水，淙淙有韵。老贝这晚碰上少有的兴致，越说越顺畅，越说劲头越大激情越高。老贝这时没将说书当成谋生手段，而是当成一种艺术，他在尽情地表现自己，他也在尽情地表达自己对这个小村的乡亲，对熊家细安的妈与三婆的一片感激之情，是这个小村是这个善良的农家暂时收留了他。

屋场上的听众出现了少有的安静和专心，七岁的细安坐在只小板凳上，倚靠着三婆的腿边，一双大眼听得眨也不眨。抽烟的汉子们忘了划火柴，能在月光下一边纳鞋底一边聊天的女子们忘了把那线索抽得呜呜响，孩子们也都不吵不闹，跟着大人们专心听老贝说书。

老贝知道自己的成功。他的要求也不高，能有吃喝能有一张床歇息就行了，他并不额外收取多高的报酬。这是个好村子，他要是不主动提出离开，他在这个村里住上三月半年都没事，只要他夜夜为大伙说书。瞎子老贝肚里记下的书，说个半年十个月的，也不会说得穷尽。

第一夜，老贝说到关节处，戛然而止。要知后事如何，且听下回分解，明晚再接着说。

细安对老贝崇拜极了。细安对妈说：我长大了，就像瞎子先生样，给人说书。但细安又想，我不是瞎子怎么办？

老贝早饭后，还是关起门来念经，他要为熊家念七天经，完成禳灾的任务。午饭后，细安没事，就到空屋里陪着老贝，老贝拉着孩子肉滚滚的小手，继续给孩子讲《罗通扫北》，小细安听得津津有味，坐在小凳上，一动也不动。这使老贝很感动，老贝希望世界像孩子这般清明纯洁。

老贝念经念到第四天时，细安的父亲熊大个子回家休息。熊大个子是现役军人，部队驻地离家不远，家中又只有妻子儿子，熊大个子总是每星期六下午回，住一夜，星期天上午帮妻子做些田里活路，星期天下午再返回驻地。

熊大个子星期六晚上听老贝说了一场《西游记》，这位军人觉得这个瞎子的书说得相当不错，他听得很专心。

第二天吃中午饭时，瞎子老贝与熊大个子一家三口围坐在饭桌边。饭吃完了，细安妈收拾了碗筷，熊大个子对老贝不紧不慢地说："老贝先生，你的口才很好，《西游记》被你说活了。"

老贝忙说："你过奖了，这不过是谋生小技，混碗饭吃，愿得你指教。"

熊大个子说："这你就不要客气了！老贝先生，我是个军人，说话就直些了。我想问你的是，你对算命这一套相信吗？假如人有灾祸，真的能禳消得了吗？"

瞎子老贝沉吟了片刻，回答说："熊先生，你是个军人，想你对这个是不会相信的，说这是迷信也好伪科学也好，都是可以的。作为军人，以服从命令保家卫国为天职。作为我这个瞎子，天生残疾人，被社会所弃。但我是人，也要求生存，说书算命是我的谋生手段。对于算命禳灾这一套，我觉得是信则有，不信则无。信不信是人的自由，这不过是一种心灵解脱，为求一种心理平衡。”

熊大个子仔细地盯着瞎子老贝，有些惊奇，觉得瞎子不是一般的乡野草民，好像很有一些学问。

老贝继续说：“今天，还有许多人信这个，能用简单的愚昧来概括吗？不要说我骗人，我一辈子不骗人不害人，我是真能诵几部经文的。”

熊大个子给老贝递了一支烟，并帮老贝点着，自己也点着一支衔在嘴里。他静静地听瞎子说完，才说：“老贝先生，我是军人，受教育也有好些年了。我不信这个，灾祸存在，我认为是经文禳除不了的。因此，我希望你能在我家乡的这个村子多住些时日，给大家说几部书，这是一种很好的文化服务。但我请你再不要为我家念经文禳灾了。我不信这个，你说过，不信则无嘛！”

瞎子老贝站起身，熊大个子连忙上前扶住。老贝说：“谢谢你的话，我照你的话去做，我祝你们家平安。我觉得你的儿子细安，聪颖灵敏，天分很高，望好生培养，将来能于国家有用的。”

老贝和熊大个子谈得和谐融洽，然后老贝回空屋休息。熊大个子略作准备，嘱咐妻子好好照护瞎子，就离家返队。

第二天，瞎子老贝停了经文。

三婆知道后，急忙忙地颠着双小脚赶来，求老贝说：“先生，你不要听大个子那套胡言乱语，这禳灾的经文么样能半途停下呢！先生，求求你了，这经要念完的，千万要念完！我们宁可给先生多些钱。”

老贝听着三婆的话，苦笑了笑，说：“三婆，说钱是见外了，我瞎子孤身一人，从不攒钱。这经嘛，是不能再念了。人皆有个命，这命不可强求了。不信则无，不信这一套，我念七年也是白搭。好在我已念了四天经文，灾祸已经离身，只要谨慎小心些，再不会有什么事了。请嘱咐细安和他妈，一定小心谨慎啊！”

三婆怎么劝说都无用，最后只好骂着熊大个子离去。

福兮祸所伏，是福是祸谁也不能预料。老贝老老实实诚心诚意念了四天经文，停了经文，他心里清楚，这很好。熊家如果有灾祸，凭他念经是禳除不了的。老贝只是祈愿熊家平安，良心使他觉得这家人是善良的。

晚上，细安家的屋场间又坐满了热心的听众。老贝心中为这些善良的乡民所动，一次次激昂地说起书来，说到动情处，都有些声泪俱下了，书场上一回回掀起高潮。孙悟空一根如意金箍棒，能搅得天上地下不得安宁，妖魔鬼怪的狰狞面目令人切齿，唐僧的愚庸引起听众愤怒。老贝真希望自己能有如来佛的活力，使得面前的听众拥有幸福和安宁。

连着两晚都是老贝留下关子，说了且听下回分解的收场话，但听众不愿离去。那热心的组织者又求老贝再说一段，听众才恋恋不舍回去睡觉。

细安夜夜听书，终场才散。他妈叫他休息睡觉，他坚决不去，非得听完不可。七岁的孩子能如此热心，看来他将来真的要当走村串户的说书郎了。

细安妈种了几亩土地，一个妇女，虽说有丈夫星期天回来帮种半天，还是很不易的。细安是个听话懂事的孩子，经常帮助妈做些力所能及的事情。细安家与三婆及另一家合伙喂一头牛，三家轮流放牧，共同使用。细安五岁时，就能骑在牛背上到田野里去放牛。

又轮到细安家放牛了。

那天早上，先是晨风习习，杨柳轻舞，接着太阳在东边天露出脸来。太阳微微一笑，笑出了万道金光，一片朝霞铺地盖天，那红色灿烂如火，猩红如血。三婆在屋门口随意朝东望去，竟然吓了一跳，三婆看到太阳上在滴答着血珠。三婆以为自己的眼花了，擦擦眼角，再看时，那太阳一刹已经跳出了地平线，哗啦啦一个大火球挂在天空了，滴血的景象早没有了，有的只是刺人眼的强光。三婆心里咚咚跳着，祈祷着千万不要出什么事。

细安骑着牛，嘴里哼着呜里哇啦的调儿，悠悠地走过来。三婆看见细安，就喊："细安，牵好牛绳，别叫牛吃了庄稼，听见没？"

细安大声答："三婆，我听见了！"

三婆又说："细安，放牛过细点，莫摔跤了，早去早回！"

细安又答："三婆，我晓得的。"细安答完话，嘴里又呜里哇啦地哼起调儿来。细安随口乱哼，那是什么调儿？谁也说不上，是一个七岁的乡下孩子的抒情曲。

牛是头老牛，忠厚老实得连细安这么小的孩子都怕，细安指挥它往东朝西，它服服帖帖的。

细安骑着牛，走过一条条田埂。田埂两边的晚稻，已经打苞扬花，晚稻棵子绿茵茵的，绿得厚实绿得沉重。田野上没有人，大田的管理已经结束，农民们只等晚稻熟后，就收割归仓。这当口，他们把劳力投入到旱地里管理棉花。细安骑着牛背，眼望稻海，稻海的深处是地平线了。空气里浮动着稻花香泥土味。孩子心里很觉舒畅，想大声地唱些什么。他想唱出老贝在书场上唱的那些诗呀词的，但他既没记住那些调门也没记住那些词句，他只顾去听那些吸引人的情节故事去了。他很想唱，就把那呜里哇啦的调儿唱得响响的，响响的调儿滑过平整的稻浪，飘向远方。

老牛驮着细安，啃着田埂两边的青草。草很嫩，嚼在嘴里甜脆脆的。田埂外边有绿稻禾，老牛很想吃，但老牛晓得那是不许吃的，所以就不去吃了，它只吃草。

细安骑在老牛背上，转来转去，转到大沟旁边的堤埂上来了。大沟连着金水河，金水河从金水镇口进入长江。金水河是不会干涸的，大沟里也是一年四季有水的。夏天，沟水深，沟里长了些水草，水草里躲着鱼们。

大沟堤埂上草更深些，老牛吃得呼呼直响，好不痛快。

细安骑在牛背上唱了一通，转到大沟堤埂之后，便无唱的兴趣，不由得打了个长长的哈欠。连着夜夜听书，孩子有些睡眠不足，这时有些困了。哈欠是有传染的，一个哈欠带头，好多个哈欠跟着来了。细安抓紧牛绳，趴在牛背，不知不觉就睡着了。

老牛平稳地前行啃草，细安趴在牛背安然入睡：孩子怕是在牛背上做了个好梦，嘴角边有好长的口水挂着。

堤埂朝向大沟的斜坡上有丛绿草，老牛决定把那丛绿草啃掉，就歪斜着身子去啃那绿草。

细安从老牛背上轻轻地滑进了大沟，大沟溅起了串水花。接着，只见细安的手往上举了举，就是老贝捏在手中的那肉滚滚的小手。很快，大沟里冒出一串气泡，然后涟漪荡开，最后平静下来，偶有鱼儿甩尾翻起一小簇浪花。

老牛还在堤埂上悠闲地啃草，它的肚儿慢慢圆鼓起来。

细安被人从大沟里捞起来，小肚子成了只打足气的篮球，孩子的眼睛闭着，他在大沟里永远地睡着了。

细安的尸体摊放在熊家大门口地上的席子上，尸体的头朝向昨夜坐满人的屋场。那时是中午，全村的人都聚在细安的尸体周围，太阳仍旧火热地晒着土地。

细安的妈哭得死去活来，披头散发，昏死过去几次。村里的女人都哭了，三婆嘶哑的哭声停歇后，就坐在细安旁边，手里握着大蒲扇，给细安扇风。

三婆说："我的苦命的七岁的儿哟，我早上该拦着你不叫你去放牛就好了。儿呀你硬是跑不脱呀，要怪那狠心的大个子哟怪你的爸哟！这灾祸硬是躲不过，阎王爷要收人就该收我这老婆子莫收我苦命的儿走，我儿还只七岁哟！"三婆一边摇扇子一边嘶哑地絮叨着，她的眼泪已经干了。

村里已经有人到金水镇找熊大个子报信去了。

瞎子老贝上午都待在空屋里，他没念经文后，上午时间就在心里复诵晚上要说的书的内容，设计着唱词和关子。老贝这两天总有一种不安的情绪在骚扰着神经，以致昨夜做了一场噩梦。老贝认为这个兆头不好，他决定赶快把《西游记》讲完，尽快离开这里。

当村里响起第一阵喧响和哭声后，瞎子老贝口里叫着完了完了，这灾祸怎么就来了。当他从哭声里听出是细安淹死了时，他一下瘫坐在地，心如刀绞，巨大的悲哀冲撞着他，他那下陷的两只眼窝注满了泪水。老贝咬紧牙关，不让那哀悲的号哭冲出喉咙，他紧握着拳，手心里似乎还握着细安那肉滚滚的小手。

人们啊，人命难测，灾祸难禳。

瞎子老贝长叹自己无禳除灾祸的法力。

老贝默默地收拾好自己的换洗衣物，左手执着竹棍，右手拿好小铜片和短棒棒，悄悄地走出了空屋。村人送给他的鸡蛋和米，全都留在了空屋里。

瞎子老贝走上了乡间的土路。

熊大个子从金水镇骑辆自行车风风火火地赶回家，看见他的爱子躺在席子上，再也喊不出那声“爸爸”了。魁梧的汉子，刚强的军人也落泪了。他看看已趋于崩溃的妻子和嘶哑着骂着的三婆，他不知所措。突然，他像想起什么，大步走向他家的空屋。

空屋空了，瞎子老贝已经走了，空屋里只留下一堆鸡蛋和一布袋米。

瞎子老贝走在乡间的土路上，土路弯弯曲曲没有尽头。太阳火辣辣地照射在老贝的平头上，火辣辣地痛，老贝的心也在火辣辣地痛。

老贝手执探路的竹棍，踽踽独行。老贝走过的土路上，留下了一串深深的脚印和浅浅的点点，叮当声再没响起。

暮色很快地罩住了瞎子老贝和田野。

河东河西

凉悠悠的夜，西南风款款地抚着田野，促织在草丛里弹响清弦。星子在钢蓝色的空中眨巴着眼，月亮被一块云遮住了，余光透过云缝洒下来，四周不明不暗。稻田里的秧苗在孕育着苞朵，散发出淡淡的甜蜜味。有一片苞谷林，叶片在白天看起来绿得叫人心动，此时它们沙沙地窃窃细语着。一条泛着白光的乡间公路在苞谷林中蜿蜒。

腊肉嫂在路上急匆匆行走，县城离村子有五十多里路，下午四点多钟才动身，班车没有了，她就步行，走出了一身汗，汗湿的头发一绺绺搭在额前。腿脚感到很酸软，走得急心里也急，好在村子已经不远了，穿出这片苞谷地，就能看见村里的灯光。她三十五六岁，长年的田间劳动，使她的腰有点佝，脸上的皱纹很显，看上去怕有四十五六了。腊肉皮昨天上午拣屋瓦，从屋顶摔下来，跌得昏迷不醒。幸亏同村的二宝在家，二宝用吉普车把腊肉皮送到县医院，腊肉嫂跟着到医院护理丈夫。她接连不断地谢着二宝，二宝只是淡淡地笑了笑，这一笑，使腊肉嫂感到深深的内疚。

腊肉嫂忽然听到身后有隐隐的轰鸣声，她情不自禁地掉头朝后望了一眼，只见两柱灯光忽地亮了起来，一辆军绿色的吉普车咔地在她身边停下来。腊肉嫂朝路边让去，司机座上有个人伸出头来，是二宝。

“腊肉嫂，怎么这晚才回来？上车吧！”二宝说完跳出司机座，接着把车后门打开。

腊肉嫂先是一愣，继而答应着：“是二宝哇，这时还在外头发财？路不远，我能走，算了吧！”

“顺路嘛！”二宝不多说，把腊肉嫂推进吉普车后座，然后转身进了司机台，吉普车发动起来。

吉普车朝前走了三四十米的样子，突然车头朝左一拐，进了苞谷林的一条窄巷子。立刻，引擎熄了车灯灭了，四周变得少有的静，只有苞谷叶沙沙的相撞声。二宝靠着座垫半天没有作声。

腊肉嫂感到有点纳闷：“二宝，车坏了？”

“没有！”二宝有气无力地回答。

“那就快点走呀，我还要回村想办法咧！”腊肉嫂急了，拉开车门，想下去。

二宝从前面伸过手来，一把紧紧抓住腊肉嫂的手，腊肉嫂一时动弹不得，耳边传过来二宝低沉缓慢的声音：“腊肉嫂，不怪兄弟无情，是偿还债务的时候了！兄弟我在村里是个正派人，从没做过偷鸡摸狗的事。十年了，还要拖多久呢？我的屈辱受够了，我现在发财了，自己有了车，可我心里的那道伤口还没平复！腊肉嫂，今天要用你来平复我的伤口！”

腊肉嫂心里一沉，四肢立刻瘫了一般，心里堵得慌。一会，她颤颤地说：“二宝兄弟，我晓得你心里的苦，快不要这样，放我回家吧！君子不记小人过。等腊肉皮从医院里出来，要他到你屋里去赔罪。放了我吧，兄弟，嫂子我老了，又丑，配不上你，不要脏了你自己……”腊肉嫂说完，竟嘤嘤地抽泣起来。

二宝好半天没有言声，身子在哆嗦着，牙咬得格格响。这时，心中的那股火又蓬地蹿上来了，一种急切的仇恨，报复心理使他晕眩起来。他的眼前出现了腊肉皮那发红而自得的眼睛，出现了妻子在自己的拳头下那凄惨的屈辱的哭声。他再也不能自禁了，他要报复，他要索还，他要毁坏一件东西以平复心中的怒火。

二宝一转身，从吉普车前的两个座位中间挤到后座。腊肉嫂浑身发颤，还在嘤嘤地抽泣。他粗暴地推倒她，右手伸上前，扯开腊肉嫂的上衣。他的手碰到腊肉嫂干瘪的乳房，心中不觉一怔，双手迟疑了一下。

腊肉嫂哀哀地说：“求求你，别这样呀！”

“不，我要你还账！”他又扯掉腊肉嫂的裤子，整个身子向腊肉嫂压去。他觉得自己走进了罪恶的深渊。腊肉嫂轻轻地呻吟着，只叫了两句：“报应，这是报应！”

四周没有声音。凉悠悠的夜仍在凉悠着，促织停止了叫声。

半个小时后，引擎声又响了。吉普车蹦跳似的上了公路，掉转头，朝腊肉嫂来的方向驰去。二宝把着方向盘，两眼狠狠地瞪着前方，吉普车像发疯地飞着。车轮轧向石子路面的吱吱声、小石子飞起来打向车篷顶的嘣嘣声，响成一片。车灯像两柄剑一般在公路上扫着，村庄，路边的树，一辆抛了锚的手扶拖拉机，有人打着电筒在车下忙着。这一切，都唰的一声退到后边去了。前面灯火已经很稠密了，县城快到了。二宝看看手腕上的夜光表，十一点五分。

咔！吉普车在一座石桥头停下来。二宝靠在座垫上闭着眼，缓了口气，有眼泪从眼角边滴下来。他头也不回，说：“腊肉嫂，委屈你了。你去跟腊肉皮说明，我们的账完了，他要是不答应，叫他来找我。县城到了，你下车吧！腊肉皮还在医院里躺着，你是回村筹钱去的。不要筹了，你手边那个黑提包里，我刚才放进了三百块钱，你拿去给他输血用吧！”说完，他跳下车，把腊肉嫂从后车座拉出来，随手把腊肉嫂带的那只破人造革手提包也拿下来，丢在腊肉嫂身边。

腊肉嫂像是在梦里一样，糊里糊涂被拉到了县城边。还没等她醒过神来，二宝开着吉普车退了几米远，然后一转头，呼的一声走了。腊肉嫂怔待了一会，只好拿着手提包一步一步向医院走去。

二宝一口气把车开进自家院里，走下车，把车门砰的一声关上，站在黑暗中，左右开弓，抽了自己好几个嘴巴。

读小学一年级的时候，他们让小书包敲着屁股，蹦蹦跳跳地到半里路外的张家墩上学。老师姓刘，方脸大耳，头顶已脱落得一毛不剩，亮闪闪的。这个刘老师，过去是塾师，相邻几个村里的大人们都喊他刘先生。他在一间茅舍做的教室里，站在土砖墙上挂着的黑板边，握根一头粗一头细的竹棍做的教鞭，领着高矮不齐的小学生们认字。刘老师在黑板上用粉笔一笔一画地写着“人、手、口、刀”等等，然后指着一个字对小学生们说：“这是个‘刀’字，是不是呀？”小学生们就齐声回答：“是的——”，这“的”字的音拉得长长的。刘老师让学生回答问题，完了后也要问大家，“是不是的？”小学生们必须回答“是的——”，否则要挨他的竹教鞭。有一次刘老师上算术课，在黑板上写着“2+3=6”，也许是老师的笔误，正确的得数是5。

刘老师把二宝叫起来问：“是不是的？”

二宝站在土砖垒成的课桌边回答：“不是的！”

只听得啪的一声，二宝挨了一竹棍，头上起了个大包。

刘老师再问其他同学："是不是的呀？"

其他小学生望着二宝头上的包，哪敢说个不字，一起扯起喉咙叫："是的——"

到张家墩读了一年书的小学生，学会了"是的——"两个字。

王家湾在张家墩上学的除了二宝、苕货几个孩子外，还有一个泼皮，大家叫他腊肉皮。他浑身黝黑，夏天穿件短裤，光着脊梁在烈日下曝晒，晒得身上流油，像腊肉皮一样。一群孩子中，腊肉皮最大，有十二三岁了。那时乡村的学校，像腊肉皮这大的孩子读一年级的不少。在王家湾上学的孩子里，腊肉皮是王，所有的孩子都得听他的。刘老师的教育方法对腊肉皮的权欲心理作用很大。腊肉皮的爹是大队贫协主任，在王家湾是最大的干部了，管着王家湾生产队的队长哩！村里人对贫协主任不敢冒犯，弄不好他就把你拉去斗一通霸。王家湾人把斗争叫斗霸。老子在村里有些权势，儿子腊肉皮竟然处处仿效老子，在孩子中作威作福起来。

比如他上学，书包要二宝给他背着，二宝不背，他一拳揍得二宝鼻孔流血。腊肉皮打了还问："老子打儿子，是不是的？"

二宝不答，他又是一拳，把二宝打倒在地，问："是不是的？"

二宝当时只有七岁，怕腊肉皮的拳头，只好含泪答道："是的！"腊肉皮还不罢休，要二宝答的腔调和回答刘老师的腔调一样，"的"字要拖得长长的。

二宝重答一遍："是的——！"

他们上学经过的地方有一片甘蔗地。甘蔗熟了，甜蜜诱人，小孩子馋得流口水。腊肉皮命令其他孩子进地偷甘蔗，自己在外面坐享其成。嚼得沿路都是甘蔗皮。生产队告到刘老师那里，刘老师把王家湾的孩子们叫来，狠狠地问：“是谁偷的？快说！”

孩子们一个个紧张得要死，生怕挨刘老师的棍子，只有腊肉皮满不在乎。

刘老师问腊肉皮：“是你吧？”

腊肉皮说：“是二宝偷的！”

刘老师转过身问其他孩子：“是不是的？呃！”把眼一瞪，其他孩子怕了，忙回答：“是的——！”二宝呢？挨了刘老师三竹棍，还被罚站了一上午。

腊肉皮的虐待心理不知从何而来，二宝成了他的下饭菜，动不动就被腊肉皮打骂，打骂过了，还要含泪回答“是的——！”而腊肉皮从中得到满足，然而他上学，却什么也没学到。二宝幼小的心灵受到伤害，总有一种恐惧感，有时在睡梦里都被吓醒。白天见了腊肉皮，像老鼠见了猫。

王家湾生产队贫农多，没有地富分子。全村只有二宝家成分高，是富裕中农。腊肉皮的爹是贫协主任，主要任务就是抓阶级斗争。斗争的对象只好是二宝爹了。可怜二宝爹，像只猴一样，三天两头被牵出去斗霸，斗得他缩头缩脑，除了吃饭，劳动，就是准备随时被牵出去低头躬腰地站一上午或一晚上。这个老实人，有一天终于忍受不了，在棉花地里打药水时，喝了小半瓶敌敌畏，死在地头。二宝娘和女儿桂桂哭得死去活来，二宝看着爹痛苦得变了形的脸，呆呆的，傻了一般。在他幼小的心灵里，他不明白，为什么世道这么不公平，专门欺负他们家。爹是好人哪，胆小勤劳，爱他和姐姐，他怎么老是被人斗霸呢？自己也是好人，从不做坏事，爹和娘都这样教他。可腊肉皮为什么总是打他骂他呢？他想，等我长大了，一定要报复，要狠狠地打腊肉皮要骂腊肉皮，要腊肉皮的爹也去喝药水死掉，我爹喝药水不就是他逼的吗？他不斗爹的霸，爹就一定不会死的。

爹死了，二宝身上又落下一种灾难。那天，从张家墩放学回来，腊肉皮和一群孩子喊二宝站住，二宝吓得腿肚子直打颤。腊肉皮说："你爹死了，我们要拿你斗霸，你老实点，把头低下！"二宝不敢不听，老老实实把头低着。

腊肉皮又喊："腰弯下来！"二宝又把腰弯着。

腊肉皮说："二宝，你爹是个大坏蛋，是不是？"

二宝胆怯地说："我爹不是坏蛋，是好人！"

话刚落音，"啪"的一声，腊肉皮一巴掌打在二宝的脸上，血从嘴角流出来。"你个狗日的，还为你爹狡辩！你爹是个大坏蛋，是不是？"

二宝用眼角扫视着周围的孩子，见大家都吓得不敢作声，只好忍气吞声地说："我爹是坏蛋，是的——！"

二宝说完就站着，一动也不敢动。头上的太阳像火一样，他被晒得满头满脸的汗。不知过了多久，传来姐姐的声音："二宝，你站在这里做么事？娘在家等你回去吃饭，别人放学都回去了咧！"

二宝见是姐姐，扑在姐姐怀里放声痛哭起来。腊肉皮和村里的其他孩子，早走了。

二宝娘和姐姐一定要二宝上学，不许他半途而废。村里的孩子们大都半途而废了，读着读着，把书包一扔，再也不去了。大人们想，不去就不去吧，留着在家放牛挣几分工。他们能认识自己的名字，能认得工分簿上的洋字码就行了。

腊肉皮也早就没上学了，他爹说他是条蠢牛，读书都读到屁眼里去了。腊肉皮也早就嫌读书累人，正巴不得不上学哩。腊肉皮回队参加劳动，是二宝的福音。二宝解放了，再也没人欺负他了，他可以一心一意地读书了。想到爹死的情形，想到娘和姐姐辛辛苦苦地在田里死做，工分值又不高，攒钱为他缴学费，给他买书买本子，娘和姐姐对他满含希望的神情，二宝读书更用心更努力了。可惜他只读了个初中毕业，推荐上高中时，腊肉皮的爹不同意，这位贫协主任说："又不是贫下中农的子弟，他个富裕中农的儿子，还上高中？不行！"

二宝就这样从公社中学里回来了，临走时，老师对他说："二宝，不要灰心，回去还要看书，今后农村是需要知识的！"老师对二宝不能上高中很惋惜，但也没有办法。

王家湾生产队的队长如今是腊肉皮，人已经都大了，腊肉皮再不会像小时候那样虐待二宝了。但是毕竟小时候他们是冤家，现在长大了，两人心里都有点什么放着，所以也不可能成为亲密的朋友。二宝又成了腊肉皮的"臣民"，心里有点寒；腊肉皮是一队之长，见很会读书的二宝终究还是回农村来了，心下有些高兴！"狗日的，就这么点本事，读那么多年书，还是要服老子管咧！"

第一天出工，腊肉皮的某些本性就露了出来，给了二宝一个下马威。腊肉皮派二宝和另两个妇女车水。这车水要水车，把水车扛到渠道里架起来，当然是男劳力的事。二宝十七岁，只能算个大半劳力，可另两人都是妇女，谁扛车呢？一架水车足有百把斤，而且把水车扛起来要技术，水车筒子长，扛它时要会把握重心。二宝把水车一提，却怎么也弄不到肩上去。这时腊肉皮走来，把水车接过手，轻轻往肩上一甩，水车上了肩，腊肉皮像没事的一样。

腊肉皮说："兄弟，这农业活不像读书写字那么轻松，你这秀才样，干活是不行的，是不是？呃！”说完眼睛一瞪。

多么熟悉的声调，多么熟悉的神情，忘了好多年的一切，一刹又引得二宝哆嗦了起来，一种潜意识的，使得他情不自禁地回答：“是的——”而且“的”字的音拉得长长的。

腊肉皮哈哈一笑，两个妇女在旁边也笑了。

晚上评工分，腊肉皮说：“二宝刚回来，还要锻炼锻炼，现在力气小，连个水车都扛不起，一天给他记七分工吧！”从此二宝就和妇女拿一样的工分。

虽然二宝爹喝敌敌畏死去多年，但抓阶级斗争并没有终了，而且腊肉皮的爹在，腊肉皮又当了队长，所以这斗霸的事还是要做。现在斗霸叫批判资本主义。这王家湾的资本主义不是别人，只能是二宝家，他家成分高。二宝在上学时，二宝娘就是资本主义。每次斗霸，二宝娘总是不言不语，她也不像二宝爹那样去喝敌敌畏。

二宝家有三棵桃树，每年都结满红嘟嘟的桃，招人爱得很。腊肉皮的爹看了不舒服，说这是资本主义，每家只能种一棵桃树。

二宝娘和女儿桂桂就不声不响地把桃树砍了两棵。

二宝娘养的鸡，个个大，勤生蛋，又不发瘟。腊肉皮看了心烦，就说：“你们养那么多的鸡，鸡多吃的粮食多，粮食是反修防修的重要物资，你们是搞资本主义。你们家三个人，只能养三只鸡，其余的都要杀掉。”

二宝娘也不言语，就把多余的鸡或杀掉或送人，还煮了一罐鸡汤叫桂桂送到二宝的学校，让二宝美美地喝了一次鸡汤。腊肉皮父子俩想法批二宝家的资本主义，而村子里别的人家种多少棵桃树养多少只鸡都可以，腊肉皮家当然也不止一棵桃树和一人只养一只鸡了。腊肉皮说，这叫专政，当然只专富裕中农的政，贫下中农是不能专政的。

富裕中农隔富农只有一步路。

二宝从学校里回了村，这斗霸的对象就从他娘身上转到他头上来了。那几年，社员们口粮紧张，人平均一天一斤谷子。生产队的仓库有一满囤谷子，据说是谷种。有天早晨，人们看到仓库门大开，囤里的谷子凹下去一个坑，看样子被人偷走了二百来斤。这是一起偷盗案，社员们都惊动了，腊肉皮父子俩在人面前跳着脚。

腊肉皮的爹说：“斗霸斗少了，这不，资本主义跑到集体的仓库里来泛滥了！”

腊肉皮说：“狗日的东西，好大的胆子，这个案子马上就破！”

大家商量的结果是抄家。这抄家得先从二宝家抄起，他家成分高，腊肉皮这样说，大家也就同意。二宝三口人，分到口粮谷一千多斤。二宝娘会过日子，平时很节俭，粮食省下来不少，虽说到腊月间了，家里还有七百多斤存谷子。抄家的人把二宝家的谷子一称，腊肉皮把桌子一拍：“狗日的就是这家偷的，他们家的口粮吃了半年还有这么多？不是偷的集体的是什么？他们家就是贼，是不是？呃！”

二宝娘和二宝姐在一边吓得直颤抖，二宝娘说：“队长，主任，各位老少爷们，这是活天的冤枉啊，我们哪里敢偷队里的粮食哇，屋里的谷子是我们的口粮，是我们一口一口省下来的啊！老少爷们，行行好，不要冤枉好人啊！”

“好人？你们是好人，那村里就没有坏人了。一口口省下来的，你们就没有吃饭！不许狡辩，快坦白吧！”腊肉皮的爹抽着烟，叉着腰站在二宝娘面前说。

二宝刚从外面回来，见腊肉皮和他爹的凶样子，站出来说：

"你们说人偷了粮食，要拿出证据，不能诬赖好人！"

"娘的个屄，"腊肉皮的爹骂道，"什么证据？在你屋里抄到谷子就是证据！老子诬赖好人，你屋里哪个是好人！把这个小狗日的抓起来，在全大队各个村子里游一圈！"

腊肉皮带着两个民兵上前扭住二宝，二宝挣扎了一下，腊肉皮就一闷拳打在二宝的肋骨上，痛得二宝弯下了腰。二宝娘和桂桂扑上来喊着："你们不要打他呀！你们不要抓他！"二宝还是被腊肉皮拉走了。

腊肉皮的爹把二宝家的谷子拿走了二百斤。二宝被押着沿村沿户地游了一圈，晚上放回村时，哪里受得了！他拿起一把铁锹要找腊肉皮父子拼命，被娘和姐姐苦苦地拉住，二宝真想像爹一样喝敌敌畏，娘和姐苦苦地劝他，一家人哭成一团。

娘说："宝儿，忍了吧！千万不要走绝路，你还年轻，要想开些，世道不会永远这样的！三十年河东，三十年河西！你要活着，不要像你爹那样，那不是男人的样子！"

夜已深了，二宝在床上翻来覆去睡不着。屈辱，诬陷，对这个十七岁的孩子来说，是一剂苦药。他毕竟读过中学，冷静想一想，和腊肉皮父子拼，不是办法，现在拼不过他们。喝敌敌畏死，也不能解脱，是懦夫，不能解决什么问题。那么只有忍了，忍！等待吧！他读过的书，老师说，会有用的。娘说，世道不会永远这样。他紧紧咬着牙关，他是个男子汉，他能忍耐。娘说三十年河东，三十年河西，他记住了。

从此之后，二宝就在村里老实做人了，腊肉皮的虐待欲在二宝身上又苏醒了。最苦最累的活，腊肉皮都派二宝去做：掏粪窖底，冬天下到水里给抽水机掏莲蓬头的草渣，到镇上拖粪车。这些活，二宝都干，不声不响地干。

每逢腊肉皮对他说："是不是的？呃！"

他毫不犹豫地回答："是的——！"

二宝碰到腊肉皮的爹时，老远就堆满笑脸喊："大叔，吃过啦！"并把身上带着的好纸烟递上一支。他有时叫娘把菜园里的菜，鸡生的蛋，悄悄送到腊肉皮的家。日子就这么一天天地过，二宝装笑脸，受屈辱，忍受着一切，他觉得生活太艰难。

二宝的表现，腊肉皮的爹觉得舒服，"这孩子到底年轻，转变得很快！"腊肉皮却在心里忖着，好小子，到底还是服了哇！就这么几套本事了！

好几年就这样过去了。腊肉皮娶了媳妇，村里人叫腊肉嫂。这媳妇和腊肉皮不一样，瘦瘦精精的，善良勤劳，不过脸面比起腊肉皮来，白不了多少。二宝的姐姐桂桂也出嫁了，嫁到邻村。

二宝也娶了媳妇，二宝媳妇和腊肉嫂是一个村里的人，嫁到王家湾后，两人常来往。二宝媳妇也是个温顺人，白白净净，比腊肉嫂小好几岁。二宝媳妇嫁到王家湾时，腊肉嫂已是两个孩子的妈妈了。

冬里，生产队派人到南岸大队做江堤。那江堤年年冬天加修，加高，已像一座小山似的，一担土挑到江堤顶，人都累得气喘吁吁的，这活路苦。

王家湾生产队派了三个劳力，其中有二宝。这天下工后。带队的派二宝回村拿粮食和柴火，叫他第二天上午赶到工地。二宝吃了晚饭动身，到村已是鸡叫头遍了。二宝娘到女儿家去了，女儿桂桂的孩子小，又没婆婆，把娘接去带孩子。家里就二宝媳妇一个人，二宝结婚只半年，还没孩子。

二宝到家后，屋里窗户是黑的，二宝寻思媳妇已睡了。二宝上前拍门，叫着："把门开一下，我回来了！"

屋里半天没人声，一会有穿衣服的声音，一会房门吱溜响了，接着吱溜一声，不是前门而是后门开了。

二宝奇怪，赶到后门一看，只见一个黑影急急地穿过他家的园子跑了。什么都明白了，二宝的血往脸上涌，牙齿咬得格格响，拳头握得紧紧的。这时，屋里的电灯亮了，媳妇披散着头发，棉衣掩着胸，满脸惊慌地望着男人。

二宝一步跨进屋子，对着媳妇苍白的脸狠狠打了一掌，媳妇嘴角出血，跌倒在地上，二宝握拳上前准备再打，只见媳妇扬着脸，痛苦地抽泣着。媳妇已经怀孕两个月了。当媳妇告诉他有了时，他曾经那么高兴，可现在，媳妇在他不在家时，做出这等事。媳妇肚子里怀的是自己的骨肉，二宝打不下去了。

媳妇在地下跪着说："打吧，二宝，你打吧，我对不起你，我不是人，可我是被迫的啊！"

二宝怒吼着："是谁？"

"腊肉皮队长！"媳妇哭诉起来。

晚上，她关门早早睡了，腊肉皮把后门栓拨开，推开了房门。她惊慌地爬起来，腊肉皮一把抱住她，她苦苦哀求，腊肉皮威胁着，她要是不从，他就要把她丈夫往死里整。最近又在打击"资本主义"，把二宝拉出来斗霸，对腊肉皮队长来说，只消一句话。

二宝的怒火要冲破胸膛了。腊肉皮，等着吧！这账要还，债欠得越久，你付的代价就越大。他没法发泄，拿起桌上的开水瓶，朝地上砸去，轰的一声，暗夜里，像响了一颗炸弹。

第二天，二宝打发媳妇回了娘家，像什么事没发生一样，找腊肉皮称柴火，他要送到江堤上。

腊肉皮见二宝冷静的脸，称完了柴火后，揶揄地说："二宝，天气蛮冷的，买顶帽子戴戴吧！镇上有一种绿帽子，你戴了正合适，是不是，呃！"

腊肉皮没想到二宝的回答还是那种腔调："是的——！"

他哈哈地干笑了一声。二宝也哈哈附和着笑了，心里却说：三十年河东三十年河西！狗日的，会有报应的。

没想到报应来得这么快。报上先是宣传责任制，后来又宣传乡办工厂，让一部分人先富起来。二宝的姐夫先办起了个塑料厂，把二宝拉入伙，两人经营，配合默契，把个塑料厂办得红红火火。他们先是生产塑料袋子，后来生产塑料脸盆、脚盆及一切能用塑料代替的日用品。他们的产品销路广，成本低。到二宝的儿子两岁时候，二宝当上了塑料厂的厂长，姐夫做了经理。他们修了楼房，甚至买了部吉普车，二宝自己驾驶，跑县城，省城，跑外地，他私人的存折上已有好几万元了。

任王家湾的人吃惊眼红吧！任腊肉皮气炸肚子，任腊肉皮的爹急红了眼，痛骂二宝是资本主义，是大地主，没有好下场吧。二宝根本就不理会，腊肉皮父子失去了斗霸这一武器，连狗屎都不如。二宝把村里每户人家都招一个人进厂，每月能拿七八十元工资，村里人马上都说二宝的好话了。"这孩子从小就有出息！有本事！"二宝听了，只淡淡地一笑。

全村只有腊肉皮一家没人在塑料厂拿工资。腊肉皮父子气愤了一阵子，见全村人都拥护二宝，家家户户拿着票子笑嘻嘻的，也来巴结二宝了。腊肉皮见了二宝，凑上前招呼，递上烟。二宝挡回了他的烟，从口袋里掏出有寸把长的过滤嘴的烟，叼在嘴上，手上咔嚓一按打火机，点着烟，深吸一口，吐出几只烟圈，问："有事吗？"

"二宝兄弟，能不能把我招进你们工厂，我一定好好工作！瞧，家家都有人进厂，就我家没有，我家困难呢！"

二宝摇摇头："厂子里人满了，再说你的觉悟高，怎么能进我这个"资本主义"的厂呢？你说是不是？呃！"

腊肉皮瞪着眼睛，过了好半天才回过味来，说："是的——！是的——！"

第一次报复的机会是偶然碰上的。腊肉皮的爹突然吐起了血，送到医院检查，是胃溃疡。医院要先交三百元，才动手术。腊肉皮父子早失了势，种点水田，除了吃得饱外，没一点收入。腊肉皮求上门向二宝借钱。

二宝说钱存在银行里，是死钱，拿不出，手头没现钱。

腊肉皮父子在村里关系处得不好，听说二宝不愿借钱，谁也不愿借钱给腊肉皮。等腊肉皮东凑西拼把钱筹到，老爹的病误了，虽说医院做了手术，回来不久就死了。

腊肉皮的爹一死，二宝在心里说：这是第一次打击，怪不了我，是你自找的，这是报应。

二宝在等待机会进行第二次打击。腊肉皮从屋顶摔下来，他用车把腊肉皮送进了医院，当他得知腊肉嫂回村筹钱为腊肉皮输血时，就尾随其后，在苞谷地里进行了报复。

可怜的腊肉嫂成了替罪羊。二宝觉得这是平等的，虽然过后他觉得自己在犯罪，觉得自己太残酷了。天哪，这就是报应吗！

二宝在自家院子里坐了好久，夜深了，他才起身进屋。他突然觉得头脑空虚，该报复的已经报复了，他将对出院后的腊肉皮说："你也戴上了绿帽子，是不是的？"但说了就说了，今后的目标是什么呢？他有些茫然。

三十年河东，三十年河西，这就是结局吗？！

火巷

吕九九是个裁缝，今年二十一岁，人长得白白净净，低眉跟，看上去单薄瘦弱。吕九九是房县人。房县在鄂西北，与著名的神农架毗邻，也是大山区。从房县来到武汉之后，他说话很少，除了和王成顺夫妇说必要的话外，他没有多少与人说话的机会，何况他的鄂西北方言说出来总要被武汉人笑一番，或者人家听不懂。

吕九九读书很少，他十三岁就拜师傅学裁缝。吕九九读小学时很不聪明，但他学手艺却聪明绝顶。他十六岁出师，就离开了乡村，到县城给人家做衣服。乡村里农民穿的衣服太简单，吕九九做这些简单衣服不过瘾。吕九九离开乡村还有个原因，就是他不能抢了他师傅的饭碗。

吕九九在县城租了间民房，成天不声不响地给人加工服装。很快就被人发现，这个小裁缝看上去不起眼，他做的服装可是了不得的，他做什么衣服就是什么衣服，这么说吧，你花上千元从武汉买套美尔雅西服回房县，然后再买相同的布料，让吕九九照样子加工一套。过几天你来取衣服时，你就会惊呼，这两套西装，到底哪套是原版的哪套是加工的呢？

吕九九在县城的街上碰到了吕大莲。吕大莲和吕九九同村，是吕九九的叔伯姑妈。吕大莲嫁到县城十多年了，现在和丈夫王成顺在武汉做生意。

吕大莲见到吕九九后，就一把拉住他：九九，我正要找你去呢，没想到就撞见你了，姑找你有事！

大姑找我有么事呢？吕九九站住，挣脱了吕大莲拉他的手。在街上被吕大莲拉着，吕九九不自在。

跟我到武汉去发展。房县这个山里没得搞头，保你每月一千块钱工资，吃住跟我们在一起，好吗？吕大莲说着，又去拉吕九九的胳膊，好像怕吕九九跑了样。

吕大莲回房县，听人说起了吕九九的本事，找了吕九九做的衣服来看，确实是针脚整齐匀称，穿在身上挺括抻抖，完全看不出是个小裁缝手工加工的。就决心要把吕九九带到武汉去。她把吕九九还当成十年前她看到的那个小孩样，见面就拉胳膊摸头的。

我是你姑呢，九九，我是为你好。到武汉去，那大地方比这山里好上千倍。

吕九九被吕大莲拉着，旁边就有几个人停下脚步看他们。吕九九的脸红了。吕九九说：大姑，我们等会再到屋里去说好不好，我现在要去办点事呢！

吕九九其实是去商店买线的。他离开吕大莲后，头脑里就打算开了。去武汉发展，对吕九九是个诱惑。吕九九平时不声不响，其实可有志向呢！他想办自己的服装厂，生产自己的产品。有时他觉得自己这想法很不实际，在房县这个地方，靠给人加工服装，是个体户，每月收入除了吃饭交房租外，所剩无几，离他的积累资金办厂的计划太遥远。跟吕大莲去武汉，肯定比在房县好些。再说吕大莲，毕竟是本家的一个姑，吕九九虽说不很熟稔，但见过的面也不少，她总会关心自己的吧！不论怎么说，到武汉是个机会呢！吕九九想。

吕九九去商店买了线，回到他在城关租住的民房，吕大莲已经在那儿等着他了。

坐汽车到十堰市，再从十堰坐火车到武汉，小裁缝吕九九跟着他本家姑妈吕大莲到了汉正街。

成顺服装店在汉正街火巷口。二十平方米的铺面，前半截卖服装，后半截住人。汉正街是武汉有名的小商品市场，开小店子的多是外地人，王成顺吕大莲夫妇都是四十来岁，从房县杀到汉正街站住脚，其中的拼搏与算计是一句话说不清楚的。

王成顺在离成顺服装店百多米处的背街小巷，租了间约十平方米的披屋，吕九九住在披屋里，披屋同时也是吕九九的劳动车间——放块裁缝用的案板，还有一台缝纫机，就挤得只够人转身了。披屋很黑，大白天做事都要开灯，裁剪衣服的案板晚上是吕九九的床，一日三顿饭，吕九九到王成顺的服装店里吃。

王成顺光着一颗肉头，脸放红光，笑眯眯的眼，原本也是县城里的一个裁缝。吕九九到武汉的那天晚上，王成顺关了店门，吕大莲炒了几个菜，王成顺拉吕九九在桌边坐下，给他面前的酒杯里倒了酒。王成顺举起酒杯对吕九九说：大侄，给你接风。武汉这大码头不是房县，站住脚跟不容易，我们是自家人，既然你姑把你带来了，我们就在一起干，我不会亏待你的。来，喝酒！

吕九九和王成顺碰了下杯，心想，好像是我求着你们带我来的样，不是你们要我来的吗？

王成顺眯笑着眼，说：吃菜吃菜。

吕大莲已炒好了菜，也到桌边坐下来，操起筷子给吕九九夹菜，说：九九是个老实娃子呢，我跟你姑爷把你不当外人，就当自个的孩子样，你放心好了。

吕九九望望王成顺的眯笑眼，再望望吕大莲那肥嘟嘟不断忙着的嘴唇，想说什么，终于又什么都没说出来，只讷讷地应着：嗯，嗯！

王成顺喝了酒，脸上的红光更亮，眼眯得只剩条缝。汉正街，做生意，黑着哩！你初来乍到，小心些哩，人家看你山里人，要欺负你，有我在哩，别个不敢。

吱溜！王成顺又倒了一杯酒到口里。他有几分醉态了。

吕大莲就把他的酒杯夺过来，不让他喝。

吕九九盛了饭，吃饱了就告辞回到自己的披屋里。

吕九九初到武汉，惊奇武汉这么大的地方，还有他住的这么低矮黑暗的小披屋，这披屋还不如他老家村子里的猪屋牛栏。吕九九还觉得王成顺和吕大莲这两口子的味道有点不对头，山里人对人真诚，这两人有点假。他们离开房县有些年了呢。吕九九打定主意：管你一家人不一家人，我做我的事，你给工钱就得了，其他的咱们不扯筋。

吕九九就这么在汉正街落了脚。他给父亲写信，说到武汉做工，发了工钱给父亲寄回乡下去。吕九九的父亲在房县山里种田，吕九九还有两个妹妹在村里上学。吕九九是每个月都要给家里寄钱的。

王成顺每天在吃晚饭时给吕九九派活路，第二天吕九九要做的衣服是什么，王成顺把样品和布料辅料交给吕九九，吕九九第二天就照着做。

王成顺家的晚饭开得很晚，一般都在九点钟之后。因为到九点服装店没顾客了，王成顺才关门吃饭。吕九九先不习惯，晚饭太晚了，他觉得饿。过一段时间，也习惯了。

王成顺给吕九九派的活路，不多不少，吕九九第二天得紧赶慢赶地才能做完。如果想偷懒歇一歇，剩下的活儿就得晚上加班。吕九九心里想，这事得给王成顺说说，但第二天见了王成顺那眯笑的脸，他又木讷了。

王成顺这时就拍吕九九的肩膀说：大侄，你做的衣服手工冇得话说，你手上的功夫大咧。

吕九九就什么也不说了。吕大莲跟吕九九一样，每天也在店堂后面加工服装，还负责把吕九九做的衣服熨好，还要负责做三顿饭。吕九九看他的大姑也忙。

吕九九的生活过得很单调，不过吕九九自小就是一个单调的人，吕九九的丰富全在他的缝纫劳动之中。小披屋里，二十五瓦的电灯泡冒着红光，剪刀剪布时发出金属与布料碰击的杭杭声，一会，缝纫机发出节奏感极强的咔嚓咔嚓声。吕九九不论是裁剪还是使用缝纫机，他劳动的节奏总是那么动人，他自己也沉醉其中。身边，就是喧嚷的汉正街市场，市场上叫卖声讨价还价声力夫的吆喝声此起彼伏，商人的狡诈，客户的精明，假劣货物成交了，一个顾客的钱包转眼到了小偷的口袋。汉正街，白天的尔虞我诈，夜晚的算计阴谋，这些都影响不了成顺服装店雇的小裁缝吕九九。吕九九的快乐在他的缝制中，他把缝制当作了创造。

吕九九跟吕大莲到汉正街，吕大莲说的每月一千元工资也是个重要因素。吕九九在房县城关时，每月的收入除了吃喝房租开支外，每月寄一百元给家里，所剩无几。在吕大莲这里，每月的一千元，寄一百元给家里，尚余九百元。自己再节约些，在武汉干个两三年，能挣到两三万的本钱，那时自己开个服装厂，小型些，总可以吧！吕九九自己开服装厂的梦做得很香，他这人咬定个什么，就会死死不放。

吕九九的生活过得很有滋味。早上他六点半起床，就着小披屋的自来水管洗脸刷牙，把床铺拆成案板，然后到街上转一会。早晨的汉正街还清静，吕九九看到清洁工把街上的垃圾扫净，看各家店铺开门摆货物。吕九九逛到火巷口，成顺服装店门前，王成顺刚好开店门，吕大莲把早点也准备好了。

王成顺的眯笑眼看着吕九九，亲热地说：九九你起得早哇，你大姑把早饭摆好了，快去吃，趁热的。你要吃啊，年轻正是长身体的时候啊，可别瘦了，要不回房县时，你父亲和你娘还说我们没照顾好你。

早饭是大米稀饭和馒头，还有一碟咸菜，吕大莲给吕九九盛了一碗稀饭，那胖嘟嘟的嘴不断笑：吃饱！九九，吃饱。

吃完早饭，力九就回他的小披屋，开始一天的劳动，剪刀剪布杭杭响，脚踏缝纫机咔嚓咔嚓响。

中午吕九九关了门，又走到成顺服装店吃饭。这时，成顺服装店有时就有顾客买衣服，王成顺在外面眯笑着说着武汉话做生意：看您说的，这料子这做工这商标，硬过硬的，还假得了。我这个店是向来不卖水货的，那不砸了自个的牌子。我亲自进的货，赚几个路费，这年头生意不好做，税又多，房租生活费又贵，不是冇得法，哪个还搞这个事的！

吕九九在店堂后面吃饭，那饭食也简单，白菜萝卜豆腐干子，有时加点肉烧一下，甚至有一条鲢子鱼。吕大莲就不断地劝吕九九吃饱。外面王成顺的武汉话说到高潮时，就说明有一笔生意就要做成了。

成顺服装店既搞批发，也搞零卖。王成顺既从外面进货，也自己搞加工，这加工就由吕九九和吕大莲来完成。

王成顺派吕九九仿制一种夹克衫，拿了样品各类材料还有防伪的商标。这种夹克衫在武汉刚上市，正风行。

王成顺派九九仿制名牌西装，九九做出的那牌号的西装，让内行人也分不出真伪来。

有一天中午，吕九九在店堂后面正吃饭，王成顺在店堂接待一位男顾客，男顾客手提大哥大，转悠了半天，看中了挂着的唯一一套高档西装，眼睛盯着，在分辨真假。

老板，你有眼力，这是套真正的名牌，你看这样式这做工，在汉正街中等以下的店子里没有。这是我冒险进的一套，老板如果看中了，我八折卖给你，四千块钱。这西装正儿八经的价是五千块钱。怎么样？王成顺眯笑着眼，紧紧盯着那个被他称为老板的男人。

钱嘛，倒不贵，就怕是假货！

老板说哪话，你是识货的嘛，你说谁有这个水平造出这样的假货来，只有这个厂家才能生产这样高档的货啊！

王成顺费了近半小时，终于让那人花四千块钱买走了西装。王成顺送走那顾客，发觉自己的光额头上尽是汗，他擦了把汗，半天才回过神来，进内屋吃午饭。

吕九九吃完饭来到店堂里，发现挂在店里的那套假西服已经没有了。吕九九心惊肉跳，天哪，四千块钱，好黑的心。那套西装不就是我前几天仿做的吗？！

吕九九就这么在汉正街过日子，吕九九发现自己说话的机会太少，白天在小披屋做活路，没人陪他说话，吃饭时到王成顺那店子，他对王成顺总是说不出话，面对总是劝他吃饱的吕大莲，他又觉得没什么话可说。

吕九九就在白天做活路时，关着门，一个人自说自话。

比贼娃子还贼娃哩！他仿制夹克衫时就说。

好黑好黑哩！四千块钱哩！在仿西装时，他说。

吕九九一边自个说着话，一边又沉浸在他制作衣服的快感之中去了。他完全不知道劳累，也不知时光过得如此之快，天黑了，一天又过去了。

到武汉已有一个月了。吃饭时，王成顺眯笑着眼说：大侄，你很辛苦呢，我们一家人不说二话。我这生意也不好做呢，你大姑许你的工钱我们一分不少你的，但必须等到你回家过年时再结算。我们先每月开给你两百块钱，好让你有个用途。钱开多了给你，怕出危险的。你个山里来的娃子，不晓得武汉这个地方的厉害哩！

吕大莲说：是哩，九九，工钱一分不少，年底一次结，先每月开你两百，你寄回去一百，零用钱一百，可得的。

吕九九望了望王成顺和吕大莲，不想说什么，就点点头。吕九九闷着吃饭，吕大莲就把菜不断地往吕九九的碗里夹，说：九九吃饱，饭是要吃饱的咧。

吕九九把两百元钱拿了，到邮局给房县乡下的父亲寄去一百，余下的钱买了点日常用品，还有八十多元。吕九九想，节约点，也好。就揣在兜里。

有一天在吕大莲家吃了晚饭回到小屋，还只九点钟。睡觉又睡不着，他锁上小披屋，沿着火巷朝汉江边走去，汉江与长江在汉口与汉阳间交汇，江边的大小码头，停了好多船，船上灯火闪烁。而不远处的汉口市区，高楼矗立，灯火如云。吕九九看了一会，也觉没多大味道，就转头回汉正街火巷那间小屋。

路边有两个十五六岁的男孩在打架。穿黑皮夹克的男孩捡起块砖头朝穿羽绒服的男孩砸，穿羽绒服的把头一歪，让过了砖头，舞着手里的一支匕首扑过来。

婊子养的，老子今天给你放点血！

你嚇老子！

两个男孩红着眼睛对峙着，像要决一死战，旁边的行人来来往往。有人看一眼走开，有人连看都不看，就匆匆过去了。

不许打架！吕九九却突然吆喝了一声，用的房县话。

两个男孩惊奇地望着路灯下的吕九九，半天没作声。

嘀嘀，你是从哪个山凹凹里来的？管老子的闲事，皮夹克男孩说。

不许许打架！吕九九结巴着又蹦出一句话，脸都红了。

哈哈哈……两个男孩笑起来，一致对准了吕九九。

关你的屁事！皮夹克用肩膀把吕九九撞一个趔趄，羽绒服用匕首刀面拍了一下吕九九的脸。说，叫你长点教训！

吕九九火了，抡拳使胳膊地和两个男孩打起来。吕九九打架时嗓子里发出咆哮声，是一种不要命的打法，那咆哮如神农架山里豹子的吼声，震人耳鼓，两个男孩本是街上闲逛的小地痞，无事才打架。吕九九那拼命的打法和惊人的咆哮把两个小地痞吓着了。

他是个疯子还不快跑！一个小痞子说。

吕九九晃晃荡荡地回到小披屋，身上有些痛，鼻子在流血，心里却有种发泄后的轻松。吕九九脱衣服时，发现口袋里的钱没有了，打架时弄丢的还是逛街时被人偷的，他想不清楚。

吕九九到武汉四个月了，马上就要过旧历年了。

吕九九对吕大莲说：大姑，我要早几天回家去。

吕大连说：腊月间生意好呢，活路忙呢，你个小孩子回去那么早干吗？迟个几天再走吧！

就到了腊月二十四，过小年了。

晚上，王成顺关了店门，吕大莲做了鸡鸭鱼肉几样菜，摆了酒杯，把吕九九叫来，三人一桌吃年饭。

王成顺把酒杯斟满酒，哧溜一杯下肚，肉肉的头皮晶亮起来，他吃了一大口菜，说，你们姑侄俩也喝了呢！今天吃年饭，都辛苦了，放开量喝。九九，喝了喝了！

吕九九端杯就喝了，打了个呛，立刻脸都通红了。吕大莲连忙给他夹菜，说：快吃菜，快吃菜。

王成顺第二杯酒又亮了底，笑眯眼看着吕九九说：九九你不行，还没练出来。

王成顺的第三杯酒下肚时，就说话了。他说：旧年过去了，九九大侄来这里四个月，嗯，不错。我这一年的生意做得难呢，赚不到几个钱，九九你是看到的。王成顺又喝了一杯酒。

吕九九心里说：你赚钱很多呢，一件假西装就卖四千块钱，你赚的黑哩。但吕九九嘴上说不出来，只嗯了一声。

王成顺说：赚的几个钱，交多少费用？这个店子每月租金五千块钱咧。明年再来，咱爷们再好好干他一番。

吕大莲说：是呢，赚不到钱，武汉这地方赚钱也艰难。不过比房县强，九九在我们这里比房县好多了。

吕九九只觉得心里堵得慌，想说什么，却说不出来。他努力地张开嘴，想说：这里累呢，在房县好自在呢！可他没听见自己说出话来，他端起酒杯一仰脖子见了底，也没呛着。

好样的，男人喝酒就该这样！王成顺又干了一杯，肉头冒汗了。他从怀里摸出个信封来，朝吕九九面前一拍，说：九九，这是你四个月的工资，你可以先回房县去过个好年，我和你姑怕是要等大年初一才回去。

吕大莲说：九九，你数一数钱，我们没把你当外人，我们说话算话的。

吕九九把信封打开，把信封里的一扎钱数了数，只有一千二百块钱。他有点不明白地望着王成顺，他憋红了脸，终于憋出了一句：大姑说是一月一千块钱的啊！这一共才一千二百块钱。

是一月一千块呀！王成顺这会儿用武汉话说起来，原来的房县腔不见了。吕九九听不得这武汉话。

王成顺说：么样，是赚少了是不是？我们一月只算你三百五十块的伙食费。三百五十块钱，你哪里去吃这好的伙食？嗯！你住的那房子一月一百五十块钱，该你出吧！我每月开你二百块了，三四一十二，还给你一千二百块钱，一点不都错。你干四个月，净得两千块钱。你在这街上访访看，哪家请的裁缝不是每月五六百块钱？人家吃喝都是自己的。你这虽然是自己掏，但掏得便宜呢！

王成顺说了一通话，肉头更加闪亮，喝干了杯中酒。

吕九九想说：你们讲好的每月一千块钱，在你们家吃住没说要钱的话呢。但吕九九发现自己只是张着嘴，那话怎么努力也冲不出嗓眼。吕九九眼睛红了，他感到窒息了一般。

吕大莲说：九九你不要嫌少，你要知足，这不比你在房县好得多吗？钱，那么好赚？

在武汉这地方你不靠我，连饭都混不上吃的，还嫌你妈的钱少了！王成顺把武汉腔拖长，吕九九听来，就像街头和他打架的两个小地痞。

吕九九什么也没说了。吕九九收起信封里的钱，站起身，回到他的小披屋里去睡觉。他多喝了几杯酒，走路都有点晃晃悠悠的。

回到小披屋里，把门一关，吕九九往床上一倒，他的口舌就灵活起来。狗日的东西，心黑呢！贼娃子呢！地主！资本家呢！剥削长工是不是？好黑好黑。

吕九九在睡梦中打了个酒嗝，一下子就醒了，发现自己和衣躺在床上，被子也没盖。他拉亮了电灯，翻身坐起来，看看手腕上的旧电子表，深夜两点钟了。

该走了，我要回去了，这个地方不能待了，吕九九说。他开始收拾自己的行李，几件换洗衣服装进背包里把钱装在内衣口袋里，很保险了。他做完了这一切时，就又说道：狗日的，贼娃子！心黑呢！

吕九九看了看住了四个月的小披屋，看还有没有属于自己的东西没拿。他就看到了那只装橙汁的绿色塑料瓶子，瓶子里有大半瓶汽油。吕九九想起来，这汽油是缝纫机头被油泥滞住了，他找吕大莲要来清洗零件没用完的。他拿起了高橙汁瓶子，缝纫机板面上有一包火柴，是小披屋偶尔停电，用来点蜡烛的。吕九九就把火柴装进上衣口袋里。

吕九九问：走吧？

吕九九答：走！

吕九九关了屋里的灯，锁了门。吕九九走了两步，又转回来，把小披屋的门钥匙放在门口的地上。

贼娃子！心黑呢！吕九九背着包，拎着高橙汁瓶子，自说自话地走在深夜的汉正街上。

汉正街此时在熟睡着。吕九九不知不觉就走到火巷口的成顺服装店门前，他停住脚步，很陌生地看着成顺服装店的招牌。娃子贼呢！黑心呢！他说。

吕九九就把高橙汁瓶子打开，把瓶子里的汽油浇到门上，一股很浓的汽油味就散发开来。火巷口此时很黑，昏黄的路灯光在远处照着。吕九九喃喃着：黑呢！黑呢！就从口袋里掏出火柴，划着火柴。

吕九九不慌不忙地背着背包，走进火巷深处的黑暗中，嘴里还在不断地说着：黑呢黑呢！

火巷口一股火光冲天，冲破了黑色的夜空。消防救护车尖叫着赶来时，成顺服装店已在火海里。

王成顺和吕大莲一人披床被子，对着一片火海哭叫着：完了！完了！我们完了啊！

完了。成顺服装店的火扑灭了，只剩下一堆灰烬。

两天后，腊月二十七，晚报的第七版右下角有这样的字样：汉正街火巷起火 打工仔怒烧老板。

扁担

武汉人的“扁担”，既是一种工具，又是一种称呼。

吞下三大碗米饭，松娃子扔下碗筷站起身，找件旧褂子披上，打个饱嗝朝屋外走去，娘收拾饭桌，坐在桌边抽烟的爹朝松娃子瞪一眼。

“又往哪里野啦？不早点歇明早又起不来。憨吃海睡的，也不找个正经事做！”爹说完把烟锅子朝椅子上磕得好响。

松娃子没有理爹，跨出屋门，门外已经好黑了，村里的房子都扯亮了电灯。

收了秋，谷子都装进了屋，叫我找么正经事做？整天就这么个唠唠叨叨的。松娃子心里说。

昨天早晨起来，松娃子在屋前转悠着，看到碾过谷子的石磙在稻场卧着。他的手痒痒的，走上前去，双手抄起磙子，蹲腰鼓劲，一下子就将石磙大头朝上地竖了起来。刚好爹提着粪筐拾粪回来，见了便骂：“吃多了消食呀，闲得无聊是不是？有这劲头就跟老子每天早上拾筐猪粪回来！”

爹的话音刚落，松娃子朝爹瞪了一眼，一脚把竖起的石磙又蹬卧下了。松娃子想，跟你去拾粪，我这大的小伙子莫叫人家笑话死了。可总得找点么事消遣呀，到武汉去打工，村里伙伴们都出去了。松娃子早想出去，爹却说他没技术，只有把笨力气，能做什么呀？还不如就在家里帮他种田地。

听说四大哥回来了，四大哥是省城武汉的记者哩！松娃子去找四大哥，要四大哥帮忙在武汉找个什么事情做做，他实在不愿听爹一天到晚唠叨了。

天黑但路熟，松娃子左绕一个屋右穿一个巷，几步就到了海山伯的家。松娃子在堂屋里朝海山伯海山婶打了招呼，就一头钻进四大哥原先住的侧房里。侧房里灯好亮，几个人正陪四大哥打麻将。四大哥一面招呼松娃子坐，一面又精心研究起面前的牌来。松娃子就挨在四大哥旁边看着。四大哥从省城回来看望父母，坐船从汉口沿长江往上走，两个多小时就到了，他常回来，对村里人熟得很。

四大哥看着牌问松娃子："最近在搞些么事？还好吧！"

陪四大哥玩牌的一个家伙说："他忙得很啰唆，一早起来竖石磙，明天还跟他爹拾猪粪去！"

其余几个人哄堂大笑，笑得松娃子好恼火。

四大哥说："你们几个莫欺负他，松娃子是老实人。"说完打出一张牌来。

松娃子说："四哥，我来是想让你帮我找个事做，我不像他们，我不会打麻将 。"

四大哥进了张好牌，对松娃子说："你不打麻将好！你这大个块头有的是力气，事情好找。到汉正街当扁担去，保你一天赚百把块钱！你们也可以去的！"四大哥同时对几个打牌的家伙说。

“当扁担多丑！我们又不是没吃的没钱用，田里有事就做，没得事就玩。叫松娃子去吧，他不会玩，只会做事！”打牌的一个家伙说。

“去就去，总比闷在屋里听我爹唠叨强。四大哥，那当扁担怎么个当法呀？”松娃子真的想去了。去试一下，到汉口玩玩也是好的！

“简单得很，你带条扁担两根绳子。汉正街有几千家做生意的，尽是人，不通车。买货的要把货运到船码头车站的，就只好雇人挑，挑一回给个二十块钱三十块钱的。那里有好多扁担，只要你有力气就行了。”四大哥漫不经心地说着。

松娃子看着他们打牌，心里却在想，要其他本事没得，要力气还不多得是。当扁担，去试试看，说不定是个好事情的。看了一会，松娃子提不起兴趣，打了个呵欠，告别了四大哥。

另几个家伙说：“松娃子，早点睡，能做个娶媳妇的好梦，要不然你明天早晨起来又要去竖石磙了。”

松娃子骂了一句“狗东西们”，就起身走了。

松娃子是坐早班船到汉口的，他在汉口四官殿码头上岸，就置身在都市的喧嚣和人流里了。松娃子想，其实这也很简单，花五块钱买张船票坐两个小时不就到了吗？莫看这满街跑的大车小车三轮车，莫看这来来往往的男人女人老人小孩，其实有什么了不起的，我们不种粮食他们就要饿死。要是我在这密密麻麻的楼房平房小屋里有个事做的话，我也能跟你们一样活得好。松娃子是懂得一些政策的，况且他也不是第一次到汉口来，武昌汉阳也去过，那都是跟别人一起去的。现今只要有钱，也能在城里过日子，还能娶个城里穿花裙子露出大白腿子的女娃子哩！

松娃子问了两个老头子，就沿着汉水朝上走。他知道在汉口问路要问老人，问年轻人他听你是乡里口音，就故意指反方向害你，松娃子才不上这个当呢。松娃子问老头到汉正街么样走，老头子看了他的打扮，就说：笔直走。松娃子为了保险起见，又问了第二个老头，回答也是：笔直走。

松娃子走到汉正街时已经是上午十一点了。松娃子晓得汉正街，听说这里做生意的商户呀，有好几千家。他们屋里的票子长了霉，出太阳时，家家都在阳台上晒钱。说是汉正街的有钱的老板啦，光小老婆就有好几个，还有专门的保镖。过去只是听人说，这回是真的到了汉正街呀！松娃子紧紧鞋带，紧紧裤带，把随身带的扁担抱紧，大步走了进去。

汉正街口两边各竖一根柱子，柱子顶端焊着个半圆形的铁皮匾额，松娃子读了读上面的几个字“汉正街小百货市场”。字还写得蛮好的啦，松娃子想。进了匾额门脸，就是一街的人与货摊子，没什么新奇的地方。街道也不宽，两边的房子大大小小新新旧旧，既不整齐也不高大。街上尽是人，你朝那头去，他朝这头来。摊子多，一个一个的摊子紧紧挨在一起，每个摊子上都吊个纸牌牌，用透明塑料纸包着，上面写着名字，还有张小相片。摊子都是用铁条子焊成的，铁架上吊着袜子帽子裤带乳罩，摊子上摆着扣子顶针丝线花围巾气球，都是些小玩意。靠这些小东西赚钱发大财，松娃子简直有点不相信。每个摊位后面坐着个人，凳子好高，坐着的人有男有女，有青年小伙子老太婆，还有少数的年轻好看的女人。一天到晚这么坐着也够难受的，松娃子想。要是叫爹也来这里坐着，他就不会一天到晚唠叨人了。

两边的摊子一摆，街中间就窄了许多。这些人真忙，提着大包小包背着小袋，匆匆地奔着你撞我我撞你。松娃子在人流中被裹挟着前行。他边走边朝两边看，老是有人拨拉他，推他，叫他让个道儿，他也就让开。有次他看一个摊架上的海绵胸罩，握扁担的臂肘不小心撞到个软绵绵的东西上，那东西骂了声："瞎眼啦！"他惊得转过身来，原来是个胖得像肉墩子的女人，胸前吊着两只葫芦似的大乳房。他不知自己刚才是不是撞在那个东西上了。那胖女人骂了声后连步也没停，又匆匆地往前赶去了。他想这些人就是这么做生意的呀，一种是望着像个菩萨，一种是没头的苍蝇来来去去像救火一般。这时，他在人群中看到三个拿着扁担绳子的人，黑脸盘子，穿的衣服不新，和自己一样，这就是扁担了。他再朝人群中望去，嗬，抱扁担的人真不少呢，都像他一样，慢慢地在人群里流着。松娃子想，就这样能有人雇我吗？要是没有人雇，那这天就连饭钱都没有啦！他有些着急起来，他不知道怎么才能找到主顾。

这时，他突然听到喊声："喂，扁担！"

他张望了半天，才看到街边有个老太婆守着两个大布包，布包鼓鼓的，像乡下装满棉花的布袋子。但是，他已经迟了。他看到有三个拿扁担的一齐朝老太婆冲去，一个小个子赶在前面。老太婆给了小个子三十块钱，小个子挑起两个大包跟着老太婆后面走。那包好大，但看小个子上肩时的神态，不重，里面装的大约是很轻的东西吧！他有点懊悔了，他要是机灵点，当然是最先赶到老太婆身边的，因为他离老太婆最近。可现在生意叫小个子抢去了。他只好继续往前走，一边走一边看街景和人流。

又有两笔生意被别人抢去了，他都是听到了喊声，赶去时，不知从哪里又钻出来一个拿扁担的赶在他的前面。他只好叹息了。

他知道自己个子大，笨。在乡村里，他与同伴们在一起，他总是被那些家伙们捉弄，他斗不过他们。那些家伙有时不喊他松娃子，喊他老憨，他无可奈何。他想使自己变得机灵起来，但是太难了。

他想他大约走了两里多路吧，在汉正街走路真慢。在这里他走了多少时辰？他想怕有个把小时了。他的肚子饿了起来。早晨离家时，他比平时还多吃了半碗干饭。平时每顿都是三大碗，今天为了当扁担，他吃了三碗半，可现在还是饿了。但是他一分钱都没赚着，真有点划不来，这钱也真不好赚的呀。

汉正街两旁尽是货摊，经营的是小百货批发。松娃子好不容易见到一家餐馆，有肉包子。要吃点东西了，见了食物，松娃子就觉得更饿了。他走近卖票的桌子，发现卖票的是个侏儒，那双手长得很小，但清点起钱票来却麻利得很。他掏出十块钱来，买了十个包子。包子刚出笼屉，还热乎乎香喷喷的，就是小了点。如今哪样东西都涨价，这点大的肉包子要一块钱一个。松娃子拿起包子就咬，两口一个，十个肉包子刚好二十口。吃完了，松娃子抹抹嘴，油腻腻的，想打个舒服的饱嗝却打不起来，这说明肚子还没填满。不能再吃了，已经花了十五块钱了，而生意还没开张哩！

松娃子抱着扁担继续在人群里朝前走，他心里想我就干脆把这条街走穿头，看它到底有多长。他一边走，一边把耳朵竖起来，准备随时朝喊“扁担”的地方冲去，他必须找个主顾出力，要不这船票费也花了包子也吃了，一个钱都没赚着，多划不来！

前面是好大一家门面啦，楼房玻璃橱窗里挂着好多布匹，各种颜色的都有。门面大，各种人川流不息地涌进涌出，都显得很忙。这是一家大商店，汉正街上还有这大的店堂，松娃子刚才走了这么半天，看的都是小摊子小门面的店堂。人们都在朝里走，我也干脆进去瞧瞧，说不定能碰上个好的主顾呢！碰不上，我也开开眼界，说明我来过汉正街嘛。想着，松娃子抱着扁担，随人流涌进了店堂。

这是汉正街上最大的一家商场，做绸布呢绒生意，有一百多年历史了。现今，这家商场已被个人承包了，生意做得更红火。松娃子走进店堂，只觉宏大宽敞，柜台货架上，堆着一卷卷的布匹呢绸，人们围着柜台和营业员讨价还价，闹哄哄的。松娃子看了看那些布，心里说，这豪华的布料我们乡下人可穿不起。不过，如果我有钱的话，就把那黑呢子买一段，做套呢子衣服过年过节时穿穿，也是很威风的哩！

那边的角落里，有讨价还价的声音，好几个拿扁担的围着一个人。松娃子就抱着扁担凑过去。几个人围着的是个矮个子老头，秃头有胡子，胖胖的满面红光。老头子身边搁着两大卷呢子布匹，红棕色的，看上去高级得很。老头子手上拿着三张十元的票子抖着："哪个挑呀，挑到船码头，三十块钱三十块钱，就这两卷货，快呀快呀！"老头说着抬起袖子擦了擦额上的汗珠。

松娃子情不自禁地向前跨了一步，但被另几个拿扁担的汉子挡住了。有个长脸汉子说："老头，你也太小气是不是，你这两捆呢子多沉啦，怕有近两百斤了吧！三十块钱，三十块钱值个么事？五十块钱怎么样？五十块钱我们帮你送到。"

另几个汉子也帮腔："五十块钱，你这担子太沉了。"

老头子不让步："三十块，三十块！你们不送就拉倒。"

那长脸汉子把手一挥："个奸商！走，我们都不挑，看他怎么办？舍不得钱的奸商。"

松娃子紧紧抱着扁担，朝后退了两步，看着那几个拿扁担的呼拥着走过身边。

老头子一点也不沮丧，用一只手拍拍布卷子，另只手里还捏着那三十元钱。松娃子心里一动，这笔生意我来做了吧！

松娃子抱着扁担朝前走了两步，老头子看到了他，扬了扬手里的钞票："扁担大哥，把这货帮我送到码头吧！"

松娃子放下扁担，用手提了提布捆，试试分量，可不轻咧，那长脸汉子估的不错，这两捆呢布足足有两百斤。管他呢，这第一笔生意还是要做。他点了点头，弯下腰把扁担上的绳子解下来，

系好了呢布卷子，打了个活扣，然后将扁担把活扣穿了，要往肩上放。

矮胖的老头见松娃子不多声言，那系绳子的内行和他的大身个憨相貌，心里很高兴。老头说："好，小伙子，看你这服务态度不讲价钱，我给你四十块钱的运费。"

老头说着，又从怀里掏出一张十块的票子，和那三张十块的加在一起，塞在松娃子手里。

松娃子高兴得心直打鼓，四十块钱，我来回的船票钱和一天吃包子钱都赚回来了。不就这两捆布吗？挑到码头竟可以赚四十块钱，这汉正街是个好地方，钱还是蛮好赚的，怪不得这里家家都有很多钱。

松娃子把扁担朝肩上一放，然后一伸腰使劲，两捆布卷就挑起来了。重量是有些，但松娃子挑在肩上稳稳的，扁担一颤一颤，而货物却不摇不晃。松娃子挑担子的本事，在村里是有名的，他能挑重担稳担走远路。村里吃水要到半里路外的河里挑，松娃子家的两只大水桶装得满满的，松娃子挑在肩上爬河坡，扁担闪得

如蝴蝶，而桶里的水却滴水不溢。挑粪水也是这样，有人挑担粪，把粪水洒了一地，臭死人。而松娃子挑粪，从人家堂屋里穿过，来来往往十几趟，连点粪水都未洒，这是功夫。

松娃子拿出他的挑担子的本事，跟在矮胖老头身后走着。他轻松自如，两百来斤的担子在肩上全然显不出重量来。他左穿行右绕道，显得是那么机灵。是的，松娃子要是空着手走，他显得很笨，但是挑着担子，却又显得那么机灵，这真是个怪事。

松娃子眼睛紧紧盯住前面的矮胖老头，盯住老头头顶上那秃秃的闪亮处。汉正街上的人真多，吵吵嚷嚷热热闹闹拥拥挤挤人头攒动。松娃子挑着担子，眼睛看着许多有发的无发的鬈发的披肩发的戴帽子的一片人头中的那颗亮闪闪的秃头，那颗秃头有时也停下来扭过身看看松娃子的担子，见担子很好松娃子轻松自如，秃头就放心地回过去又闪亮在许多的人头中了。松娃子挑着担子，那走动的步态，那扁担闪动的频率，真是好看而威武，要是在乡下的田间小路上哇，松娃子非哼唱几句野调子不可。眼下是在城里，免得城里人笑咱乡下人。

松娃子天生的一个当扁担的好材料，要不是被矮胖老头的这笔生意砸了的话，松娃子在汉正街当扁担，要不了两年，他也会发财的。可惜了，松娃子这个扁担是发不了财了。请你算算看，像松娃子这种扁担，主雇多点，一天能挑个七担八担的，赚个一二百块钱，一个月五六千块钱。除掉他的伙食费和来回的船票钱，一年能有个三四万块钱的收入，十年不就三四十万元了吗？当然这些账是松娃子后来自己算的。他越算就越懊悔，真不该挑矮胖老头这笔生意的，真没想到他还没开始的扁担生涯就此结束了。

事情就是在那阵骚动开始时发生的。松娃子挑着两大卷子呢布，眼睛看着矮老头的头顶走。这时，突然人群骚动起来。松娃子不知发生了什么事，他的担子被人撞得东倒西歪，自己都有点站不稳了。松娃子努力使自己站稳不叫人撞倒，他避让到一个人少些的角落里站着，但担子还在肩上。骚乱很快停止了，原来是几个小流氓打架，很快被戴大盖帽的警察抓走了。街上的人流马上恢复了正常，就像一条小河的水面被人扔进了一块石头，河水在荡动了一阵涟漪后，很快就恢复了平静。

可这却苦了松娃子了。松娃子挑起担子迈进人流中后，他的第一件事就是马上用眼睛寻找矮胖老头，寻找那许多人头中闪亮的那颗秃头。松娃子的眼睛像探照灯，在许多的头中扫视来扫视去，扫了好几个来回，没有发现目标。坏了，松娃子心里一慌，这是么样得了的事啊，两大捆呢子布卷的主人不见了，这老头到哪去了呢？我这挑的担子必须要交出去呀，必须要找到主人呀，难道还要我总是挑着不成。这老头跑到哪去了呢？你莫以为我是个坏人？想到这里，松娃子立即害怕起来。是呀，我可是个老实本分的人呢,你莫说我故意和你走散,想把你的这两捆呢布贪了呀，我是从来没起这个心的。假如这时矮胖老头出现了，抓住我说我想匿了他的呢布，说我故意和他走失，那我说得清楚吗？但愿这个老头不要找到我。可是他不找到我，我这呢布交给谁呢？我还是要找到矮胖老头，向他说我是被人冲散了的，我正在四处找他，我是决不会匿了他的呢子的。松娃子挑着沉沉的呢布捆在人流里东冲西撞地奔走着，寻找着那个矮胖的秃子老头。人是那么的多，人又在不断地变化着，看准了一个人一会又不见了，这城里人就这么一天到晚在街上来来去去呀？鞋底子怕要三天就能磨穿。松娃子的眼睛还在搜索，他不能放掉每一个可疑目标。

突然，松娃子眼睛一亮，前面五六米远处的一丛人头中有一颗闪亮的脑袋，身个子也是矮矮胖胖的，手里也提着那么个黑人造革的提包。是他，是那个矮胖老头。松娃子心里一喜，脚下的劲也足了。他喊着："哎！哎！"他只能这样喊，他不晓得应该如何喊那个矮胖老头，既不知他姓什么又不知他叫什么是哪儿的人。他的喊声很大，惊得他身边的几个人吃惊地看着他。但是那个秃顶老头没有转过身来，还在急急地朝前赶路。大概是没有听到。松娃子想，那就跑快点撵上他。松娃子把扁担换了个肩，扯起双脚奔跑起来。他一边跑一边嚷："哎，让开让开！"周围的人让得快的就让开了，让得不快的就被撞了个趔趄。好在是呢布捆子，撞在身上也不怎么痛。加上在汉正街上忙活，被撞是正常现象。松娃子挑着担子迈开大步追赶前面的那个秃顶老头。那老头走得好快，一步也不停，他大概是在朝前追赶我，松娃子想。松娃子脚下又加了把劲，终于追上了秃顶老头。松娃子虽然力气大，但两捆呢布毕竟分量不轻，加之刚才心里急，又是一阵急追，松娃子已经气喘吁吁的了，头上出了不少的汗水。前面的秃顶老头大约听到了身后急促的脚步和喘息，这时漫不经心地回过头来瞄了瞄。这一瞄，使得松娃子傻了眼，心里直叫娘。这是另一个老头！这老头朝松娃子好奇地盯了一眼，又急匆匆地朝前走了。松娃子叹了口气，腿子有些软，就有些走不动了。

松娃子把呢布担子找了个人少的街沿歇下来，用袖子擦了擦脸上的汗水，两眼茫然地望着人流。人流花花绿绿奇形怪状，就这么拥过来挤过去的。松娃子看到人流中夹杂着的扁担们，有的挑着货物，有的抱着扁担找主顾。怎么办呢？松娃子想，总得要寻出一个办法来，这呢布捆找不到主人，又不能扔掉，我还想再挑几担生意哩。嗯，矮胖老头说是送到船码头，说不定他在船码头那里寻找等待我的，我何不把担子挑到船码头去。想到这里，松娃子把担子重新挑起来，挤进人流中。松娃子重新使出他挑担子的本事和机灵来，他现在的目的就是尽早把货物挑到码头，他就算完成了任务，他就再去揽第二笔生意。松娃子左绕右弯，避过人流，闪闪悠悠地沿着汉正街笔直朝前走。当他大汗淋漓地把担子挑到四官殿船码头时，码头边哪里有那个胖矮老头的影子？

松娃子简直要哭了，老头子呀，你莫害我哟，你叫我在哪里去找你啊？你是欺负我乡下人是吧！难道你么这大的两捆呢子布都不要了，这呢子布怕要值几千块钱的哟！唉，只怪我倒霉，第一回当扁担就遇上这个晦气的老头。嗯，这汉口的船码头有好多个呢，矮胖老头到底是到哪个船码头呢？只怪自己当时太性急，也没问清楚船码头的名字。歇了一气，松娃子自言自语地嘟哝，就算我倒霉吧，那我就一个一个船码头地找，我总要找到这个倒霉的矮胖子老头才行。

汉口沿江有多少个船码头？松娃子挑着担子一个码头一个码头地找矮胖老头。都没有，没有矮胖老头的身影，没见他的秃头出现。突然，松娃子又想，不能这样找下去了，矮胖老头说不定回到汉正街上去了，这时正在汉正街的人流中找我呢。我再不能在码头上找了，矮胖老头要是在汉正街上找不到我，肯定要报公安局，公安人员就会到车站码头查我，看我到了码头，他们会说我挑了老头的呢布乘船逃走，是贪老头的布匹。想到这儿，松娃子惊出一身冷汗。要快！要快点回到汉正街。在汉正街被他们捉住，还说得清楚：我没走呀，我正在找你呀！在码头上被捉住，他们说我逃跑我解释得清楚吗？！

松娃子立即挑起担子，连汗都顾不得擦，快步如飞，从码头方向朝汉正街方向奔去。他跑得好快，汗流如注，眼睛被汗水淋湿了，就使劲眨眨眼。身上的内衣被汗水湿透了，又干了，又湿了。松娃子只顾奔着，街上的汽车、大楼、人流，他顾不得看。他要早点回到汉正街上，挤进人流中去。即使找不到矮胖老头，他也好交账些，他没有逃跑，他在寻找货主。松娃子奔行着，肩上的重量已经觉不出了，脚在机械地朝前迈，解放鞋在地面上发出嚓嚓嚓的声响，扁担在肩上闪动着。松娃子都有点麻木了，他不知道累，也不知道腰酸腿疼，他只知道要把肩上的挑子交出去。这两捆呢布像两团棕色的火，蓬蓬地烧着，烧得松娃子提心吊胆。矮胖老头子你在哪里啊，你快来吧，来扑灭松娃子肩上挑着的火，来救救松娃子啊！松娃子可是个老实的好娃子啊，他是从来不偷不摸不耍赖行骗做坏事的，他们家几代人只知做事，舍得下力气，他们从来不做对不起别人的事。

汉正街到了，松娃子挑着两捆呢布再一次汇入人流。七里长街，担子是愈来愈沉了，他的知觉到了汉正街后又恢复了。他跌跌撞撞地把条汉正街走了个遍，没有矮胖的秃老头子，也没有警察公安人员来找他。他失望极了，心里在叫着：怎么办呢松娃子？这来回地奔跑了一个下午，天都快黑了，货主仍然没有找到，人也累得个半死不活的。松娃子实在走不动了，他此时疲倦极了。天也近傍晚了，今晚在哪儿过夜？原来是想找一家旅社弄个通铺睡睡的，现在有这么两捆累赘，也不好歇旅社，弄丢了怎么办？别人问起来怎么办？松娃子痛苦极了。肚子也饿了，中午吃的十个肉包子早就消化得成了水流出去了。

前面有条巷子，巷子口挺安静的。松娃子不管三七二十一了，便跌跌撞撞到了巷子口，歇下担子，一屁股坐在呢布捆上喘气。

天近傍晚，汉正街上的人慢慢少起来，摊贩们也在慢条斯理地将货物收起来，装进很大的口袋里，最后摘了摊架上的营业执照，扛起很大的口袋走了。他们回家了，回家去清点一大堆票子，看看今天赚了多少钱。

我也要回家了，这城里简直不是乡下人待的地方。想起这大半天的经历，松娃子愤愤地想，难道要我死守着这两大捆呢布吗？我的力气用尽了，我的肚子也饿了，没有谁来管我，我为么事要管他的东西呢？我已经够对得起你的了，我四十块钱的运费赚得不冤枉！这一下午我跑了多少路，你说得清吗？反正你怪不了我，这东西我也没要你的是你自己不要的嘛！松娃子马上觉得自己离开这两捆呢布是合理合法的。东西就扔在这里，管他谁捡去，反正我没得不义之财就行了。松娃子越想越觉得合理，越想就越坚定了自己的决心。就这么办吧，要不天太晚了赶不上最后一班船，今天就回村去算了，免得再碰上这种倒霉事。

松娃子从呢布捆上站起身来，他感到自己的决定很正确，心里也平静下来。他慢慢解下系着布捆的绳子，将两根绳一挽，吊在扁担上，扛起扁担，走了。

松娃子走时，连头都没回，他甚至没有看到巷子口他扔布捆的地方有个门面，门旁挂着派出所的牌子。松娃子轻松极了，他甚至吹着口哨。

松娃子在中午吃包子的铺子里买了十五个包子，香喷喷的包子引起他强烈的食欲，他风卷残云般地吃光了包子，就急急向四官殿码头赶去，他要在这里乘船回家。

松娃子乘上了晚班船，回到家里时，已是深夜了。早上走的时候也很早，因此村里没人知道他当了一天的扁担。松娃子算了算账，除去来回船票费十块，再加吃包子二十五块，四十块钱只剩下了五块钱。这一天太累了。

松娃子再不去汉正街当扁担了，他怕那个矮胖老头找他。

四大哥又一次从汉口回村时，松娃子去听他说稀奇。四大哥说，他到汉正街去采访时，派出所的人告诉他，有个小偷，把两捆偷来的呢布捆扔在派出所门口。"好大两捆啊，我还用手摸了摸，都是好呢子。现在这呢子还放在派出所里，没人去领，我看到呢子上都落下了一层灰，怪可惜的。"

松娃子心里一动，问四大哥："那呢子是不是棕红色的呀？"

四大哥连连点头。他觉得奇怪，松娃子怎么晓得的？

松娃子却起身走了。

拐弯的地方叫堤角

金水河铁青着脸严峻地朝前闯去，丈余高的土堤悄无声息地紧跟着。金水河突然向东一折，来了个七十度的急拐弯，土堤一惊，稍作停顿，马上跟着拐过去，又摽上了。土堤在停顿拐弯的一刹，留下个土台子。那时，土台子上有五六幢房子，青砖青瓦上起了绿苔，不知有多少年月。这地方叫堤角。

黄昏降临，晚风嗖嗖，在外面闯荡了几年的王大瘸回来了。他拖着根棍子，踮着右脚走近了老杨树，惊起了树上的两只昏鸦。他靠着树干，树干老皱了皮，只有六七尺高的桩柱，桩桩上却有密密的枝条，两根粗壮的枝杈间有一只黑色的鸟窝。王大瘸靠着老杨树，心里说，我们都老了是不是？不！我还只五十来岁，我的事情还没做完哩！怎能这样轻易老去。

老杨树长在一口长方形的土坑边，这土坑不小，有十来亩的面积，是当年修土堤时取土的地方。很多年前，土坑里清水涟涟，蛙声呱呱，游鱼摆尾，女人照面，娃儿戏水。可如今，却像个七老八十的太婆，土坑已经干了，坑底剩一洼臭水，虽已进秋，蚊蝇仍然嗡嗡。离土坑二十米左右是土堤，土堤下是那座土台子。

房屋不见了，到处是残砖碎瓦，野草乱蒿。

王大瘸朝土台子久久望着，脸色铁青，微凹的两眼，射出蓝幽幽的寒光，如烛如剑，夜色在这寒光之中不觉打了个寒噤，一下子罩下来。有虫唧声从土台子的碎砖瓦堆中响起。

王大瘸与夜色中的老树桩合二为一，牢牢地柱在野地里。

王大瘸眼前出现起父亲临咽气时，双眼里闪出的寒光，他打个了冷战，自己眼中的寒光却散了，又复为两道浑浊的流水。他心像被猫爪子抓着，血淋淋的。那天他刚满十三岁，脚还没有瘸，本名叫王大壮。中午吃了娘给他煮的生日鸡蛋，出去放牛，到晚回到村里，家里却传出哭声一片。他扔掉牛绳冲进屋去，父亲躺在铺板上，浑身浮肿。他扑上去叫了声爹。只剩一口气的父亲两眼突然冒出蓝幽幽的寒光，在场的人都打寒噤，只有他没有，他熟悉父亲这眼光。

父亲的眼睛有穿透力，会抓鳝鱼，会看水色，只要看准水色，就能准确踩下水去，抓出一条尺把两尺长的鳝鱼来，人称他为王铁爪。他把绝招传给了儿子，并嘱世代单传，传子不传女。

父亲两眼闪着寒光，他跪下来，听见父亲断断续续留下两句铁样的话：

“守住堤角，这是风水宝地，不要离开这里！”

“鳝鱼鳝鱼……”

第二句话没有说完，父亲眼里的寒光灭了。

王铁爪正当壮年，铁爪却被砍断了。那是他的闪失，一下掏到埂坎下的蛇窝里，三条七寸子要了他的命。王大壮记住了父亲的惨痛教训。

土坑边的老杨树在夜色中沉默着，王大瘸用手摸了摸腰间硬邦邦的腰带，仍铁青着脸，奓撒着一嘴肮脏的胡须，披件黑色软羊皮夹克，蹬双大头翻毛皮靴，拖根棍子，先坚定地迈出左脚，再提起右脚一踮，身子摇摇晃晃。棍子只是拖着，决不拄。他朝一里路外亮着灯光的村子走去。村子叫尹家墩，他的家在村子里。家里有几年没见的贤惠老伴和三只虎——他的三个儿子大虎二虎和三虎。

他一踮一踮地朝村里走去，不想立即回家。他要先去找那个人，和他谈一笔交易，他给那个人的条件是优惠得不得了的。他的脸色严峻得有些怕人，相信自己一定能获胜。村子变化很大，新起了不少瓦房，还夹杂着楼房，两层的，顶上有小平台。他也向往着这么一幢。村子里热烘烘的，他心里有了一丝暖意。暖意只存在了一瞬，想到自己的使命，他又严峻起来。

他准确地敲响了一座小二层楼房的大门，开门的女人见了他的样子，吓得妈呀地叫起来。他不认识这年轻女人，但他相信自己没有走错。从侧房出来个老女人。她更老了，他是感激她的，她对他友善，为了他，她骂过自己的丈夫。

他走上前，叫了声：“大嫂，我是大壮啊！”

老女人怔了怔，忙把他让进屋去，惊叹着：“哎呀，是他大壮叔呀，真是稀客，快进屋坐！这两年你都到了哪里啊！”看得出，她的热情是真诚的。他不喊他大瘸只喊他大壮。

那尖叫的年轻女人伸了伸舌头，走进里屋，看样子是新娶来的媳妇。

他放松了脸上的严峻，显出些热度来：“大嫂，你还好啊！尹书记在屋吗？我找他有点事！”

“在屋在屋，在楼上跟伢们看电视哩！你快坐，我去喊！”

老女人把他带进侧屋，让他坐在沙发上，就上楼喊人去了。

那人是书记，是原来尹家墩大队现在的尹家墩村党支部书记。二十六年来，他第一次登门找他。

王大瘸打量了一下这间侧屋，挑花窗帘低掩，乳白的灯光柔和，窗台下有一长条木案桌，桌上摆了几盆花草和一只玻璃鱼缸，几条金鱼正在鱼缸里戏水。狗日的，真看不出，你还蛮会享受哩！这多年你的心就这么平静！今天说得好，咱们宿怨一笔消，说不好，你尹老田怕再不能过安生日子了。他恨恨地在心里想着，抓紧了一直不离手的细木棍。

楼梯上脚步橐橐，到门口就停顿了。王大瘸坐在沙发上没动身，只把脖子扭向门口，两双眼睛碰撞在一起了，王大瘸眼里的寒光出现了。那人却没理会，二十多年来，那人就是在他的寒光下当书记，在这尹家墩村挺胸走来走去的。那人只是鬓毛染霜了，身子还是很壮，腰一点没有佝，眼光也是有神的。现在两双眼相碰，只一瞬，那人把眼皮耷拉下来，走进屋，把门带上，在另一只沙发中坐了下来。王大瘸没开口。那人递过一支烟来，他没接。

那人开口了："大壮，你好吧，这几年在外闯荡，吃了不少苦啵！我和弟妹多次说过，叫她写信叫你回来，家乡有的是你干的事。"停了停，那人叹了口气，"哎，我们都老了啊，不过你还壮实，你比我小七八岁哩！"那人自己点了根烟，抽了一口，朝王大瘸看看，在等他开口。

王大瘸从怀里掏出一只特大烟斗，又掏出一只烟丝皮口袋，把烟丝按在烟斗里，点燃，深深抽了一口，吐着烟，仍不开口。

那人站起身，压低嗓子，分量很重地说："王大壮，你找我要干什么，请直说，我听着。是报复是索赔是讲条件？你说，我等着。我们之间总有个了结的日子，是不是？”

王大瘸却不动声色，望了望那人。那人是一方名人，在尹家墩是说了就算的人物。可王大瘸从来不求他，见了面只给他两道冷光。今天，是特地来找他的。

“尹书记，我来找你，不是报复索赔，也不是谈条件，是来求你的。”他说。

尹老田有点吃惊了。这个铁样冷硬的汉子有过求人的时候吗？自从二十六年前的那件事之后，他就成了粒铁豌豆。前些年村里缺粮，王大瘸家里三个儿子饭量大，粮食不够吃，孩子们饿得嗷嗷叫。当时大队里有一批补助粮，他王大瘸不求人，甚至当书记的把粮送到他家里，也被他拒绝了，把粮袋扔得好远。尹老田知道，王大瘸是冲着自己来的，他心里有内疚。

是的，我王大瘸求过人吗？没有，你他娘的有权有势，把我害成今天这个样子，我低过头吗？我抓鳝鱼，你说是搞自发，是资本主义，批判过我，扣我的工分，我洗手不干了。家里穷，孩子们要吃的，需要钱，我不去求你。今天我求你了，只求这一次，看你尹书记给不给面子。为了父亲的嘱托，为了我这后半辈子的向往，我求你啦！

“我准备起屋，求你批准一块地皮！”王大瘸冷冷地说。

“哎呀，是这件事呀，好办！好办！你看中了哪块地方？或是在原基上做，我们答应，明天叫会计办！村民们做屋，村里应该支持，对全村早点实现楼房化也好啊！你做楼房吧！村建筑队可以优惠承包！”尹老田见王大瘸兜了半天的圈子，原来仅仅是要地皮做屋的事，不觉满口答应。

“我不要新地皮，我要在我的原基上做！”王大瘸说。

“那更好办，在原基上做，连手续都不要办！可以！可以！”尹老田答应更畅快。

“要办手续，我要到堤角土台子上我的原屋基上去做，准备在那里修幢二层楼房。我还要求把那个废土坑承包给我，我每年按要求上缴收入给村里！”王大瘸一字一句地说。

尹老田吃惊了，脸上的诧异明显荡开来，真想得出，要到堤角去做屋，你还是忘不了二十六年前的拆迁并村啊！那时固然不对，可你今天再一家住到那荒草丛生的土台子上，孤零零的，有必要吗？再说，你在那做屋开了头，别人都要在河沿做屋，这不乱了套吗？新乡村的规划还有什么用！尹老田移步到窗台下的条桌边，眼睛盯着玻璃缸里游动的一条黑头金鱼。他说了句：“这做屋划地基要统筹安排呀，还有个政策性呢！”

尹老田说完，发觉背后有响动，转头一看，王大瘸已经离了沙发，拖着棍子，阴沉着脸走到门口了。沙发前的茶几上，放着一个报纸包。王大瘸脚一踮一踮，出了房门，嘴里留下话：“你看着办吧，尹老田！你们答应也好，不答应也好，我反正是要在堤角做屋的！你得想想，我的脚是怎么瘸的？政策？哼！政策在你的口袋里。东西在茶几上，嫌少了，说一声。我的楼房在堤角竖起来，我们的恩怨就完了；如果不，我们没完没了！不是那些年头了！”

尹老田呆呆的，望着王大瘸一瘸一瘸地走进了夜色。

茶几上，报纸包着一沓百元一张的钞票，整整一百张。

那时，乡村搞起了新村运动，各大队可根据自己的实际情况，将一些分散的小村拆迁合并。尹家墩大队中心村有二百多户人家，房屋都还齐整。唯一的小村是只有六户人家隔在一里之遥的堤角。

年轻的大队党支部书记尹田生，上任之后，想有一番大作为，要把尹家墩建成一个新村的典范。他要拆屋并村，堤角六户人家能算一个村吗？六户人家在那里，就像尹家墩大队这个美人脸上的黑色斑点。堤角是尹家墩早日成为社会主义新村的绊脚石。再说尹家墩成了社会主义新村，总不能把堤角六户人家丢下不管吧？将来村里搞现代化设施，统一安装电话宽带路灯，堤角那六户人家怎么办！书记那时还叫尹田生，也就是今天人家叫他尹老田的，在党支部会上一个人说了算，作出了决定：拆屋并村，早日建成社会主义新村。

尹田生带着一帮青壮年，扛着榔头镢头斧子橇扛一早到了堤角，还没进土台子，就被堤角六户人家三十多口人紧紧围住。

女人们求告着："书记，行行好吧，我们在这里住了几代人哟，我们住惯了，求求你，不要拆屋吧！屋拆了，我们哪里去住呀！"

"书记哟，这可是我们老辈子留下的产业呀，拆不得拆不得的，拆动了风水，我们堤角人就要遭殃的！"

听着这些妇道人家的唠叨，尹田生有些不耐烦了。看看，到了社会主义新时期了，这些人的觉悟还这么低。他觉得自己有教育的责任，就清了清嗓子，演说起来："父老们，请大家安静下来。我们尹家墩大队是全县计划第一批实现社会主义的新村之一，堤角的六户乡亲是我们大队的一部分，由于住得分散，我们让大家搬到一起，都住到尹家墩去。大家放心，不久，都可以住上楼房，还要统一安装电话电视电脑哩！堤角的这些旧房子，留着没用了，不好看，所以必须拆掉。为了社会主义新村，这几间旧房子你们还舍不得吗？什么风水呀，那是迷信！请大家让开，突击队要拆屋子。"尹田生自信说服了大家，招呼拆屋突击队的青壮年动手。

突然一个粗大的喉咙喊叫起来："不许拆屋，这是我们的房子，你们凭什么拆，你们还有王法没有？我们不去你的那个什么社会主义新村，我们宁愿住在这里过日子！我们不要你的电话电视电脑，我们要我们的老屋，要我们的祖业！"说话的是个青年，二十多岁，长得壮实英俊，双目有神。他叫大壮，堤角的老住户。据说堤角最先居住的一家，就是他们家，那是前几代人的事了。

尹田生一听这小子的口气，猖狂得很呢！不整治整治，看来这屋就拆不了，这并村就并不成，这社会主义新村就难建立。他威严地吼叫一声：

"王大壮，闭上你的狗嘴，不许你乱说。再说我把你捆起来！"

"你敢，你们拆屋，我和你们拼了！"王大壮记起了父亲临死前的嘱咐，叫他守好祖业，守住堤角这一方好风水。他愤怒了，周围的人也哄闹起来。

尹田生大怒，好小子，不知天高地厚。他叫声："把王大壮抓起来！"

两个后生冲上去扭住王大壮的胳膊，王大壮死劲挣开，立刻又上去了两个，抓住了他。同时，尹田生发出命令："上屋！"

立刻有人爬上屋顶，把一摞摞瓦摔了下来。这正是王大壮祖传的老屋，黑瓦青墙，眼看保不住了，王大壮一声长啸，甩开架住他胳膊的两人，冲到屋前，拼命上爬。握着木榔头的尹田生没有犹豫，向他右腿砸去。只听一声惨叫，王大壮昏迷过去了。

堤角作为一个村子再不存在了，堤角的社员住进了尹家墩中心村。王大壮被打折腿的事告到公社，公社卫护尹田生，只给王大壮医治腿伤，没有追究尹田生的责任。年轻英俊的王大壮腿伤医好后，却成了瘸子，瘸了二十六年。他从此和尹田生成了仇人，二十六年中，王大瘸碰到尹田生，只给他两道寒光。

尹田生使王大壮成了瘸子，二十多年来，心里也很不安。作为一个乡村的书记，说话是算数的，王大壮破坏社会主义新村的建设，反对党支部的决定，没有再找他算账就算是照顾他了。但自己下手太狠了，也是不该啊！

尹田生坐在沙发上，连连抽着烟，双眼更死死盯着报纸包。他心里有一股火，烧得他浑身躁烦，他真想和王大壮好生谈谈，把二十六年的话谈个清清楚楚。可王大壮就这样冷冷地走了，丢下几句硬邦邦的话。王大壮，你小子在外闯荡了几年，发了财，出手好大方啊！你想重整你的祖业是不是？我要不答应又怎么样呢？那就成了违章建筑了哩！再去拆你的屋，你会怎么样！能不按上级指示和政策办事吗？这三十年的书记是好当的？你当当看！你要跟我没完没了，怎么个没完没了？尹田生摸着自己的头发，陷入痛苦之中，夜深了。

一连三个黄昏，人们都看到王大瘸跛着条右腿，挟着不离身的棍子走出尹家墩，摇摇晃晃地朝堤角踮去。“饭罢散散心！”他这样回答跟他打招呼的人。

第一个黄昏，他在堤角的高堤上立着，望着金水河默默地朝东流去，望着望着，像截树桩子。

第二个黄昏，他在堤角土台子上转悠，踢那些断砖残瓦，用木棍戳戳泥土，脚不停地在土台子上转，像拉磨的毛驴。

第三个黄昏，他背靠在长方形废土坑边的老杨树上，一动不动，看着夜色出神。四野虫鸣，眼含泪水，圆月清辉照着他，他想着父亲临死的嘱咐。

三天来，村里人不见村书记尹老田的影子，其实尹老田一个月不露面人们也不奇怪。对这位当了三十多年书记的人，大家习惯了他的领导。他有功也有过。如今，尹家墩村还是在他的领导之下，村里这几年也确实富了。但尹老田本人现在并不出头露面，他的领导是通过年轻村长尹家和来体现的。尹老田在乡镇的一个纺织厂有股份，他忙他的事情去了，见不到他是常事，但人们仍感觉到他的权力的存在。

王大瘸密切地注意着尹老田的动静。三天了，尹老田没露一下脸，人干什么去了？一万块钱的钓饵还钓不上？要跟老子搞到底？那好，我们就咬着吧！像土堤咬着金水河一般，不要转弯子，笔直咬着。王大瘸睡在床上，牙咬得格格响。

第四天一早，王大瘸找村建筑队包工头，两人蹲在村后庄稼地里抽了几锅烟，事情就办好了。备料，设计，建筑都由包工头负责，王大瘸只负责钞票和到时全家人搬进去住。这个奇异的谈判顺利得很，王大瘸付多少款子，他的这些款子从哪里来，人们一概不知，当第五天早晨，村建筑队在堤角土台子上清基挖墙脚时，人们才知道王大瘸要起楼房了，而且起在堤角、二十六年前他的脚被尹老田打瘸的老屋基上。这新闻到吃早饭时，尹家墩村的每个角落都传遍了。

村长尹家和刚丢下饭碗，忙骑上一辆啪啪作响的摩托车，奔向堤角。到达时，建筑队已拖了两汽车石头来了，房基已经挖好，水泥也和好，正在下基脚。王大瘸威风凛凛地在现场指挥，大虎二虎三虎帮忙下石头，虎娘在席棚里帮厨。尹家和急忙停好摩托车，跟王大瘸软和地说："哎，王大叔，这是怎么搞的？如今做屋要先办许可证哪，没有许可证是违反政策的呀，大叔！"

"违犯哪条政策？这屋基在你还没生出之前就是我家的，土改时候也没分给别人！让它荒废了二十多年，现在利用它，有哪样不好！”王大瘸脸上没有笑。三只虎也没作声。

“哎呀，这不行哪，大叔！你不知道，这要许可证的！”年轻的村长急着说不清楚，他一眼瞥见了建筑队的工头，把话对准他：“哎，我说工头，没有许可证，你怎么随便接活路呢？”

“我才管不着这些咧，只要给钱，在地球上随便哪块，我都照样竖楼房，这是我的职责，村长！”工头说。

三虎中的老大给尹家和递了根带把的烟，王大瘸说：“村长，这事你不要管了，叫尹老田来找我，他晓得我做屋的！”

“他晓得？”尹家和吸着了大虎递的烟，不相信地问。

“他晓得！”王大瘸肯定地说。

“那好，你们忙！”尹家和对尹老田的指示是坚决执行的，又骑上他的摩托车啪啪地走了。

第五天，基脚已经浇注完毕，墙壁已经砌了丈把高了，第六天，第一层楼已经封顶，预制版盖上了，接着准备砌二层楼的墙壁了。尹家墩的这支农民建筑队，闯过南北，见过大世面，机械也齐全，他们在省城盖过大楼，像王大瘸这种农家两层小楼房，几天就可盖成。况且现在做的是本土乡亲的事，那就更得又快又好又省地去干。

看着楼房就要完成了，乡亲们不断前来观看，特别是二十六年前堤角的六户住户来得更勤。他们说：“王大哥，你这主意好，为我们出了一口气！看他尹老田有什么招，难道第二次逼你拆屋不成，难道再打折你的腿不成？”

“大壮兄弟，你先走一步，我的款子筹够了，来和你作伴，也在这旁边竖一幢房子，这是我们的祖基咧！看谁还敢赶我们！”

尹老田没有出现，尹家和也再不来了。王大瘸二十多年来第一次露出了笑脸，来祝贺的乡亲不断，他整天在建房工地忙着，心里还是有点沉不住气。话虽说得硬硬的，但尹老田葫芦里到底卖的什么药？叫人难以猜透。又想到那一万块钱已送出去了，再来找碴子怕不那么容易吧。

二层楼封顶前，王大瘸要搞一次上梁仪式。一根大梁披红挂彩升上楼顶，三亲六戚、邻里乡亲送鞭放炮，轰轰隆隆响了大半个上午。中午，是一顿丰盛的酒宴，原堤角的六户户主都来了，尹家墩村的老人们该请的都请到了。王大瘸陪着工头和乡亲长者喝酒。看着架在楼顶的大梁，彩绸飘舞，想到父亲的叮嘱，想不到二十六年之后，在被拆掉老屋的原址上又建成新楼，不觉兴头来了，就着大杯，与大家多喝了两杯。工头与王大瘸平时感情还好，一杯酒下肚后，红着脸庞对他说："王大哥，小弟佩服你，才舍着膀子帮你建楼。想想二十六年前的事，乡亲们也记得，你今天出这口气，大伙也赞扬。这多年，谁不说你骨气硬，吃的苦多。要说老田书记这人嘛，乡亲们心里清楚，对你他是有罪过的，不该来那一榔头。可这人也不是太没良心，二十多来年尹家墩也靠他这个书记周旋，要不，大伙的日子会比现在还差。我说王大哥，如果尹老田不找你的麻烦，这过去的事也就算了，那些年的政策就那样！"

工头的一席话说完，喝酒吃菜的乡邻都停下手里的动作，一齐望着王大瘸，王大瘸的三个儿子站在父亲后面，注意地看着父亲， 王大瘸郁闷了好半天，脸色由黑转白，白里转青。他拿过桌子上的一大杯酒，一咕嘟干了下去。

"老少爷们，刚才工头大哥说了这话。我爹临死的叮嘱，我没能守住堤角这处风水地，是尹老田逼着堤角六户乡亲搬家拆屋的。二十六年来，重新在堤角建屋的愿望激励着我，我忍受了无数痛苦，等到今天。大伙儿对我起这幢楼有疑惑是不是？我王大瘸这些年穷啊！出去闯荡了几年，回来有钱起屋了。这几年吃了多少苦啊！如今政策好了，靠爹传的手艺，走江浙，跑两广，湖河港汊，一条一条地抓鳝鱼，一块一块地攒钱，这幢楼是我这几年来的血汗。我爹临死前说的第二句话就只有鳝鱼两个字，这话只有我懂，爹是叫我再不要抓鳝鱼了，爹虽然被人叫作王铁爪，可他是死在抓鳝鱼上的啊！爹要我不干这营生，是怕我也落得他的下场。可要实现爹的守住堤角风水地的愿望，我除了抓鳝鱼外，就别无他法了。这回好了，我抓了几年的鳝鱼，没被毒蛇咬死，还学会了人工养鳝。我为啥偏要在这里做屋，就因为我看中屋前那个坑，可以搞人工养鳝，不必东奔西跑抓鳝鱼了。感谢各位老少爷们捧场，今天我王大瘸起屋，大家赏面子，我向大伙儿作揖了。”说到这里，王大瘸向各位乡邻三鞠躬，三个儿子也跟着父亲把腰躬了三下。王大瘸又接着说：“至于尹老田嘛，二十多年的恩怨是不是了结，全在他了。我已经找过他了！”

这时，人们都没有注意到尹老田的到来。尹老田由自己的老伴扶着，已经站在人群外有一个时辰了。尹老田喊了一声：“大壮兄弟，我对不住你！”

吃惊的人群看到尹老田由老伴扶着，几天未见，书记怎么老成这样了？身子显得那么虚弱！尹老田的大腿一拐一拐地走近王大瘸，拉着王大瘸的手说，“兄弟，这多年我心里不安啦，我思考着总要偿还这笔账的！这两年你又不在，我也没有机会。今天我来祝贺你的楼房上梁之喜，也来还你的账。这是刚去乡里办回的建房许可证，是我到乡场上去办的！”尹老田递给王大瘸一张文件纸。然后，他又从老伴手里接过报纸包，递给王大瘸说，“这是你丢在我屋里的东西，还给你吧！兄弟，再不要给我心上撒辣椒面啦！”

王大瘸看那报纸包，正是自己丢在尹老田家里的一万块钱。他不自在起来，颤颤地接过。两人的眼光碰在一起，王大瘸的眼里有了暖意了，而尹老田眼里是一种坦然宁静的光。尹老田的老伴在一边抽泣起来，尹老田扯扯她的袖子，叫她别哭。

人们这才注意到尹老田走路有些一拐一拐的，脸色黄黄的。当王大瘸注意到这一切时，突然脸色变得苍白，跑上前去，掀起尹老田的右裤腿，看到尹老田的右膝盖处绑着白绷带，有血渗出来，白绷带染红了。

尹老田的老伴哭着说，“这是他去乡里办证，走夜路，踩到了一道坎里，伤了一条腿，还是过路人发现后，背他回来的。”

人们像傻了一般，忘了喝酒和吃菜。王大瘸冷峻的脸上泪光闪闪。

金水河向东流去，在它拐弯的地方，有老堤，有土台子，土台子上竖着好几幢二层的漂亮小楼房。离土台子不远处的长方形土坑扩大了，淘深了，清水涟涟，土坑中竖了块大木牌子，牌子上写着：堤角鳝鱼养殖场。坑边的老杨树，今年又冒出新枝。

有两个老人，都跛着腿子，挟着根棍子，在老土堤上遛步子。土堤紧咬着河水，河水拐弯时，土堤也紧着拐弯。两个跛老人，一前一后。前面的老人拐了个弯，后面的老人也拐弯，他们结伴沿土堤朝东遛步。

拐弯的地方叫堤角。

一九九四年的标底

老三进屋时，项宗大和二老板秃子坐在方桌边，正就着一碟花生米和一碟炒蚕豆喝酒。老三就自己拖了条长凳横里坐了，抢过项宗大的酒碗，喝了一口。

酒是乡酿酒厂酿的谷酒，纯正醇香，口感不错，没兑过水的。

老三喊着："大嫂大嫂，怎么用这样的菜招呼客人？莫太小气了！"

项宗大的老婆应了一声，说："哪个晓得你个小短寿的来了，他们两个贱货只要花生米和蚕豆嘛！"

不一会，项宗大的老婆慧嫂端来一盘炒鸡蛋和一盘卤猪头肉，放在桌上，嘴里叨着："你们少灌点。还好意思，两个月没事情做，二十几个大男人，那么点田又不够种，还要娘们儿养着！还不想办法呀？"

二老板秃子咕了口酒，他的头皮已经发亮了。"妈的，这些婆娘们没良心，我们在外赚钱时，她们在家吃香喝辣的。我们才没活做，她们就嫌弃我们了。"

"情况怎么样，老三？"项宗大问。

“情况很不好！狗日的二乡长不吃这一套。”老三把黑提包往桌上一放，接着说：“他连这包看都不看，说什么你那标底咱们不谈，回去对你们老大讲，要想中这个标，非降低标底不可。”

“别人的标底是多少？”秃子问。

“我有个同学在面粉厂筹建小组里。据他私下告诉我，来抢这个标的建筑队不少，但拿得下这个工程的，只有我项岭和大塆两个建筑队。大塆的标底，可能是一百四十二万元。”

项宗大咕了口酒，嘘了口气，骂了句：“狗杂种，老子三万元现金他看都不看。老二，算算账。”

秃子摸了摸额头，嘴里念叨，脑子里在默算着：“一幢厂房，一幢办公加住宿的两层楼，还有仓库、厨房、厕所、围墙、门卫小屋。一百四十二万元，肖麻子他们能赚个屁，最多三四万元钱。”

“肖麻子他妈的也是急红了眼，三四万元钱发工钱都紧巴巴的。还有额外花销呢？弟兄们干一场不赚几个还成？”项宗大紧皱着眉头，又喝了一大口酒。

“得要想法子老大，两个月没活干了，婆娘们都嫌了呢！”秃子愁着脸说。

“我们不能像肖麻子那样搞。一百五十万元的标底一分也不降，要不我们把这工程接下来没意思。”

“人家不给你干呢！”老三喝了酒，就吃炒鸡蛋和卤猪头肉。在项岭建筑工程队里，他位列老三。在家里弟兄排行，他也是老三。他能有老三这个位置，是因为他年轻，高中毕业，头脑里点子多，嘴巴能说，是个攻关型人物。

人称二老板的秃子，会算账，能管人，原来是大队的会计。大队改村后，他辞了会计职，投奔到项宗大手下。

项宗大是老板，能设计，懂工程技术，讲义气，有号召力，他的建筑队二十几号人，都是一个村里的，听他的。

“二乡长凭什么不给我们干？ 他不给我们干，这个工程我们干定了。肖麻子他们干不了，趁他没与肖麻子的建筑队签合同之机，我们要想办法，拿下这个工程。”项宗大捏紧了拳，轻轻捶在桌上，把桌上酒碗和盘碟捶了一跳。

“有什么办法？ 有什么办法？ ”老三念叨着。

“就看你的水平了。一百五十万，拿下这个工程，老三你这个智多星我就服了。”秃子用激将法。

“二哥，你再怎么说我都没办法。你的标底比人家高八万元，人家他妈的吃多了，非得找你不可！”

“动动脑子嘛！”秃子跟上一句。

“这个脑子还是有个限度的，把脑壳抠破了也没用。”

“老三，也别把门封死了，不是有山穷水复疑无路，柳暗花明又一村之说吗？ 来，我们三个喝酒。”秃子端起了碗。

“不是春节过了才开工吗？ 二乡长说过在除夕之前订合同。还有将近十天呢，来得及，我们再想办法。”项宗大端起酒碗说。

三人把酒碗碰得“当”地一响，一口干了。

老三干完了酒，把黑提包推给了秃子：“这三万元没动，我不能在这儿待着，我得要去想办法。这当儿，每一点信息都很重要。”

“我说老三不是孬货吧，你一定会成功的。”秃子笑着说。

老三跨出项宗大家的门，走了。

二乡长叫张进先，是青林乡副乡长。张进先爱说：这事我说了算，咱青林乡是乡长第一，我第二。时间久了，大家就称他二乡长。

二乡长四十多岁年纪，在青林乡干了十来年，属本乡本土干部，为人有些固执，干事有些武断。

乡里搞开发，上项目，县里新近批准他们上马一个面粉加工厂，银行贷款二百四十万元作开发费。

乡党委经过研究决定，面粉加工厂由张进先负责筹建，选地皮，购设备，建厂房，全由他一个人说了算。

张进先在党委会上拍了胸脯："这面粉厂的事，建不好找我。保证三年盈利还贷。干得不好，这个副乡长我不当了，辞职。"

地皮选好了，设备也在省城订购了。选择哪个建筑队建厂房，却不是那么容易的事情。二乡长这几天被各种各样的建筑队的头领们包围了。青林乡各个村都有建筑队，邻乡的建筑队知道消息的，也找上门来。送烟酒，送冰箱彩电，送金戒指金项链，有的干脆送现金，一百元的票子一扎扎的。

二乡长是多年的干部，晓得这些东西是不好拿的。拿的时候舒服，今后的日子就不好过了，那些东西能牵着你的鼻子走。二乡长对送东西的，一律不接不看。你再啰唆，跟你公开，你可就不好看了。

二乡长决定：面粉厂修建工程实行公开招标。

各建筑队报来标底。

目前稍微有些谱的，只有两家。这两家都是本乡的。其余的建筑队报的标底，离谱太远了，不必考虑了。

这两家一家是大塆建筑队，头儿是肖麻子，在县城承建过几个工程。肖麻子的标底是一百四十二万元。另一家是项岭建筑队，头儿是项宗大，也是建过些中小工程的。项宗大的标底为一百五十万元。

二乡长当然希望标底越低越好，但他还不忙于表态签合同。让他们再竞争一番，二乡长希望通过两家的竞争，能将标底再降低一点。他决定明天下午就把这标招了，春节之后就开工。离招标时间还有一天，不慌。

这几天，仍然有不少建筑队的公关人员找上门来，县城的建筑公司也派来一个公关的女人，打扮得花枝招展。问她的标底，二百万元。他立即把那女人打发走了。

各式各样前来公关纠缠的人还是络绎不绝。二乡长不愿回家了。家里总有人等着他，开口说话，就是面粉厂工程，就是我这个建筑队修过多少房子，速度快，质量好，张乡长，这工程让我们干，保证你不会吃亏。

问标底，没有低于一百六十万的。

二乡长有些烦。他妈的，哪来这么多建筑队？村村有建筑队，乡乡有建筑队。有的建筑队，从来人谈话的那口气，硬是连北京人民大会堂都能建。问他技术力量，妈的，只能建建乡村农民的住房，建幢三层楼怕都拿不下，要价还云里雾里地高。

下午四五点钟的光景，二乡长从乡政府办公室里出来，披着件黄色军棉大衣，把手拢在袖子里。腊月间的天气，待在屋子里尚不觉得，走到屋子外就有些冷了。

乡政府里也有些冷清，干部们有的回家忙年去了，有的到联系的村里收提留去了。二乡长想，现在得找个地方混混。回家，他讨厌那些建筑队的头儿和说客，再说即使没这些人，家里待着也没多大个意思。

到乡中学去看看。二乡长一想到乡中学，就有一种温暖的感觉。他立即想到了胡香香老师。胡香香那银盆般的面庞，高隆的胸脯立即出现在他的面前。胡香香老师是县城郊区人，师范毕业后分到青林乡中学，曾经抽到乡广播站去当了一年的广播员。胡香香胖，胖得好看，性格特别的开朗，见人笑口常开。

二乡长是在胡香香在乡广播站当广播员时，和她搞上的。二乡长很少跟女人乱搞，可他见到胡香香那一刹那，就乱了心思。事情的经过很简单，那晚二乡长在乡政府值班，其他乡干部都回了家，只有广播站胡香香在。二乡长就到广播站里坐着和胡香香聊天。晚上十一点之后，他们两人就聊到一个被子里睡了。那时胡香香已经结婚，丈夫在邻县一个三线工厂工作。和胡香香睡觉，二乡长最难忘却的感觉是：在这女人身上伏着，就像伏在一床暄被子上，很舒服。之后，二乡长有机会，就和胡香香睡一觉。二乡长来了，胡香香就接待，好久不来，胡香香也无怨言。他们的来往很自然，让人看不出破绽，三四年了，没有人发现他们的私情，胡香香在乡广播站干了一年，后来教育部门提意见，胡香香就又回到了乡中学当老师。

二乡长不知不觉就走到了乡中学的门口。学校已经放了假，很安静。胡香香估计也回了家，她一个人还待在这里干啥？ 二乡长想。胡香香结婚这么多年，仍然没有孩子，一个人住一间宿舍，经常回城关郊区的家里去。

进不进去呢？ 进去看看吧，既然来了。二乡长望望四周没人，就进了学校。前面一排是教学楼，门窗紧闭，空无一人。转过教学楼，就是一幢两层的教师宿舍。

天已经黑下来了，二乡长抬头看到胡香香那间房里有灯光，心里一喜，她没走嘛，今天没白来，但胡香香房间楼上的那房间里也有亮光。二乡长就放轻了脚步，悄悄地走到胡香香的门口，敲响了房门。

胡香香开了房门，见是二乡长，只“咦”了一声，就把二乡长放进屋里。

这一切，都被二楼一个刚从厕所解手出来的人看见了。

老三被他的高中同学，现在乡中学当老师的张晓春叫来，和留在学校值班守校的两个男老师一起，凑成一桌搓麻将，从中午开始到天黑，就老三一个人输了。

“老三是老板，输点没关系。”三个人说。

“还老板呢，现在停工歇了业。”老三说着又打出一张臭牌，张晓春和了。

张晓春到厕所里解手，进屋时一手扣裤扣一手掩门，嘴里说：“二乡长到我们学校来了。”

听到二乡长三字，老三神情一振，全部注意力都集中了。他有种预感，今天他输了点钱，却要获得点什么。

“再不能来了，这东西搓得哗啦哗啦响，被乡长听了不好。再说你们二位还得回到岗位上去，值班室晚上不能没人。”张晓春说。

“是真的，我们得走了！”两个值班老师说。

“妈的，你们赢了钱，拍屁股就走哇？”老三不服气。

“有本事明天再来嘛！”一个值班老师说。

“几根毛，对你来说算个球！”张晓春让两个老师走了。

“哎，二乡长到你们学校来干吗？”老三问。

“他三不知地来一回，在这里来找他的快乐呗！”张晓春朝老三神秘地眨眨眼。

果然有戏。老三装作不相信的神态："你又胡球扯，吃了饭没事干，瞎编造的。他个当乡长的，能在你这个破学校找乐子，我不相信。"

"这个你当然不相信啦，晓得这事的除了他们两个人外，第三个就是我了，好几年了呢！"

"跟谁呀？你们学校就找不出一个像模像样的来，你骗别人可以，骗我不行。"

"胡香香！暄暄的，虽说模样不是很了不得，但还有点味的。这个事是说不清楚的，他们两个就搞上了。"

"真的？"

"当然，他们现在就在楼下。"

"我不信？"

"你信就信，不信就拉倒，我凭什么要你一定相信！告诉你，我亲眼看见了，怎么样？"张晓春懒得说了。

老三很快从张晓春提供的信息里看到一丝曙光，他妈的，这可是个宝贵的情报，甚至是一颗重磅炸弹。如果能有证据，把证据弄到手，二乡长就只有挨炸的份了。

老三装着不很在意的样子，掏出烟，递给张晓春一支，自己嘴里叼一支，点着，深深地吸了一口，吐出了个烟圈 。张晓春问："肚子饿了吗？"

"不饿。玩麻将还兴饿肚子的！你那点酒菜，留到十点钟时再干吧！我今天不是来陪你玩的吗？"老三说。

"麻将也不能搓了，现在玩什么呢？看电视吧！"

"电视有什么看头，不开了。我们哥俩聊聊天不好吗？"

"聊什么？"

“聊点稀奇事，比如说你是怎么发现二乡长和胡香香有一手的？”老三说。

“怎么，你有兴趣？”

“什么兴趣不兴趣的，闲着也是闲着，聊点野棉花找乐子呗！”老三说。

“不说你不信，有多少人信这事？不是我亲眼看见，我也不信。二乡长平时咋咋呼呼的，可在这个事情上，没听人说他什么。哪晓得他跟胡香香有一手？

“胡香香是教生物的，乡中学就她一个生物老师，她的那间办公室和我的办公室原本是一间屋子，后来用些柜子隔成两间。我是教化学的，也就我一个人。我喜欢搞摄影，几个钱都花在这方面了，这你是晓得的。我把我的那六个平方的办公室，封得严严的，经常在里面冲片子，搞成了个暗室。别人也不到我那办公室里去，我的课又不多，大部分时间消磨在暗室里。乡中学有个好处，就是除了教课外，别人都不干涉你。所以我就一直不愿离开这个学校。本来我还可以调到更好一点的学校去的。但我在这里自由。

“那是一个星期天的晚上，学校的老师有的看电影去了，有的回了附近的家，他们星期一早上才来。大约是十点钟的样子，我还待在我的暗房里弄胶片。我想弄出几幅好一点的摄影作品，参加省里的一个摄影比赛。我干得正起劲时，突然听到走廊里有脚步声传来，轻轻的，似乎是两个人的。我们那两间小办公室在保管室的西边角落里，平时去的人少。这么晚了，还有人来，是谁呢？我顺手关了暗室里的小红灯，外面根本就看不到我那屋里有亮光。脚步声在我的办公室门口停了一下，过了一会，隔壁胡香香的办公室门打开了，脚步声消失了，门关了。灯亮了，有压低了的嘤嘤细语，听出来是一男一女的声音。我很好奇，也想弄清楚是谁，就凑到两只柜子间，那里有个缝隙，透出了一丝亮光。我前面说过，我们那两间小办公室是用柜子隔开的，当然不可能隔得很严实。我贴着缝隙看过去，我看到二乡长紧紧抱着胡香香，正没头没脸地亲。那个馋相，像是一百年没见过女人一般。胡香香嗯嗯地呻吟着，软在二乡长怀里。一会，他们各自脱了衣服，胡香香一堆肥肉堆在二乡长怀里，他们就抵着办公桌干起来了。我就赶紧离了那缝隙，呆坐在小屋里，一动也不动，等到那边的男女事干完了，出了屋子好久，我才悄悄地出了暗房。”

“嗨，老兄，你可是有艳遇呢，大饱眼福。这样的事情怎让你给碰上了。真的吗？”老三笑着说。

“我他妈的无聊，再怎么也不会去编造这类玩意儿！你以为碰上什么好事？乡里人认为遇上这事情倒霉。所以我那次苦心经营的几张片子，参加摄影比赛，连个优秀都没弄到，还不是我碰见了这对男女的好事！”

“他们的地点选得很好嘛！他们经常干吗？”老三装出很感兴趣的样子。

“反正二乡长只要一到学校来，他们就会干这事。他不能白来呀，而且也不好经常来。我是碰到好几次的。”

“那你说他今天来了，他们会不会干？”老三问。

“肯定会干。二乡长这么晚来，他不干能甘心？”

“他们会不会在你楼下干？”

“只要我们把房间里的灯亮着，而且我们一直在上面不停地走动，他们就不会在房间里干的。何况刚才那两个值班的老师已到值班室里去了。我们这宿舍楼很惹眼。”

“我就看不到这好的事情啰！”老三很神往的样子，叹了口气。

“你是不是很想见识见识？其实这又有什么好看的！”

“我是想看看平时一本正经的二乡长，和胡香香这个胖娘们儿搂在一起的模样。”老三完全显出一种想恶作剧的神态。

“你真想看？”张晓春追了一句。

“真的想看。可惜你又没什么法子！”老三有点失望的样子。

“那好，我们今天就开个玩笑，他们乐，咱们哥俩也乐一乐。老三，你就在这楼上不断地走动，我现在就到我那小屋里去藏起来。他们要不了一会就会去的。等他们干起来，我拍两张片子你看一看。我的摄影水平你是晓得的吧！”张晓春说。

“要得要得，你快些准备吧！一定弄成。”

“没问题，你就等着看好东西吧！”张晓春今天决定和他的老同学乐一乐。他提了照相机，再次叮嘱老三要不断地把楼板走得响些，然后就悄悄地溜出去了。

张晓春潜入自己的办公室，先开了小红灯，把门关好，把柜子的那个缝隙找到，用手抠大了一点，然后把照相机的镜头对准了那个窟窿，把镜头拉长，做好了一切准备。

张晓春把灯关了，在黑暗里等着。

果不出所料，那两个人的脚步声传来。开门。关门。开灯。两人迫不及待地脱衣服，余下的情节就不用说了。当二乡长和胡香香抵着桌子，把桌子弄得吱呀响时，张晓春在隔壁房里咔嚓咔嚓地按了两下快门。那一对男女正在快乐的高潮之中。哪里听到了这危险的咔嚓声！

张晓春待那两个人完了事，离开了房子后，才悄悄地开了小红灯。把相机里的胶卷取了出来，当时就冲洗起来。

效果，是出奇地好，两张黑白照片上，二乡长把胡香香抵在桌子上，战得难分难解。看着那神态，张晓春调皮地笑了。他完全没认识到这件事情的严重性，他只是开个玩笑。

张晓春把照片和胶片一齐装在信封里，背着照相机回到寝室里时，已是晚上十一点多钟了。他看到老三还在屋里来回走动着，不禁哑然失笑。

“好了好了，再不要走动了吧，已经办好了，你看个稀奇吧！”说完，张晓春把信封丢给老三。

老三把信封里的照片抽出来看了，不禁抱着张晓春哈哈大笑，连说：“有趣！有趣！”

看完照片，老三说：“没吃晚饭哩，肚子饿得很，你去了这么久！”

“我得洗印出来让你先睹为快呀！来，我们一起来热菜喝酒。”

张晓春备有煤气炉，两人热了菜，喝了酒，一个睡床，一个睡沙发，两人呼呼地睡得特别香。

老三睡在张晓春的床上，张晓春自己睡沙发。其实老三这一夜睡得不安稳，但他装得睡得特别香。老三很兴奋张晓春拍的那两张照片，不亚于给他提供了两颗重磅炮弹。太好了，肖麻子，你的标底定得再低，即使赔血本，也不如我这标底厉害。你的大塆建筑队靠边去吧，没戏了。二乡长，面对我的标底，你得乖乖地就范。你再固执再武断，但你的固执与武断是鸡蛋，而我这个标底却是石头，不怕头破血流，你就碰吧！

迷迷糊糊的，天蒙蒙亮，老三就翻身起床了。他穿好衣服，推了推张晓春：“晓春，我走了呀！”

张晓春迷迷糊糊地，翻了个身，说："你走吧，我今天下午回家，正月初二我去你家拜年。"

说完，又睡着了，他完全忘掉了昨夜的恶作剧。

老三把装有底片和照片的信封揣在怀里，出了张晓春的房间，下了楼，朝楼下胡香香紧闭的房间看了一眼，迈开步子，离了乡中学，快步朝项岭村奔去。

怀里揣着那个小小的信封，比揣着十万元钱都激动，老三越走越起劲。乡中学离项岭村七八里路，老三大半个小时就走到了，额上热气腾腾出了汗。

老三没回家，直奔项宗大的家，敲响了紧闭的大门。

项宗大家还没起床呢！老三把门敲得很急，边敲边喊："宗大哥，快开门，我是老三呀！"

项宗大很快地起了身，披了衣服打开大门，见了汗流满面的老三，立即板起了脸，说：

"老三，你昨天一天都没露面，跑到哪里去了，到处找不到你。"

老三进了屋，说："怎么啦大哥，有什么事？"

"还有什么事，急得火烧眉毛了。乡里来了通知，说是今天下午就研究面粉厂的基建招标的事，是二乡长昨天中午决定的。他们说，我们如果想夺标的话，今天下午就得把标底送去。你说急不急人。"项宗大边说边扣衣服扣子。

"大哥，不要急不要急，我拿到一个重要的东西了，这比任何标底都有力。我昨天就是去忙这个事去了，所以今天一早就赶回了。这个基建任务肯定归我们了，你放心。"

"你说什么大话，你有个原子弹吗！"项宗大说。

这时慧嫂也起来了。

老三说："能不能叫大嫂去把二哥叫来？"

项宗大就对慧嫂说："你去把秃子叫来，我们有重要事！"

"我给你们当佣人啦！"慧嫂唠叨着出去叫秃子。

老三伸手从怀里拿出了个小信封，颤抖着递给项宗大。

项宗大接过信封，有点不解地望着老三。

"你打开看看吧，大哥！"老三激动地说。

项宗大打开信封，掏出照片看了，脸立即变得苍白起来，向老三："这是真的吗？你怎么搞到的？"

"这还有什么假不成！告诉你，这是现场拍摄的，而且就是昨天晚上。"老三的口气显得很自豪。

项宗大苍白的脸立即变得通红了。他高兴地拍着老三的肩膀说："太好了，太好了！老三，我的好兄弟，你立了大功了！你看看我，糊里糊涂的，还批评你呢！老三，你真了不得呀！"

这时二老板秃子匆匆地赶来了，项宗大立即把秃子和老三带到里间屋，给秃子看了老三拿回的照片。

秃子先是不信，继而大叫："妙极了！妙极了！"

"这是个标底，这个标底我们今天上午就得想办法送到二乡长手里！"项宗大说。

"我们还只提一百五十万元吗？或是再加一点？"二老板秃子问。

"我看我们还只提一百五十万元。这照片只是增加一点砝码的重量，要不然我们就要变成讹诈了！"老三发表意见。

"算了，老三说的有道理，我们还是定一百五十万元吧！按这个报价把工程接下来，我们还是能赚一些的。钱是赚不尽的，心不能太黑。"项宗大说。

“那么，我马上草拟个详细预算，按一百五十万元做，今天上午十点，我们就可以给二乡长送标底了。”秃子马上行动。

老三在这边喊：“大嫂大嫂，做早饭吃呀，我的肚子饿了。”

“一早上就听你喊，喊你个魂。还有功呀，没你吃的。”慧嫂在厨房里说。

“当然有功啦，过了年我们就上马大工程，免得你们这些婆娘在屋里唠叨，嫌我们吃闲饭。”项宗大说。

“真的呀！”慧嫂从厨房里跑过来，说，“你们要吃什么？”

“金针蘑菇肉丝面！”老三笑着说。

“就你嘴巴馋。”慧嫂笑呵呵地进厨房去了。

项岭建筑队夺标乡面粉厂的基建任务，变得十分合情合理了。当二乡长宣布项岭建筑队的标底一百五十万元，面粉厂的基建任务由他们承担时，大塆建筑队的肖麻子不服。

肖麻子每个麻坑都涨得通红，脖子也红了一半，他说：“他们一百五十万，我只要一百四十一二万，凭什么让他们承建不让我们承建？这里面有名堂，不合理！”

“有什么名堂你查吧！项岭建筑队的水平比你们高，他们建的工程得了几个优秀，我们不仅要看标底，还要看建筑队的技术。”二乡长有点武断地说完，招标结束。

肖麻子气呼呼地走了，他是不知道上午那精彩的一幕的，他是失败了。

上午十点钟，项宗大带着二老板秃子和老三，找到二乡长家里。

二乡长说：“三位有事吗？”

“我们送标底来的！”项宗大说。

“标底今天下午在乡政府交给我吧！ 现在我不收！”

“在乡政府不方便，现在交给你好。”秃子说。

“你要不看这个标底，你会后悔的！”老三说。

二乡长看看三个人站着说话的模样，疑惑地接过项宗大递给他的大信封，打开了一叠纸，首先映入眼帘的是那两张照片。

二乡长呆了，满脸通红，浑身打战，豆大的汗珠从脸上淌下来。过了好一会，他才将照片等物装进信封。

项宗大说：“放心，照片我们只用这一次，底片我们会毁掉。”

“三位请坐请坐，我们好好谈谈。”二乡长苦笑着说。

谈判的结果，就是肖麻子下午听到的结果。

小说人语：

二十年后，已是武汉建筑行业知名公司老总的项宗大，与我这个作家老乡在一起喝酒时，喝高了点。他对我讲了他和秃子还有老三当年创业的艰难，有很多故事，其中包括一九九四的标底这件事。我说我要写出来。他说可以。于是我就写了。

旧日泥潭

有朋友做二十世纪中国乡村爱情状况的课题研究，知道我是从乡村走出来的，便让我给他找几个例子。我写过二十世纪八十年代乡村爱情故事的小说，而且都是我看到的或亲身经历过的事情。下面这篇小说就如此。

——题记

木生决意去蹚鲁湖了，去蹚那一望无际黑黝黝泥巴齐膝深的湖滩，如今只有这一条路。为了娘那满脸皱纹能够舒展，为了他喜欢的菊子能早点住在这三间瓦房中，为了一台该死的彩电。他在床上翻了个身，周围静极了，鸡已经啼过一遍，远处时而有几声狗叫，月亮透过窗玻璃洒了一层冷森森的白光。

昨晚，木生从三湾回来，推开家门，衣襟带回冬月冷冷的寒气，十五瓦的黄电灯下娘一头一脸的绒绒纱尘，双手在膝盖上放着的团箩里扯着纱。红的蓝的黄的纱布角、纱布条已被娘扯成一团团的纱线，这东西擦车子擦机器是没说的。看到纱布木生就看见该死的腊腊和腊腊该死的当厂长的大舅，腊腊这家伙掏票子时的大方给他的许多难堪和气闷。他要和腊腊比一比，他相信他不会太丢人，他又觉得他很可能要丢人，毕竟实力不一样啊！腊腊靠有个在针织厂做厂长的大舅，于是能拖回不少纱布边角废料发给村里的许多老人和妇女孩子，于是就有不少双手扯呀扯呀地扯出许多纱布团来，再把纱布团交回厂里就能兑票子回来，腊腊的钱包就塞满了就成了小老板。娘就这样每天扯呀扯呀的，也能扯出两三块钱来，娘的双手扯痛了都是为了他和菊子呀！他咬了咬牙，不能输了这口气，他要去蹚鲁湖。

木生没有输过腊腊。他方脸大眼长得敦敦实实，犁田打耙有的是力气，又能吃苦。腊腊白白净净身子有些单弱留着小分头，走起路来晃晃的脑子又活泛得出奇。两个人是穿开裆裤时就在一起，长大上完初中又一起没考上高中回村的，参加生产队劳动没几天，大家就喜欢木生的踏实不喜欢腊腊的轻浮，记分牌上腊腊每天都比木生少一分。分田到户了，木生和娘两个把田做得头头是道，那稻子是头一分地惹人称赞。腊腊的大哥娶嫂子早分门别户另起炉灶，剩下腊腊和半瓢水庄稼人的爹，腊腊娘三年前害了一种怪病去世时身上肿得亮晶晶的。腊腊和爹真是配上对儿，责任田被种得糊里糊涂收入不能和木生家的比了。虽然木生爹是在“大跃进”后几年饿饭死的，娘把他从一岁抚养到如今二十多岁，责任田是靠木生一个人种，娘只能做个帮手。

木生没有输过腊腊。他在床上又翻了个身，村里的鸡啼了二遍，啼得嘹亮得很，公鸡们把嗓音拖得长长的。狗在远处附和着懒洋洋的汪汪两声，木生和腊腊两家的媒人差不多是同时上了菊子家的门。三湾和五湾相隔一里半路，原来是一个大队的两个生产队，现在是两个村民小组。木生第一次跟媒人剃头匠上菊子家时，显得那么腼腆不好意思，坐在菊子家的堂屋里端端正正手脚都不知朝哪儿搁。剃头匠老五说木生是个好伢呢，老实忠厚心地好，会做庄稼活有的是力气对老人也有孝心，说得菊子爹烟锅抽得吧嗒响，菊子娘笑眯眯地端上两碗荷包蛋，木生脸红着推说肚子不饿吃不下去，其实他是很想吃的，但是他知道这不能吃，老人说新女婿上门如果吃了鸡蛋，今后关系就会越来越淡不是好兆头。剃头匠老五则把鸡蛋吃得呼啦直响，好不得意。

女方家给媒人吃了荷包蛋就说明事情成了。回来的路上，剃头匠老五洋洋得意地说王三婆她做媒哪是我的对手。昨天王三婆带着腊腊上过菊子家的门，菊子爹娘都没相中，自然不消说得王三婆没有吃上荷包蛋。村里的一男一女两个媒婆，他们实力相当，总在暗中比试，这回剃头匠老五得胜了。木生心里自然也甜甜的，菊子看上了自己而没看上腊腊，对于他这个二十多的小伙子来说，不是一桩值得骄傲的事嘛！剃头匠老五对木生说，你这回可走了桃花运了，那菊子真是百里挑一的女子，长得俊俏，性情温和，又识得几个字，屋里屋外都是一把好手，多少人都求之不得哟，真是你这伢的福气。说得木生喜滋滋的，回家跟娘商量了一通，用红纸包了五十块钱送给剃头匠，作为谢媒礼。这五十块钱，是木生娘俩卖的一头肥猪的一半。

腊腊种田输了找媳妇也输了，他不服气他敌不过这个憨哥儿。他说："木生，我们往后再看！"这话当然是他自个说给自个听的。他在等待机会。村里人笑话他，他忍了。

王三婆没吃上段家老二闺女的荷包蛋，怎肯善罢甘休，"我这三十年的媒婆不是白当了，输给你个剃头匠，真是笑话一箩筐。"她颠着双小脚，头发梳得油光光的，往三湾跑得勤。段家老二屋里不行，就找段家老大屋里。菊子的大伯与菊子家前后屋，大伯的二闺女翠翠比菊子大三个月。翠翠和菊子这对堂姐妹，都能说是女子堆中出类拔萃。菊子是以她的俊俏和顺逗人喜欢出类拔萃，翠翠则是以她的水蛇腰爱打扮嘴巴碎招人白眼出类拔萃。腊腊就看中翠翠的水蛇腰，翠翠就看中了腊腊的小白脸小分头，王三婆这一媒成了功，回村后把段老大屋里的荷包蛋说得香味四溢。腊腊家的谢媒礼比木生家多五块，这使剃头匠心里痒痒的。“王三婆，看我不胜过你，那我这男子汉的脸往裤裆里放不成！”两个媒婆的明争暗斗没完没了，他们在寻找新的比试对象暂且不去说了。

从此，这木生和腊腊就成了亲戚，乡下叫“一担挑”，文明话叫连襟，因为翠翠和菊子是堂姐妹。正月十五，五月端阳，八月中秋，一年三节，新女婿必须提酒拎糕点送鱼肉孝敬岳父岳母。开始，木生和腊腊两家实力相当，酒的瓶数糕点的盒数鱼肉的斤数大致相当。日子就这么过下去，两家都做了瓦房，都准备了差不多的家具，再给岳父岳母送年把的酒瓶糕点鱼肉就把媳妇娶回来，媳妇娶回来后再给岳父岳母送东西就要少得多了。

偏偏腊腊有个该死的大舅偏偏又是什么针织厂的厂长，腊腊做了扯纱布的老板赚了钱，还给全村找了个钱路子，虽说这路子窄得可怜但扯一天的纱布能有一个月的油盐钱，村里人可是感激得不得了的。

经济实力发生了根本的变化，腊腊和木生这“一担挑”很快就一头重一头轻了。这越来越轻的感觉像火样燎得木生烦躁不安，小伙子急得冒汗也想不出个新办法来。做生意吗？村子里有的是失败的例子。他又没个大舅或是姑父在当什么厂长。没法，只有在田里更下力气，田种得精细，粮食是收了可粮食不值钱。腊腊呢，干脆把责任田退了一心经营扯纱布的业务，业务越来越兴旺。人有了钱心不知是不是要变化或变好或变坏，这事说不准。反正腊腊比木生有钱了，两个人的关系更疏远起来不自然起来。腊腊又记起自己在菊子家吃闭门羹的事，记起种田老种不过木生的事，他似乎早就在等待机会的来到，他要出口气，其实他只想仅仅出口气也没有其他坏心思绝没有的，这点菩萨可以做证。木生后来演出的悲剧与腊腊没有什么大的关系，是没有什么大的关系。

远处的狗又汪汪了一通鸡啼过三遍了，公鸡们的叫声太长了长得木生心里更烦了，已经五更了，天就要亮了，冷森森的月光从窗玻璃里缩回去，房里暗极了。木生又翻了个身，他想了想忽然记起他这一夜根本就没有睡着，这睡觉真他妈的累，还不如出一通力气畅快。他决定去蹚鲁湖，去蹚那黑黝黝泥巴齐膝深的湖滩，这条路不错的。再睡会，一早就去。

“一担挑”给岳父岳母送节礼没有一起走。端午那天，木生到了岳父家，岳父烟锅抽得吧嗒响，陪他说几句话就去菜园里忙活，岳母娘淡淡的冷冷的。木生赶快到菜园里帮着翻地，菊子也到菜园陪他翻地，眼睛怯怯地望着他又不言语。岳母娘中午简简单单弄几个菜喊他吃饭。过去吃饭总是岳母娘抢着给他盛饭把菜往他碗里拣，现在就不再给他盛饭不再往他碗里拣菜了，桌子上本来也没什么好菜。只有菊子温顺的菊子劝他吃饱并给他盛饭，他只吃了一碗就饱了不再想吃，他不知道他平日可以吃三大碗米饭为何今天只吃一碗就饱了。吃了饭菊子递给他一杯水他刚端住，岳母娘就在一边开了口。说的是翠翠有块上海女式表，她穿着高跟皮鞋了，腊腊已经准备了缝纫机自行车收录机洗衣机，原来请木匠做的那套家具不要了，又在城里定了一套家具花了一千多元哩！说得木生脸上火辣辣的，把头低下，说得菊子在旁边喊：“妈，你讲这些不咸不淡的话做什么呢，有钱就用没钱就不用不要讲那些排场！”菊子的话他听了心里却更惭愧了。岳母娘在一边叹气：“这些都是翠翠来说的，翠翠是人菊子也是人，人与人比为么事不平等，还是我菊子命苦没福气，只怪他爹没见识，当初死不同意腊腊做女婿，哪晓得腊腊如今这么有出息哟，那孩子是不错的！”菊子忍不住大声叫道：“妈！”说着眼泪就流出来了。木生真是无地自容堂堂七尺男儿恨不得地下有条缝钻下去。他没有洞可钻，只有匆匆地告别了岳父岳母望望流泪的菊子，一句话也没说就逃之夭夭了。前边屋，段老大正开酒宴，从后门看过去，翠翠正扭着水蛇腰穿着大红连衣裙颠着高跟鞋在酒席上给腊腊敬酒，段老大在劝腊腊喝，翠翠妈笑眯眯地朝腊腊碗里拣菜。木生不敢朝那里望，他要快点逃脱这个地方，越快越好。

木生回家一头栽在床上蒙着被单流泪，男儿有泪不轻弹，他恨自己没能耐，也十分地恨起腊腊来。你狗日的，有钱烧包了在老子跟前示威。娘颠着双小脚进房来见他趴在床上，慌忙问：“怎么的了？木子！”他立时爬起来用袖子擦擦眼睛，“没怎么的，娘，我想睡会儿，这刚才眼睛里进了灰。”娘放心出去了，又去扯纱布。他恨不得把那些烂纱布红的蓝的黄的全撕碎扔掉，好你个该死的腊腊好你个该死的纱布厂！

怕木生出意外，天刚擦黑时菊子悄悄地进了房里，娘大概在后屋里喂猪去了没看见。菊子脑子挺封建的又怕羞很少到木生家来。木生从床上起来怔怔地看着菊子，看得菊子脸通红地说，她是到五湾细姑家来的，顺便来看看木生。房里摆着请乡下木匠做的家具还没有上油漆。菊子说：“木哥，你莫往心里去，我妈是浅见识，要不得的。她说的那些不是我的意思，请你放心那些东西我一样都不要的，你莫和腊腊比，人怎么能跟人比呢，要比，腊腊能够跟省里中央里那些大干部比吗？那些大干部钱还多些他腊腊算个么事？我不看重钱和东西我看重的是人。我来就是说这些的，木哥我走了！”菊子一席话说得木生五脏生津转而发酸眼皮开始发涩，他忍了忍终于忍回了泪水。他说：“菊子你的话说得真好真好，请你放心，我有的是力气，我一定能置办那些东西，缝纫机自行车收录机和洗衣机的，我不要人家说我们寒酸。走，我送你！”菊子又说：“你快莫要这样想，我们种田的要这些也没多大用处，今后有钱了再买，你现在真的莫要想这些了。”两人悄悄从屋里出来，菊子说：“天不早了我就不跟娘打招呼了，你也莫告诉娘说我来过了。”木生跟在她后面点点头。

两人上了村路，木生心里激动得厉害，菊子真是好女子呀有一颗金子的心，为这样的女子我哪样不能做呢！五湾到三湾的村路要经过一片小树林，木生送菊子，跟在菊子身后走着，他从来没有在这样的晚上和菊子挨这么近地走过，一种感觉在他身上滋生起来，他为能有这样的女子做媳妇能保护这样的女子而产生了一种自豪，一种男子汉的自豪。刚进入小树林，路是黑的，菊子站住等木生走到跟前两人并肩走着，她有些害怕这黑树林。突然前面有响动间有喘息声，菊子身子一抖朝木生身上一靠，木生拉着菊子的手顺便拐到一棵树后，停下来了，菊子的手被木生拉着，她想抽出来但终于没有动，她希望木生就这样拉着她，两人安静下来，就着树叶透过的月光朝前面仔细辨别着，路上有两个人影紧紧搂抱着，就像电影里的男女一样互相咬着嘴唇，两个人搂得那么紧，紧得两人直喘息。一会那男的说，翠翠真想死我了，巴不得天天和你这样，我真等不得了，是腊腊的声音。另一个娇嗔地说，死鬼还不放开我我都快闷死了快走吧，到你家里去让你亲个够，是翠翠的声音。两个黑影离开了树林后，木生在微弱的月光下看着菊子，菊子也在看着木生，两个人就这么无声地看了一会。木生真想把菊子搂过来抱紧，用嘴唇亲她那好看的脸，让自己的胸膛抵着她那温热饱满的胸脯，但他抑制了心里的骚乱只说了一句:“菊子，让我亲你一下你答应吗？”菊子顿了顿回答:“只亲一下，轻轻的。”说完把丰润的嘴唇迎了上来。木生立时身上有了股异常冲动的感觉，但他只是用手搂住菊子的腰，用自己的嘴唇亲了菊子一下，真的只一下，然后两人松开手从树后上了村路。菊子朝腊腊和翠翠走过的方向吐了一口“呸！”这“呸”也是轻轻的，使木生觉得舒服。木生把菊子送到三湾村后就转回来，经过那片小树林时仔细地辨认着他和菊子站立过的那棵树，回味着与菊子亲嘴唇的味道，一种多么舒畅他从没体会过的味儿，他觉得自己是个男子汉，他多么幸福，为了这幸福他舍得一切真可谓刀山敢上火海敢闯，他想起过去在学校时写保证书写发言稿时用过的这句话，月光下他憨憨地笑起来。这晚他睡了个长这么大也没睡过的好觉，做了个甜蜜蜜的梦。

难忘的小树林之夜，两个年轻人的第一个吻轻轻的甜甜的，端阳送节礼，岳父的无言岳母娘的冷脸加一席话，是一股强大的动力。木生舍出命来干，甩开膀子干，责任田种得更好了更精了，那稻子仍是全村第一流的好成色。一个夏季砖瓦厂雇人挖土，一把大挖锄在木生手里抡得呼呼响，人晒脱了一层皮，可票子也赚了不少。他拼着干，为了菊子为了自己的面子，他不想输给腊腊，他不想叫岳母娘给他脸色看。终于，到秋季，他把要置办的几样大件都买到了。缝纫机自行车收录机和洗衣机都买了，虽说不像腊腊的件件都是名牌，但毕竟还是有了。他确实努了力使了劲尽了心，还能叫他怎么样？还能叫他这个老实农民怎么样呢？菊子心疼他，叫他不要拼着命买这些东西，悄悄地眼红红地求他不要再拼命，再拼命她不答应，他感到心里多么舒坦，他觉得在精神上胜了腊腊一筹。你腊腊不是靠的个该死的好大舅靠那个扯纱布嫌几个钱吗？要是靠劳动来挣钱，和我比比看你不累趴下才怪呢！他觉得有些对不起娘，娘为了扯纱布帮助他从来就没有在十二点钟前睡过觉。娘，等把菊子娶回来，你老就歇歇吧，再不去扯红的蓝的黄的破纱布了。

娘还是没有歇下，还在扯那堆红的蓝的黄的破纱布，昨晚木生从三湾回来，衣襟带回冬月的寒气，娘还在灯下扯纱布，他不由地打了个寒噤，心里一股酸涩味，看来娘还要扯一些日子的纱布角角条条了。该死的腊腊，该死的那水蛇腰的翠翠。段家老大段家老二都定在腊月初八嫁闺女，要想发不离八，弟兄俩选在一天把两个闺女嫁出门，是想图个热闹图个吉利，到时三湾两家嫁闺女五湾两家娶媳妇。木生没有什么含糊的，二十几岁的小伙子，心气盛，同一个日子又怎么样？菊子木生早就在心理上胜过你们了。你腊腊不就是多几个钱吗，我们又不眼红你的那几个钱，木生有的就是力气呢！你翠翠不就是水蛇腰会扭几下吗？可菊子根本就看不上你那一套。还有二十几天就是好日子，木生的家具漆了，红亮亮的结实又好看，缝纫机自行车收录机和洗衣机都有了，该准备的已准备得八九不离十。彩电，该死的彩电啊，怎么又飞出个彩电来？昨晚木生在菊子家，岳父在吧嗒他的烟锅，菊子在灯下赶织毛衣，深灰色的毛线是为木生织的。岳母娘与女婿在谈判，开头很顺利，一切按章程来。半路杀出了个彩电，彩电彩电该死的彩电！“木生，电视机准备了吗？”岳母娘问。“准备等两天就去城里买！”女婿答。“多少钱的？”岳母娘问。“四百多块吧！”女婿答。“什么，四百多块钱？不是带颜色的？”“不是带颜色的，是黑白的！”“那哪行！翠翠他们是彩电呢，十八英寸，一千多块！”“……”“要买彩电，要买彩电，我们不能丢人，我菊子哪样比不上翠翠！木生，再想些办法，买台彩电，十四英寸的也要得！”岳母娘说。“妈，你真是，黑白的蛮好，我们不要彩色的。”菊子说。“不行，一定要带颜色的，要不，那天我就不许你嫁人！”岳母娘没有一点商量的余地。菊子眼巴巴地望着他，他没有言语。岳父在一边吧嗒吧嗒地抽着烟锅。他咬咬牙答应了，为菊子答应，为即将到来的幸福答应，为了娘满脸的皱纹答应了，谈判结束。

从三湾回来的路上，他反复盘算了一下，今年田里的收入加上娘的扯破纱布的钱加上家庭副业收入，有一千多元，扣除花掉的一部分还有八百多元，还差两百多元才能买一台十四英寸的彩电。这两百多一时哪里去筹？借，当然可以，他心里不愿意，传出去腊腊不笑话吗？这两百多块钱要尽快弄到，砖瓦厂在冬季也不要人挖土了，家里的粮食还可以匀一些到粮站去卖，可那还要做结婚那天的花销呢。这两百块两百块两百块想办法吧，还有二十天。

木生决定去蹚鲁湖了，去蹚那一望无涯黑黝黝泥巴齐膝深的湖潭。鲁湖很大，夏天里铺满绿荷叶红莲花气势恢宏，几里路都能闻到荷叶的清香莲实的清香。前些年，生产队组织村里人去帮助采莲子，采的莲籽除了吃饱肚子外就交给湖区管理处，一天可赚几块的工资。冬天，一片淤泥黑黝黝的，荷叶枯莲残花，野鸭啼鸣百里无人，真有些凄凉荒漠怕人的感觉。木生曾和伙伴们去为湖区管理处挖过藕，一天能挖一两百斤藕，赚上十来块钱。那活太累太苦，如今日子好过了，已经很少人去干这活路。物资提价农副产品提价，藕也卖贵了，管理处招聘农民挖藕工资也涨价了，据说现在挖藕一天能赚二十多块。木生决意去蹚鲁湖，去挖藕，苦点算什么？熬个十多天，能把两百块钱赚到手，彩电买了菊子也能娶到家了。为了菊子去蹚鲁湖他心里一点都不苦，甚至是甜蜜蜜的。昨夜木生告诉娘，叫娘早点起来做好早饭预备好午饭，他要去挖藕。娘叫他不去，这冷的天泥巴里冻人那活太苦，他说不要紧他年轻叫娘放心，他只干几天就可以了。

木生不知道自己什么时候才迷糊睡了一会，等娘叫他时，他睁开眼见天已大亮，就一骨碌爬起来，刷牙洗脸吃早饭，准备戽斗藕锹藕篮子扁担破棉袄和一小捆稻草，早饭吃得饱饱的，午饭带得足足的，娘给他煎了不少鸡蛋饼，走出门，天气不错，估计有太阳，他庆幸这日子还照顾他。出了村上了大路，他奋臂扬腿走起来，十几里路他不到一个小时就走完了。啊，鲁湖滩！好大一片淤泥，底下埋着多少支白嫩肥壮的藕呀！黑黝黝的湖滩远处亮着一湾水。鲁湖一到冬季就干浅得只剩湖心这点水了。这里的藕埋得深，个儿大煨汤粉烂好吃，城里人特别喜欢。原先，四乡八井的农民争先恐后地来挖藕赚点辛苦钱，那时每到冬季路上来来往往的人不断线，湖滩上到处都是黑点点，真可谓星罗棋布。如今，冬季来这里的农民不多了，人们恐怕还是不大愿意干太苦的事，不是万不得已，谁干呢！木生不是想尽快赚那两百块钱的话，他也不愿来的。

没有同伴，木生朝湖滩纵深走去，离岸越远藕越大越肥越多。湖滩开始还有点干地方，越走泥巴就越稀，不能再走了。木生歇下担子，脱掉鞋子，换上破棉袄，把稻草分出一半烧起火来。太阳还没大出来，冬月的湖风硬硬的，刮得人脸上生痛。他换衣服的一刹那，湖风撞击过来，立刻浑身起了鸡皮疙瘩，他咬住牙向火堆扑去，稻草点着的火蓬地烧起来烤着他，身上烤热了稻草火很快也熄了。他提起藕篮和戽斗及藕锹担子赤脚踩进淤泥里，他感到一千根针朝腿上狠命刺来，他晃了晃身子，拔腿朝湖滩深处走着，一脚一脚很有节奏地，他看到了自己的精神和毅力。一会儿，腿脚完全麻木了，他也就觉得不是太冷了。找了一处坐荷花杆多的地方停下来，把担子放在一处干一点的湿土地上，就圈起了场地。这藕的分布状况也是有规律的，凡是荷杆直通通地立着的地方，藕就不怎么样，或小或少，直立的荷花杆叫站荷。凡是荷杆倒伏在泥地上，也就是坐荷多的地方，藕就多的，他当然明白这一点。他往巴掌心吐了口唾沫，挓挲下身子操起戽斗就着稀泥筑了道泥埂子，这戽斗是铁皮嘴的，使用起来既可戽水又能铲稀泥。他三下五去二地戽干了泥埂内的积水，用戽斗铲了一通表层的稀泥，戽斗把泥铲得远远的，一口藕凼子就初见端倪了。顺着荷梗挖下去有大半人深了，赤脚已触得圆滚滚的藕身，他一喜，今天的开场不错，不是死凼子。过去挖藕是经常碰到死凼子的，连根藕梢条都没有，这样就得转凼了。挖到藕了，就把凼子朝四周扩展、深挖，一支藕连着岔藕完整地从深凼里拖出来，一支又一支，一会儿他的藕凼坎上就摆满了藕，泥糊糊的先不要管它，继续挖下去。挖得兴起什么冷啦泥巴啦早忘了，这湖滩上其实是有无限乐趣的。挖藕到中午，爬出藕凼找水洗洗手，太阳已经出来了，他看着一堆收获，在土堆干处坐下来吃着娘给他准备的午饭，直到吃得打了一个饱嗝，然后又跳进凼子干起来，到傍晚他的身边堆了一大堆藕了。他起身把藕简单地洗洗，装进藕篮，两只藕篮装得满满的。然后再洗洗身子，换下破棉袄，把剩下的一小捆草烧成一堆，火烧得红红的，好漂亮。他烤烤手脚，挑起满满一担藕，沉甸甸的怕有近二百斤。他走向归途，心里溢满了收获的喜悦，眼前似乎看到菊子俊俏的脸蛋，他不由自主地哼起跑了调儿的歌词来。“小呀么小儿郎呀，背着书包上学堂，不怕太阳晒不怕风雨狂……”他奇怪自己怎么哼起了这样一支歌。

一天平安无事两天平安无事三天平安无事。他挖藕呀挖藕呀，每天都满载而归。扳着指头算算，三天下来竟赚了近一百块了，他的目标并不太难达到，这蹚鲁湖滩不过是早晨下湖那一刹那难忍难受，而他能忍受这一切，为了那彩电和菊子和娘的满脸皱纹。再干四天就够了，那时他就可以把彩电抱回来。说实话带颜色的电视当然比黑白的要好看些，他还不明白这个道理么？一连三天夜里他都睡得很香，早晨都是娘备好了早饭后催他起床的。

第四天，木生早晨起床看天有点阴沉沉的不大明朗，气温比前几日都要低。娘说今天歇一天吧，这天气不好你会受不了的。他说不能歇，这天没事，我要一鼓作气地干几天，要是一歇下来就歇着了，再就不想干那可真没法。吃过饭挑起担子走出家门，他情不自禁地回头看了看他家的三间瓦房，这三间房才修了两年，等着一个俊俏媳妇来住呢！他回头的时候看见娘站在门口目送着他，他喊娘快进屋去早晨的风冷，而他自己迎风走向鲁湖并不觉得冷。

和往日一样，歇下担子换上泥糊糊的破棉袄，打赤脚走进淤泥，他哆嗦了一下，就找了一处坐荷多的地方干起来。泥地里的事情真是变幻莫测，有一般情况也有个别情况，木生今天见了鬼了，他碰上了个别情况，连着开了两个凼子都是死凼子，藕蒂都没见一个。他沮丧极了，恨恨骂起来，骂得唾沫横飞，骂这鲁湖王八蛋，骂这藕凼子骗人，骂腊腊他妈的真不是个玩意骂彩电混账，停了停，犹豫了一下，终于骂出了声，骂他的岳母是母老虎，老家伙老不死的。骂完他朝四下看了看，今天湖滩上人更少了，偌大一片不见人影，他放了心，没有人听见。必须转移地盘，他提起他的两只藕篮，藕篮里有他的午饭有他换下的棉袄裤子还有泥糊糊的戽斗和藕锹。走到湖滩深处放好藕篮，天已是中午了干脆吃了东西再干。吃完了带去的午饭他打了个饱嗝，勇敢地走向泥潭。他不相信还会是死凼，如果是死凼他就要把鲁湖的祖宗骂得翻跟斗。鲁湖怕他了，他开的这第三个凼不仅不是死凼而且还是窝子。那肥白大藕简直是密集在凼里等他来拖。他突然又感到自己的胜利，做事真是要认个死理不能转头的，他想，过去挖藕的人都忌讳死凼，如果连着碰着两个死凼，就得赶紧收拾担子回家，明天再来。木生就偏偏挖开了第三个凼子，果然他就胜利了成功了。他不断地朝凼坎上甩泥巴，不停地朝前扩展挺进。不停地把一支完完整整的大藕朝凼坎上放，凼坎已有好大一堆了。他挖呀挖呀甩泥巴呀甩泥巴，泥凼已经有一人多深了，凼坎上的泥巴已堆得像小山包，都是稀溜溜的。他挖着泥拖着藕一步步走向彩电走向菊子呢！娘脸上的皱纹正一条条地展开。

他回忆起那个难忘的夜的小树林和他那个生平第一次得到的女人的吻，那是多么神奇的甜蜜的东西啊！快了，马上他就可以经常得到那个东西了。

天不早了，暮色在悄悄降临，他想该回去了。记住这个地方，明天再来。把脚下的几只藕取出来就走，怎么不早点碰上这块好地方呢。腊腊，你当你的老板，我不比你差啊！

危险在一刹那出现，死神的黑色翅膀闪电般地扑过来，就在木生想着菊子甜甜的时候恨着腊腊愤愤的时候，扑通一声闷响，凼坎上由木生甩上去的小山样的稀泥猛扑下来，填满了凼坑，木生连呻吟都没有一声就永久地走向黑暗，深埋在泥潭里了。木生的藕篮和扁担以及换下来的衣物，没有点着的一小捆稻草遗留在湖滩上，还有一堆没有被埋进泥潭的藕，又肥又大。

天完全黑下来了，夜鸟在湖滩上发出恐怖的叫声。

这一夜有个老人在灯下焦急地等着儿子回来，双手在不停地扯着红的蓝的黄的纱布条，一双手指头已经肿了。

朋友，这就是二十世纪八十年代中国乡村的一场爱情。

黄村大棺材

我有幸见到那一具大棺材是一次偶然的机遇，那棺材之高大之雄伟庄重闪亮好看是我头回见到，当然要除去在博物馆里陈列的那些从地底下挖出来的棺材，挖出来的那些叫棺椁。

那还是上个世纪八十年代的事，我在黄村的一个中学时的同学娶媳妇，给我发了张喜帖。反正没事，我就背着那架城里的姐夫送我的破照相机欣然前往了。黄村是个大村，有两三百户人家。那天我可出足风头了，我从姐姐送我穿着的旧西装上摘下照相机，给新郎新娘拍照也给前来贺喜的宾客们拍照。我的破相机有时响有时不响，那是真照与假照的区别，否则我赔不上那多胶卷。一群姑娘与小媳妇围着我，我都兴奋得满脸通红的。我的做新郎的同学把我拉出人圈子和我商量，他说有人请我去照相，是他家的亲戚，希望我一定帮帮忙。

我满口答应："好的！好的！"

我随一个年近五十面容憨厚的男子到了村子中间，那是一家很有气派的院子，院墙由青砖砌就，院里有前后两幢青砖瓦房，房子高而且房间很多。男子把我带到前面的瓦房中，喊了声："客来了！"

立时从里屋出来一位麻利的大婶，口说：“稀客，快坐！”给我泡茶递烟。

男子进了另一间房，一会从房里传来很有气概的咳嗽声，男子陪着一位老者走出来。

男子说：“伯，这是请来的照相师傅！”

黄村人把父亲叫伯。老者看上去有七十了，身架却硬朗，嘴上一绺银须煞是好看。

老者朝我把双拳一抱，叫声：“有劳有劳！”

我欠欠身客气了一句。

老者说：“我有七十岁了，如今儿孙满堂，我有三个儿子。”他指指站在一边的憨厚男子：“这是老大，老二住后边的那幢屋，老三当兵回来，一家子在县里。”

我忙恭维老者：“您老好儿子好儿子有福气哇！”

老者说：“这是亏了邓大人呢！”

这里的乡下人是这样称呼邓小平的，这我清楚。老者说，劳我动步是因为他想和他的棺材在一起合张影，他要儿孙们在他死后不仅能常看到他的人还能常看到他的骄傲的棺材。要不，棺材埋在土里，儿孙们看不见。

老大喊来了老二，老二又到外面喊了几个小伙子来，五六个人嘿哟着从老者的房里把棺材抬到院子中。好大一具棺材哟！老者坐在棺材旁的太师椅上，用手拍拍棺材，棺材发出清亮的响声。老者说：“这是樟木的！”

我说：“好材好材。”我选了个角度，按响了快门，老者非常珍爱地倚着棺材，倚得紧紧的。

麻利的大婶给我端上一碗荷包蛋，吃得我打了一个饱嗝。老者全家连叫多谢地送我出门。老大塞我一个红纸包，我也没客气，出门就打开，嗬，里面是一张“大团结”票子。好运气，又够我几日的伙食费了。

黄村把老人不分男女一律称为“老货”，这“老货”二字并不带贬义，就如别的地方称“老头”一样。黄老货每日早晨醒来，就很威严地咳嗽几声，通知家人。半个时辰后，就有儿子或者媳妇或者孙女准时给他端来一脸盆热水。黄老货穿好衣服就着盆里的热水洗了脸，把洗脸巾搭好，又从绳子上扯下一条布手巾扔在脸盆里绞干，再用绞干的布手巾把房里卧着的棺材仔仔细细认认真真地擦拭一遍。棺材被擦得一尘不染，锃亮锃亮，黑里泛红。擦完棺材，就着布手巾把脸盆擦拭一番。脸盆是铜的，“大跃进”那会儿大炼钢铁，黄老货把家中的铜烘笼铜烛台铜香炉孙子颈上的银项圈全部献给了国家，连家里做饭用的铁锅也献了，唯有这只铜脸盆遍寻不见。老伴把铜脸盆藏到柴灰里去了，到今天成了个纪念品。孙女进屋把黄老货已经不用的脏水拿去倒了。黄老货抚着棺材有些伤感地想起了老伴。十年前，老伴匆匆地先他而去，那时家里穷，他把旧屋的横梁拆下两根给老伴做了具棺材。如今想来，似乎对不住老伴，那棺材不怎么好的，老伴为自己生儿育女，辛辛苦苦一辈子，走时没为她做具好棺木，黄老货常常内疚。老伴的坟头已经青草萋萋了。黄老货偶尔到坟头转转，安慰老伴几句：“伢他娘，你先走克服克服吧！我死时，与你合葬一处，我带的是具好棺材呢，这方圆几个村，谁能有我的棺材好？我来了后，我们就合住这大棺材，你原来的那具就空出来，专门放东西吧！”想到自己的棺材，黄老货心中充满了自豪。

老樟树有一百年了吧！那树原来是地主黄金万家的，土改那阵，黄金万的财产都被分了，黄老货竟分到了老樟树，老樟树是黄村的一景。前五年，国家修一条公路，公路从黄村穿过，老樟树正好在路基上。老樟树被伐了，伐断老樟树的那天，全村香气四溢。修路队里有个小官，出五百元要买老樟树，被黄老货一口回绝了："啥话，买我的树，我这树有大用场哩！"别人说:"黄老货可能要用这树给他的三儿子做一套家具的。"黄家老三在县城做事，找了个城里姑娘做对象，黄老货喜欢着呢。

村里人猜错了，黄老货请来了邻村最俏皮的老木匠，老木匠手艺高超，带了三个徒弟在黄家整整做了十天活路。这十天，黄老货天天陪着老木匠，好烟好酒招待。十天过后，黄老货招呼了不少他的老伙计们来家里看产品。这黄老货不是种田的出身，是个乡村裁缝，人过六十岁后，眼睛不行，在家养闲。他平日结交的老伙计们，都是六十七十的老头老太太们。老伙计们看了老木匠和三个徒弟精心生产的产品，人人称赞，个个羡慕，口里不断地发出"啧啧"的声音。黄老货精神矍铄，笑声朗朗。"有这具樟木棺材，我这生没白辛苦，这一生值得。"

老伙计们说:"黄老货你的这老骨头有福气啰，看看这棺材，好有气势哟，真爱死人了！"说得黄老货心里更甜更畅快。

黄老货的樟木棺材，棺头高有五尺，前挡板上刻着一个硕大的"福"字，棺材全长一丈有余，棺材盖上刻着许多的花草和"寿"字，棺材板的接缝榫头严密合交，表面光洁明亮，整个棺材摆在院子里，厚重端庄，样式不俗。

老木匠一个星期后又亲自给棺材上漆，这漆是从深山里托人花重价买的生漆，漆在棺材上，就如镀了一层光釉，看上去黑乎乎的，离远点看，却有一种光焰从黑色中透出。棺材一共上了三道生漆，老木匠临走时交代说，要经常用热水浸布巾绞干擦拭，越擦越亮堂，要擦得黑里透红，那就更好看了。

棺材是黄老货晚年的希望和寄托，是他的喜悦和骄傲，也是他消磨时光的尤物。棺材停放在他睡觉的房间里，挨着棺材，他才睡得安稳，离开棺材，他像害病一般。城里的老三把他接去，住了不到三天就往回跑，离了棺材，他能玩得畅快吗？每天，黄老货擦拭着棺材，不厌其烦，而且不要任何人代劳。擦拭棺材完毕，用手敲敲棺盖，听那清亮的声音；再用手去抚摸那“福”字“寿”字与许多的花草，黄老货感到舒服极了，棺材简直成了他生命的一部分。

突然一声炸雷，轰得黄老货摇摇晃晃头昏眼花惊恐万状，他吓得躺倒了，躺倒了又爬起来挣扎着，这简直要黄老货的命。这是如何得了这是如何得了！

那天黄村的一个老伙计从乡政府所在地的金水镇回来，急匆匆地来找黄老货，两人在黄老货房里嘀咕了一会，嘀咕得黄老货心惊肉跳面如土色。老伙计走时说：“老货，我给你报个信，要早点想法子哟！”

黄老货呆呆的，晚饭一口也吃不下去，儿子媳妇说：“伯，是不是病了？请医生看看吗？”黄老货吼了起来：“老子不要你们管，老子没病！”

儿子媳妇和吃着饭的孙子们，被黄老货的无名火弄得不敢作声。

黄老货然后回他房里睡了。

黄老货一夜根本就没睡着，早晨起来，按惯例咳了几声，但咳声少了几分威严，多了几分烦躁。照例洗脸热水送进来了，黄老货擦了一把脸，把洗脸巾搭好后，却没拉布巾下来，他第一次没用热水来擦拭他的樟木棺材。黄老货拍拍棺盖，今天的响声听上去是那么钝沉，全不如平时那样清亮。黄老货抚着棺材，满脸忧郁。

早饭后，黄老货第一次拄着三儿结婚时到黄山度蜜月回来给他买的那根拐棍，朝金水镇去。碰到黄老货的人都奇怪地问："老货，怎么拄起拐棍来，病了？"

黄老货冷冷地答："没病，是老了！这拐棍现时不拄，今后就拄不成了。"是的，黄老货这一夜老了好多，有点病怏怏的，是真正的老货了。

黄村离金水镇七八里路，要在往常，黄老货要不了一个钟头就能走到，可今天他就是走不动。走走歇歇，心里如有一个肿块，那么沉那么痛。老伙计说的是真的吗？该不是骗我的吧！他娘的就这么缺德呀！要是真的又怎么办？想个么法子呢？如今的政策样样好，就这个狗屁政策要命。真是的，政策有多少事不好管，为么要管这个事呢？想着想着，黄老货越走越没劲了。七八里路，他磨磨蹭蹭地走了大半个上午。

金水镇到了，街上总是这么热闹。街两边摆着那么多的货摊，买东西的卖东西的，吵吵嚷嚷，谁也不会注意这个心事重重的老人。按照老伙计说的地盘，黄老货找到镇上的小邮局。绿色的房子前有一排专贴各类告示的板壁，过去这里常常贴布告，枪毙人的判徒刑的，这些布告前总有些人围着看。黄老货粗识得几个字，过去眼睛好时，也来这里伸着脑袋读布告。如今眼睛不好，字看不清楚，他到镇上办事，好久不来凑热闹了。

今天板壁前没有几个人，有的溜一眼就走过去了。黄老货停下来，板壁上贴有不少写满字的大白纸。他按照老伙计的说法，从板壁左边数起，数到第四张告示，但他看不清楚。黄老货停了停，看到身边有个戴红领巾的小姑娘背着书包在玩，大约是刚放学的。黄老货脸上露出微笑，和气亲切地对小姑娘说：“小朋友，这张告示上面写的是些么事情？我眼睛不好，看不清楚，你能帮我念念吗？”

小姑娘是小学生，学的几个字正愁没处用哩，见这位老爷爷求她，忙高兴地用清脆的童音念起来通告：“为了我县的两个文明建设，破除旧的风俗习惯，从一九八五年六月一日起，我县城乡推行火葬，今后死了人一律不许棺葬，违者给予……”小姑娘念得津津有味，就像在课堂上给老师背书样，突然听到扑通一声，回头一看，那个老爷爷倒在地上了，小姑娘吓得尖叫起来。这时从邮局里冲出几个人来。

乡长胡恒发刚好从邮局门口路过，认出了倒在地上的老人。胡乡长曾在黄村住过队，认识黄老货。胡乡长问扶起黄老货的几个人是怎么回事。那几个人都说这老头不知怎么的就倒在地上了，那个小姑娘早背着书包吓跑了。胡乡长把黄老货扶到乡政府办公室里坐下，倒了一杯水。黄老货早已缓过气来，见了胡乡长，不觉老泪纵横，竟伏在办公桌上哭出声来。胡乡长忙问：“老伯，是怎么回事呀？是跟儿媳妇怄气了？你那儿媳妇是蛮好的，很孝顺的呀？谁欺侮你了或是有什么难过的事，快说出来，我们乡政府为你撑腰。”

黄老货听乡长这么一问，方觉自己有些失态，怎么就在这里哭起来呢！他用衣袖擦干了眼泪，长叹了一口气。胡乡长见黄老货这般情景，吩咐通讯员到伙房端来几个菜，他要亲自陪黄老货喝二两。过去，胡乡长在黄村时，经常和黄老货对酌。

酒过三巡，黄老货的脸膛恢复了红色，他把眼光定定地瞪着胡乡长，久久，冒出句杵杵的话：“胡乡长，你们有多少正经事还做不完，如何又要生出一项政策来与我老货过不去呢？” 胡乡长早防着这一下，他深知黄老货的脾性。但黄老货的话还是叫他心里一愣，什么事使这老头上了火？

胡乡长不动声色地问：“什么事与你过不去呀，老伯？”

“你们贴出告示，说是从今年六月一日起，死了人都要送去烧了，不许睡棺材埋在土里！这分明是对着我来的嘛。谁不晓得我有一口好棺材，不说是全乡第一，在黄村可是第一好的！不叫我睡我那棺材走，我是决不答应的！”黄老货端起酒杯，把酒一口咕完。

没想到胡乡长忽然哈哈大笑起来：“老伯，这话从何讲起？关于火葬的告示，第一，不是乡政府出的，那是县里出的；第二，实行火葬是搞精神文明建设，不是针对你老货的。哎，你那樟木棺材是真好呀，不仅是全乡第一，恐怕在全县也找不出第二具来。”胡乡长记起前天是收到了这么个告示，他吩咐人张贴出去了，没想到关于火葬的事还有不少的麻烦。“不过嘛，这火葬的事还是仅仅推行，要做大量的工作，并不是硬行规定的！”胡乡长又说。

“这么说，死了人不烧也不犯法了？”听了胡乡长夸自己的棺材，黄老货心里阴天转多云，又听胡乡长说仅仅是推行，黄老货似乎听出点希望，赶紧叮问一句。

“不犯法不犯法！我们要做工作的！”

黄老货只听进了前面一句话，心里立刻多云转晴天。他站起来，拖过拐杖双拳微抱对胡乡长告辞：“打扰了胡乡长，我回家去回家去！”调头就离了乡政府。胡乡长站在办公室门口只好苦笑了，他又得去忙其他事情。

黄老货浑身又恢复了活力，转回去的路格外平坦光灿，他一路走来一路哼起几句楚剧：“本帅打马下山林，要到唐营走一程……”他骂村里给他报信的老伙计，见风是雨，让他虚惊一场。这火葬是推行呢，这睡棺材又不犯法，我管他那么多干啥？黄老货好像找回他丢失的黄金，他的樟木棺材安然无恙，他心里真有说不出的畅快。七八里路不到一个钟头就走完了。

黄老货一回到家，立刻冲到房里看他的棺材。棺材今早起没擦拭，已有少许的灰尘。黄老货喊了声：“大房里，快给我打盆热水来。”快五十岁的麻利的大媳妇赶快端来一盆热水，黄老货顾不得歇歇气，马上就用热布巾擦拭起棺材来，棺材越擦拭越亮堂。

黄老货高兴了不到半天，下午，那个老伙计来了。黄老货二话不说，递过烟茶后，把老伙计骂了一顿，说老伙计是吃多了厨夜屎，害得他一夜没睡好觉，又白跑一趟金水镇叫他丢了一回人。那老伙计抽着烟品着茶，并不像老货那么乐观。老伙计是个有心计的人，他不急不缓地说出一席话来，说得黄老货又一次跌进冰窟，浑身冷透了。

“嘿，看你个喜癫癫的样，我以为你娶了个十八岁的媳妇哩！亏你白活了七十多岁，这点理都不懂，自己蒙在鼓里，人家把你骗去卖了，你还要帮着数钱呢！我是看在我们老哥们儿多年的交情上，又觉着你这具好棺材可惜了，才找你报信的。胡乡长那一壶迷魂汤就把你灌醉了？你想想看，这推行么就是非这样办不可！这做工作啦，你执行就得了。棺材土葬不犯法，不犯法的事并不能让你都去做。好，你活着时，说你可以睡你的大棺材不犯法，你死了，把你送到炉子里去一烧，烧得你吱吱响，你晓得个屁。人家把你的大棺材可以改成一套樟木家具哩！”

老伙计越说，黄老货越怕，是的呀！他说得在理儿，做工作，不犯法，但我的棺材就睡不成了。黄老货抬眼望望棺材，棺材是亮晃晃地在那儿摆着，朝他亲切地笑着。

老伙计接着说：“我说老货，你得提防着点哪，不要信他们的那些狗屁话。我是不怕的哟，我又没你这具好棺材，死后是烧是埋随他们的便。可是你这具好棺材可惜可惜！”

老伙计摇着头去了，丢下黄老货一人在屋里发呆。这个狗日的运气，我黄老货一生又没做过什么坏事，这倒霉的运道为吗偏偏叫我赶上呢！他站起身，走到棺材边。这可是我的命根子，死时睡不上这棺材，这辈子白活了。想起老伴孤零零地一人睡在土里还等着自己去呢！我要是被送去烧了，老伴不仅不能和我合住这好棺材，恐怕连我的面都见不上哟，我被烧成灰肥了田。

黄老货病了，病得躺在床上起不来，那心里像有几只狗爪子在不停地抓挠。儿子们媳妇们孙儿孙女给黄老货端茶送水，小心伺候。儿子请了医生来看，打了针吃了药。黄老货卧病在床，扳起指头算了算日子，离六月一日还有二十三天。黄老货突然对家人变得亲热起来，再也不威严地咳嗽了，对儿子媳妇们说话也没平日那种居高临下的声调，对孙儿孙女们表现少有的疼爱。只是在没有人的时候，黄老货对那座大棺材暗暗流泪。村里男的女的老货们都来看他，安慰他，但大家都不知道他的心病。这些老货们对金水镇上贴的那张告示，似乎并没注意，即使注意了，也远远没有黄老货这般强烈。老伙计来过，拉着黄老货的手说：“老黄，想开些吧，这是命呢！”

家里人对黄老货的病没起什么怀疑，老人嘛，病病痛痛的事是常有的。至于黄老货对家人的态度变得亲切，那也是常情，人老了，又在病中，哪有不对亲人好呢！黄老货的病，是中国乡村里的一个普通老人的病，没必要大惊小怪的。何况黄老货打过针吃过药之后，躺了两三天，也就好起来了，并能下床拄着拐杖在院里走动。棺材每天由大房擦拭，这个麻利的大媳妇很尽心地擦拭着。

黄老货将息了几天，身子骨硬朗了，对大儿二儿说，他要到县城里老三那里去住两天。老大老二说：“伯，你病才好，不要到处走了吧！”黄老货却瞪瞪眼，非去不可。两个儿子不好再劝阻，就派了黄老货的一个孙女儿送爷爷到县城。孙女儿扶着爷爷，慢慢走到金水镇，坐上到县城里的公共汽车。汽车颠簸了个把小时到了县城，孙女儿把黄老货送到三叔家就回来了。

三儿子三媳妇见黄老货来了，分外高兴，媳妇说：“伯，你老人家脸色怎么这么不好，是 路上累的吧！”黄老货说我病了一场，想你们一家，这就来了！三儿子三媳妇尽量买好东西给黄老货吃，城里只要有电影有戏就买票叫黄老货看，黄老货哪里吃得进去哪里看得进去。即使戏院里演楚剧黄老货看个半截也看不下去了。他成天忧郁着，像脱了阳气。黄老货每天最高兴做的事就是送四岁的孙子上幼儿园，然后再到幼儿园把孙子接回来。

黄老货找到三儿子说：“我天天夜里睡不着，你去给我弄瓶安眠药来好吗？”三媳妇在城关卫生院工作，这事好办得很，当天下班就带回一瓶，黄老货接过安眠药时，手直打战。在城里住了一个星期，黄老货要回去了。儿子留，留不住，媳妇留，留不住，连小孙子也留不住他。黄老货要回黄村，并且要三儿子全家一起送他回去，好在儿子媳妇单位都好请假，于是一家老少三代四口回到了乡下。

黄老货回到黄村，似乎很兴奋。到家的当天，他又擦拭了一回他的棺材，并说大房帮他擦拭棺材擦得很好。擦拭完棺材，黄老货满院子转悠，把院子的每个角落，他前后两幢房子的每个房间细细查看了一遍。黄老货把大小八个孙儿孙女儿都亲点到了，最大的孙子二十多岁了，年底要娶媳妇的。黄老货说："去，把你那对象喊来，晚上我们全家吃个团圆饭，你三叔婶好不容易回来一次。"大孙子高兴地去了。大孙女儿也快二十了，也谈了个对象，黄老货也照此吩咐了一番，大孙女儿高兴地去了。几个上学的孙子们，黄老货每人给送了一支钢笔，这是他在城里特地买的。黄老货吩咐，今天晚上全家人在一块吃个团圆饭，叫大房二房一起动手准备。

两个媳妇立刻忙活起来，三媳妇也参加准备，给两个嫂子当下手。家里人稍稍有些惊奇：这老货今儿个高兴起来了。

这是乡间一个和睦的家庭，老大老二虽然分住两幢屋子，平时还像一家人一样亲热。老三平时不轻易回来，今天一家三口都回了，当然合家高兴，院子里像过节一般，洋溢着喜悦之气。

黄老货在自家转悠够了，拄起拐杖又到村里转悠起来。今天他的气色似乎特别好，从村头到村尾他悠悠蹓跶着，碰到大人孩子，他都主动打招呼，喜滋滋的。特别是碰到平时谈得来的老伙计们，他还要进人家屋里坐坐，张老货李老货地谈半天闲话。临了，他到那个给他送信的老伙计家，老伙计正在屋里打草鞋，见黄老货来了，立刻停止了手中活，倒茶递烟。两个老伙计对坐着，有一搭无一搭地闲话。

“咳，想开点嘛！去城里儿子那里住了，好多了！”

“看你说的，那好的棺材我非睡不可！你不晓得，我擦拭了五年，老木匠那手艺真没说的，那油漆如今能照得见人！”

“真是的,那是好东西呢,这我晓得！好东西可惜了可惜了！”

“今儿是阳历五月几号？”

“五月二十六号了！”

“还有四天哩！”

“哎，我说老伙计，我死了，睡那大棺材，你要去送送啦，要八条杠子二八一十六人抬哟！”

“只要我没比你先死，我一定去送你！”

“你肯定比我后死，你身子骨硬哟！”

“硬个鬼哟！”……两个老头谈够了话，黄老货告辞回家。远处，太阳快落山了。黄老货看到夕阳，今日特别灿烂，村庄道路田野都罩在如火的夕照中。黄老货心旷神怡起来。

黄老货一家今天的晚餐分外热闹丰盛。堂屋中，两只大方桌拼在一起，老大家老二家把自家的好食物拿出来，老三下午特地骑自行车到金水镇采购，如今的集贸市场只要有钱，什么都有卖的。菜端上桌，大盆大碗的，酒已筛满，全家老少男女共十七人围桌而坐，满满当当的。

三个儿子端起杯站起身来对黄老货说：“伯，你老人家和妈辛苦一世抚养了我们，可惜妈早去世了。我们今天的日子都过得像这样儿。你老尽心度个好晚年吧，想吃什么想到哪里去玩，请做个声，我们尽量满足。只祝你老人家身体好，多活个十年八年的！”

儿子们的话说得黄老货感动极了，看看这热闹的一大家人，黄老货的眼睛都有些潮湿了。他喝干了儿子们敬的酒。接着儿媳们孙儿孙女儿孙儿媳孙女婿都给黄老货敬酒，四岁的小孙子也端着杯子和他碰响了。黄老货几杯酒下肚，眼里泪光闪闪起来。为了不扫儿孙们的兴，他没让眼泪流出来。

他把小孙子抱在身上，小孙子说："爷爷，你明儿还送我上幼儿园吗？"

黄老货愣了愣，忙说："乖儿，你妈送你上幼儿园，爷爷老了，送不动了！"

小孙子在他怀里扭动着："不嘛，我要你送！我要你送！爷爷不老嘛！"

黄老货心里像刀扎一般：我舍不得你们啊！可是，棺材棺材，他的棺材，又高又大黄村第一流的棺材，他要棺材哟！

这一夜，黄老货房里的灯光亮了好久，黄老货趴在桌子上，用一支铅笔在纸上写着什么，他写得那样认真，一个字有蚕豆大，他写得很吃力，像在干一件吃力的事，他累得气喘吁吁的。终于写完了，他抬起袖子擦擦面颊，擦掉面颊上的水珠，那不知是汗水还是泪珠。

黄老货喊大房的给他送进来一杯开水。他深情地看了一眼房里的那座闪亮高大的棺材，喝了水吃了药，就熄灯睡觉了。

黄老货再也不需要醒过来。

三儿子早上推门到黄老货的房里，看到桌上留下的字条，黄老货头天晚上用铅笔写的蚕豆大的字，像一颗颗的冷疙瘩击在心上。

桌子上还留着装安眠药的空瓶子。

三儿子到底当过兵，见过世面，他不动声色地把两个哥哥找到，让他们看了字条。三个人面色苍白，憨厚的老大泪流满面，老二的眼睛也红了。

老三说："我们按照伯说的办，这事谁也不要说了，就我们三个晓得。"

老三把字条和装安眠药的瓶子扔到屋后的粪坑里去了。

黄家院子里哭声震天，黄老货死了。

黄村人说，黄老货有好儿子，死的时候儿子孙子一家人都在身边为他送老，这是前世积下的德呢！黄老货死得真舒服，无痛无灾，不受苦，像睡觉样地过去了。

黄老货的丧事办得很排场，如今乡下有些钱哩。黄老货睡在他的樟木棺材里，棺材停在院子里，又高又大，闪着寒光。黄老货和老伴合葬在一个坟里，那座双头坟像个小山包。

抬黄老货的棺材用的八条杠，二八一十六人抬，抬的人说："好重呀，我还从来没抬过这重的棺材。"

那个老伙计来给黄老货送行，走的时候，他说："老伙计，你真会死哟，还有两天就不许棺葬了呢！"

其实黄老货和老伙计都过于认真了。谁也没有管你是六月一日之前还是之后。胡乡长在忙他的政事，这棺葬火葬嘛，也不是什么要命的大事，哪管得过来呢！后来，乡间死了人，如果要棺葬的话，须交五十元的坟地税，据说这是新规定，没见诸国家的法令，是土政策。五十元钱嘛，当然归村干部们处理了。

金水镇邮局前板壁上的那张告示，早被风刮去了，如今上面又贴上了新告示。

在我参加我在黄村的同学的婚礼的两个月后，我又转到黄村了。我还是穿着城里姐姐送的旧西装，背着姐夫送的破照相机，我在乡间给人照相，靠这打发时日，谁叫我考大学差几分呢？我得了黄老货家的一张大团结票子，我给他和棺材照的照片不送来不像话，我绝不是一个骗子。我把那张照片放得好大，我非常满意那张照片，那是我照得最好的照片之一。我还在底片上写上“黄村大棺材”的字样，字就印在照片上了，我对我写的这五个字很得意，这是我写的宋体字。

我的朋友看了照片后说:“可惜,黄老货再看不到这照片了！”

我很有点懊伤。

虎爪杌

机，较矮的凳子。

——《新华字典》

在北京举行的一次民间根雕收藏品拍卖会上，武汉人的一只虎爪杌卖到了五百万元。武汉的一家小报对这次拍卖会进行了报道，报道说，这个武汉人的父亲一辈子收藏根雕，但儿子却不感兴趣。在父亲去世后，儿子把其父的收藏做了处理，有的送人，有的当垃圾扔了，好的藏品，像虎爪杌这种珍品，就拿出来卖。

年近七十的老戈那天晚上喝了二两酒，看了当天的小报后，气得把手中的酒杯都摔了。一串汉骂脱口而出：个巴妈的（湖北方言）败家子。

溜溜河旅游船骄傲地拉起一串脆响的汽笛，码头上靠着的那一排乌篷船肃然起敬。汽笛在码头上空盘旋了那么一会，就一头栽进水里。黄昏跟着无力地撤下，溜溜河水变成绛黑色。

老戈和老鞠相伴靠在旅游船舷边的栏杆上，听发动机气喘吁吁地朝岸边用力。岸上有头上系着黑布帕的汉子们，背上背着从乌篷船卸下来的货物，背篓的带子深深勒进两膀的衣襟。汉子们的姿态很好看地停着，前脚弓后脚箭身躯前伛，双手扶前脚，眼睛朝旅游船上瞄。这些穿红着绿戴大眼镜各色撮撮帽提照相机和形形色色包包的男女们，怎么有这么大的兴趣花钱从大城市跑到这山旮旯来，这些山这些石头和树有么屁看头，有气力还不如背两趟货赚几个钱多好！城里人不好理解。

旅游船终于靠了岸，老戈和老鞠走过跳板，踏上码头的石级。沿着石级爬上河沿，这就是王镇，好古老好古老的镇子哟。

老戈兴致勃勃，志得意满，溜溜河上真不枉跑这一趟，多好的风景多秀丽的山水呀！两岸青山一溜河水，河岸石壁千奇百怪，林子里参天古木苍藤落地，猕猴们嬉戏跳闹。更有那迷魂洞，舍大船登小舟，划过弯弯曲曲的地下河，眼前是琼楼玉阁，千树莲花万顷雪，真不知身在何处了。老戈的傻子照相机咔嚓作响，一卷彩卷未能摄下他盛赞的景致的万一。一日游回来，老戈连连叫妙，值得值得。

老鞠的神态则异，一路上垂头丧气，失魂落魄，像一个丢了金元宝的财奴。如今已经上了码头，他还朝旅游船刚来的那个方向眺望，迷恋不舍。这一天的游览，没给老鞠带来欢娱，反而带来痛苦，这是老戈没有想到的。两人同在一座城市的两个单位，自小要好，如今都是年过四十。老戈写小说，写写玩玩，除了上班外，业余时间每年都能发表几万字的作品，赚点稿费，补贴家用，生活得潇洒愉快。老鞠爱树根雕塑，爱得如迷如痴，最后竟爱得跟老婆离了婚。剩下孤身一人就爱得更彻底，所得工资，除了吃饭，全花在那些树疙瘩上了。他的屋子里塞满了各种树根，有成形的，也有不成形的，见了树根，老鞠就要千方百计弄到手。除去工作，树根就是他的生命寄托。与老戈相比，老鞠的爱好实在痛苦。

这不，溜溜河两岸除了景色美，山林秀外，岸壁上裸露出多少树根啊！老鞠在旅游船上从发现岸壁上的第一个树根开始，灵魂就离开了躯壳飞到那些树根上了。他得意忘形，哇哇直叫唤，那是多好的树根，形态各异，异彩纷呈，巧夺天工。老鞠眼里没有其他了，他把那些裸着的伸出的挂着的树根都拍下来，遗憾的是他也只带了一个胶卷，而旅游船上竟无此物出售。老鞠痛斥旅游船小卖部的姑娘，弄得人家眼泪汪汪。老戈在旁边阻止，老鞠才肯罢休。当旅游船返回，老鞠突然明白这些树根他竟一个也得不到时，就一下瘫趴在船甲板上，要是没人，他准会号啕痛哭一顿的。树根们远去了，老鞠的心里难过极了，眼红红的。

老戈推推呆在黄昏里的老鞠："走吧，伙计！不要想了，得不到的东西，想死也是白搭！"

老鞠说："得不到吗？我们明天租只小船去挖吧！"

老戈说："傻话，那悬崖峭壁的地方，船靠不上去，就是靠上了，人也没地方立脚呀，何况还要挖树根！"

老鞠不死心，问了码头边那班乌篷船的老板们，老板们简直怀疑这人精神有毛病，一个个把头摇得货郎鼓样：挖树根，不去不去！

老鞠灰心地跟老戈一起爬上河岸，到王镇他们住的小酒店去了。

晚上，老戈要了几个小菜，两人喝一瓶老白干酒。老戈喝得脸红红的，老鞠喝得唉声叹气。

"我说你叹么子气？那几个破疙瘩，值得吗？"老戈劝说老鞠。"我们哥俩好不容易有这么个十几天的假，不是出来玩吗？不是叫你出来找苦吃的。喝！喝！”说完又喝了一大口。

任老戈怎么说，老鞠就是高兴不起来，喝着闷酒。

老戈说：“撞了鬼了撞了鬼了！”

老戈早晨醒来，太阳已经照到房间里了。昨晚喝了点酒，睡了就不知醒。另一张床被子叠好了，老鞠早起身了。老戈爬起来穿好衣，见桌上有馒头咸菜盛在一个盘里，老鞠为他留的早餐，这家伙一早跑哪儿去了？又是去找树根去了吧！老戈苦笑了笑摇摇头。心想：不去找老鞠了吧，今儿上午就在房间里待着，好安静，就写昨天的印象，写篇散文。主意既定，吃完了馒头，老戈在桌上铺开了稿纸，双肘拄在桌上，构思开了。老戈把昨日那应接不暇的印象梳理了一下，脑子里光点闪闪，他知道好文章就要来了，过去凡是这样就能写出好文章。

一阵紧骤的脚步声咚咚地由远而近，房门被哐当一声推开了。伏在桌边的老戈一扭头，见老鞠满脸激动，急急地闯进来。这家伙怎么了？老戈心里不解。

老鞠一把拉过床底下的旅行包，打开锁拉开拉链，拿出一只牛皮信封。哗啦，牛皮信封倒在床上，倒出一沓百元的钞票。老鞠一屁股坐在床沿数起钞票来。

老戈看这一切看得有点心惊肉跳，怎么回事？钞票被人偷了？突然数钱干吗？

“老戈，借我两千元！”老鞠数罢了钱，急朝老戈嚷道。

“要钱干什么？！”老戈问。

老鞠满脸都是喜悦激动之色，与昨天的老鞠判若两人：“这个镇子真了不起，有这等好东西，了不起了不起！花多少钱都要买下来，要不，太冤了太冤了！”老鞠像没听到老戈的问话，朝老戈急急伸手。

老戈说："哎，你说个清楚明白嘛，是什么好东西你要买？什么东西能值这么多钱？"

"是一只树根雕刻成的虎爪杌，值多少钱？说不准，那可真是个好东西呀！我玩了这么多年树根，还没见过那么好的东西哩！这小镇不简单不简单。我身上只剩三千元了，你借我两千元，我去买来。"老鞠急急地说。

老戈说："你疯了，我们出来才一站，还有好多地方要跑，把钱花光了，还跑个屁呀！再说，一个树根雕的玩意，值得五千元吗？简直是开玩笑。"

"不是开玩笑，那只虎爪杌值五千元，一定要买到，把钱花光了也要买到。我们再不玩了，留点回家的路费就行了！"老鞠见老戈不同意，求着老戈说，那神情极为急切。

老戈见老鞠那样儿，想到昨天他的痛苦状，推想今天如果不达到他的目的，他会疯的。这是爱好吗？这爱好简直他妈的是杀人。

"那我陪你一块去吧，看看值不值。"老戈说，并拍了拍胸口，他的四千多元的旅游费装在胸前的口袋里。

老鞠带着老戈，急匆匆地出了小酒店的大门，上了石板小街。这王镇是很有些年头了，据说镇上有不少房子是明朝建的。王镇只一条石板小街，由东向西，顺着坡势向上延伸。街两边，全是青砖青瓦房子，有的房子还有矮矮的木板楼。那青砖墙壁长着青苔衣，斑驳古旧。街上看到的年轻人很少。街上很安静，虽然溜溜河迷魂洞吸引了不少的游客， 但外地人一般只是晚上在镇上住住，白天都随旅游船到河上去了，再说这条街确实也没什么可看的。

老戈边走边打量着石板街和街两边的屋与人，落在老鞠后面好远，老鞠在前面急了：“快点快点嘛，你这人走路怕踩死蚂蚁的，不能快点吗？”老戈知道老鞠的秉性，也不计较，脚下加快速度赶上了老鞠。

那是街边一处有两级青石阶的老屋子。老屋有好大的两扇门，木门槛好高，两扇门黑乎乎的，苍老不堪，门后的大铁环锈蚀得只剩下小指头粗细，老屋厅里空荡荡的，光线不好。高门槛上坐着个五六岁的小男孩，头剃得溜溜光像只小青皮葫芦，小男孩正看一本小人书，嘴里发出咿咿的声音。

老鞠在老屋子门前停下来。老戈也在他身后停下来，头朝大门里一探，想看个明白。

老鞠说：“老大爷，您忙呀，我又来了！”

老戈这才看清楚，屋厅里有个老人，清瘦的形体，斑白的头发剃得短短的，戴着副黄架子的老花眼镜，眼镜的两只腿用根线系着，套在脖子上。老人专心致志，正用一根细铁条朝竹筷上烙字。烧红了的细铁条朝竹筷子上一烙，青烟腾起，并有一种煳味扑鼻而来，老戈情不自禁地吸了吸鼻子。老人旁边有一只小火炉，火炉里的炭火红红的。老人面前放着一堆青竹削成的竹筷，还有一把篾刀，刀刃锋利。被老头烙烧过的筷子上留下一种紫绛色的花纹，似乎还有模模糊糊的字，老戈因离得远，看不分明。

老鞠见老人没有动静，只好又结结巴巴地说：“大爷，您忙呀！我又来打扰了！”

老人仍不抬头，专心干他的活，说：“同志您怎么又来了呀？还有什么事，请说吧！”哧，清烟直冒，又一根筷子烙成了。

老戈仔细打量这老人，估计有七十多岁，但身子骨看上去还硬朗。一套毛蓝布衣裤，粗粗一看，老人似乎还有点风度呢！突然老戈眼睛一亮，发现老人屁股下坐着一件鲜亮物什，老戈细细打量，那是一只圆形的小凳子，四只凳脚，是用四瓣天然的树根雕成的虎身，凳脚落地处，则是虎爪前伸。那虎爪挺锐有力，一爪落地，呼啸生风。那形成凳脚肚的虎身子，发毛耸起，斑纹毕现，栩栩如生。四条根成四只虎，托起一只树蔸子，树蔸子磨平雕圆，则是一只圆凳，古人称小凳为杌，看来这就是老鞠所说的虎爪杌了。虎爪杌闪闪发亮，但细看则见本色为黑紫色，看来是用上好清漆漆成，然后再用温湿抹布经常擦拭，三五十年甚至几百年，这漆漆成的物件则锃光闪亮，光泽不减。

在老鞠蹲下去和老者谈话之际，老戈在门口把虎杌看了个仔细，心下揣摸，真是好东西，果然如老鞠所言，是个宝物。想到此，老戈细听老鞠与老人的谈话。

老鞠说："老人家，这只虎爪凳是个好东西，真难得哩！"

老人说："是个好东西，我晓得的！"

老鞠说："老人家，我出五千块钱，卖给我吧！"

老人说："你出一万块钱我也不卖，我坐了几十年，舍不得！"

老鞠说："老人家，这么好的东西坐在屁股底下，糟蹋了！卖给我，我作为艺术珍品，将它收藏起来！"

老人说："是凳子嘛，就得垫屁股。我不卖，同志，你不要再打主意了吧！"老人一边烙筷子，一边不慌不忙地和老鞠谈话。老戈观察到，老人烙筷子时，是那么细心，像沉醉在一种忘我的境界中。

老鞠蹲在老者跟前，头向老者屁股下的虎爪杌伸着，眼睛里透出一种可怜巴巴的光，却又不离开那物体。老者一直在干那烙竹筷的工作，口里喃喃着说：“你这同志快走吧，怎么这样呢，这不是勉强别人吗？我要你的钱打鬼用，这凳儿跟我几十年，怎么能给你！走吧，同志！”

老鞠还在苦苦求着，简直要哭出来了，那虔诚那可怜的样子，使老戈看了都心里难受。坐在门槛上看小人书的小男孩，瞪着双出奇的眼睛看着老鞠。老鞠现在的唯一目的就是要那虎爪杌，能得到虎爪杌，叫他干什么都行。

老者终于抬起头，老戈在门口把头一缩，隐在门外，老者没看见他。老者声音有些愠怒了：“你这位同志快走吧，你就是说到溜溜河水倒流，我这虎爪凳也不卖！快走快走，不要浪费光阴。”

老鞠长叹一声，沮丧地从老屋子里出来，踏下两级青石砖，垂着头走了，把老戈都忘了。

老戈悄悄尾随其后。

老鞠神情恍惚，低着头直朝下街走，走到街口走下河坡，在溜溜河边的一块草地上坐下来，望着奔流着的溜溜河出神。溜溜河上船只往来，码头上背货的人发出哼哧哼哧的喘气声。

老戈挨着老鞠坐下，把手朝老鞠肩上一拍，竟然拍得老鞠一惊。

老戈说：“伙计，你就那么想那个树根凳子？那玩意好是好，可也值不得你这么失魂落魄地痛苦呀！世界上的好东西多得很，你老兄就不能想开点，你看你这模样，你还活不活呀？”

“不，不！其他东西我都不要，就这虎爪杌好，是真正的宝贝，比起这虎爪杌，我屋里的那些树根，昨日溜溜河上见到的那些树根，统统都是下品，不值一提。哎呀，老兄，快想个办法吧！这虎爪机流落这古老边远的小镇，为个老头垫屁股，太不值了。我一定要得到！”

“你是真的想要吗？”老戈说。

“真的真的，给多少钱都成！你有办法吗？”老鞠转过身，两手紧紧抓住老戈的双臂，像个溺水人抓住了根救命稻草。老戈心里真为老鞠难过，人玩某种物体玩到如此入神的地步，是可悲还是可敬，说不清楚。

“钱不会要多少，但有一条，你必须要服从我的安排。从现在开始，你就老实地待在小酒店里，不要在镇上露面，特别是不能到老头子那里去，就像你离开了王镇一样。我的活动呢，你就不要多问了，保证到时交你一个虎爪机。”

老鞠说：“可以可以，现在就回小酒店，我把自己关在屋里，一切都仰仗你老兄的力量。东西若弄到手，我一定重谢。”

“不要你谢，只要你不犯精神病就好。”

两人从河边站起身，向河沿走去。老鞠一副垂头丧气的模样，老戈则充满自信，一步一步稳稳地迈着脚。

有两级青石阶的老屋子，黑乎乎的门敞开着，高高的门槛坐着青皮葫芦头的小男孩，小男孩正看一本小人书，嘴里发出咿咿的声音。老屋的厅里，老者仍戴着副黄架子老花眼镜，腰上系块蓝布围裙，正坐着专心致志地削筷子。青皮竹子锯成一样长短的竹筒，老者用篾刀破开成筷子坯件，然后再用一把薄些但更锋利的篾刀削着。四周很安静，篾刀刨竹的刺刺声很有节奏。老者专心致志，一根筷子坯件在他手里那么转动几下，就成了根精致光滑的筷子了。

老戈傍着门框看了好久，为老者的熟练手艺和工作时表现出的那种恬静安然的神态叫好。他干脆坐在门槛上，与小男孩坐在一起。老者感觉到他的存在，抬起头，从眼镜架框上瞄了一眼，但没言语，又去削他的筷子。老戈就这样全神贯注地看老者削筷子。

好半天，老者又一次抬头瞄他，并朝他笑笑。老戈觉得时机已到，忙说："老人家，真好手艺啊！"说完递给老者一支过滤嘴香烟。

老者答道："哪里，这算啥手艺哟！"见老戈递烟，就放下手中篾刀，拍拍手，双手接了。

老戈说："这筷子光洁清亮，我还是第一次看到这好的手艺。老人家，今年高寿啊？"

若者答："不敢说高，今年七十五了。这竹筷子吗？削了几十年了，中间好些年没削了，这几年闲着没事，政策开放，削削筷子，活动下筋骨。"老者见有这么个外地人与自己聊天，夸起自己的手艺来，显得很高兴。

老戈接着说："哟，七十五了哇！看不出来，你老身子骨不错的。好手艺，这筷子简直像艺术品！"老戈顺手拿起老者身边放着的已烫了字的筷子仔细看着。只见竹筷子的一头呈方形，正面烫出紫绛色的花纹与"王镇竹筷"几个字，就故意"啊"了一声，说："怪不得呢，是王镇竹筷呀，好东西好东西，在我们那个城市里有卖的啊，俏货俏货！"

老者吐了口烟，又瞄老戈一眼，很有兴趣地问："同志是哪地方人呀？这筷子真的到了你们那里吗？"

"我是武汉的呀，这筷子真的到了我们那里，买的人可多呀！如今都是塑料筷子，彩漆筷子。塑料筷子嘛，见热就弯，夹菜都夹不起来。彩漆筷子，油漆一块块脱，搞得碗里菜里尽是油漆，哪有竹筷子好！”

“那倒是真的，我做的竹筷子呀，都是上好竹料，精细加工，拿在手上舒服得很。要不，我还老做这玩意干什么？老了，要找点事消磨时光呀！伢们都大了，都走了，就我一人守这大屋，老伴也走了，到那边阴界享福去了，姑娘把孩子丢在我这里，晚上接回去！你同志说说，再不做点事就心慌！闲逛，我不习惯！”

“是呀是呀，老人都是这样，这是劳动人民的传统呀。老人家，别小看这竹筷子，这是创造出来的财富呢，您不简单啊，老人家，我很敬仰很敬仰！这竹筷子是好东西！”老戈见老者心情不错，就把好话尽量往外抛，说得老人家笑眯眯的，越发高兴。

一会儿，老者突然情绪有点低沉：“你同志是识货的，但像你这样的同志少哇！我的筷子是好东西，他们不懂，不买账，儿女们说什么：成天削那东西，劳神费力，有福不享，一双筷子一毛钱，本都不止，还干得这么起劲！凭你同志说，我不是为钱，我是想做点事，这竹筷子好哇，那塑料的油漆的哪比得上哇！”

“是呀是呀！您老可是闲不住，到老都要为人民做好事呀！这竹筷子一毛钱一双？太便宜了！”

“便宜还不说，那个批发商还不收哇，说是赚不到钱！什么都离不开钱！钱，钱，离开钱就不能生活了？我不信。批发商不收，我这做了有好几千把，还堆着呢！啊，武汉的人喜欢这筷子，好啊，这狗日的批发商却说不赚钱，卖不出去！”

老戈说：“老人家，你这里有多少货，我买了。真不像话，这流通领域出了毛病，这好的竹筷子竟然不收，这是原生态呢。”

“你买了？真的！”老人喜出望外，“你是做这个生意的？”

“我不是做生意的，我是来这里旅游的。可我小舅子刚好开了一家土特产公司，他前些日子还为进不到竹筷子发愁哩。你的这些竹筷子，我帮他买了，这次可以带走。”老戈说，又递了一支烟给老人。

老人高兴极了，他的价值今天被人发现了，受到了赞扬，且是大地方来的人。钱，对他来说不是主要的，如果他辛辛苦苦做成的筷子没有人要，那才是伤心透顶的事啊！

老戈是有目的来的，他敬重老者，赞扬老者，如果说开始是带有某种功利之心，但到末尾，他真是从心中赞叹老人了。连着三天，老戈都到老者的老屋子里去，看老者做筷子烙筷子，把老者的几千双筷子一把把地捆好装在大麻袋中，他真的为自己进到这堆货而高兴。他和老者谈天，发现老者的身上有许多城里人没有的品质。老人耿直，一九五八年大炼钢铁时，为砍山上的树木楠竹炼钢的事，而与当时的镇长吵了架。老人当时血气正旺，拿把篾刀守住一片林子，说是谁敢进去就与谁拼命。后来被打成坏分子，不久又被平反。老人一直是劳动模范，镇上人很敬重他。这些都是老戈与老人闲聊时，老人说的。

老戈连着三天进出老屋子，老鞠三天里一直待在小酒店里，连街都不敢上。每天，老鞠都问：“怎样了？”

老戈说：“还不行！”

这天，老戈找老鞠要钱。老鞠说：“成了，要多少钱？我给。”

老戈说：“没成！”

“没成要钱干啥？”

“买筷子！”

“什么筷子？”

“竹筷子，八千双！”

“天哪，你要那么多筷子有什么用？你疯了！”

“你听不听我的？你要不听，我就不管了！这八千双筷子八百块钱，我出得起！”老戈沉下脸说。

“好好好，我给我给！”老鞠见老戈沉下脸，连忙掏钱递给老戈，心里却有些莫名其妙，这家伙搞什么名堂呀！

这天晚间，老人烧了几个菜，再加一盘猪蹄子，请老戈喝酒。老戈带了钱和照相机赴宴了。老人的女儿把孩子接走后，老人把大门一关，拉亮了电灯，与老戈对坐在小桌边，喝起了酒。

老戈站起身，举起杯子恭恭敬敬地说：“老人家，我这次王镇旅游结识了您，看了您的竹筷制作手艺，真是三生有幸，这杯酒是我的心意，干了！”

两只杯子碰得“当”的一响，“咕噜”一声干了。老者红光满面，精神焕发，显得兴奋异常。两人吃着猪蹄子，一瓶白酒不一会就干完了，这老戈的酒量还是可以的，一个人斤把酒还醉不了，据说搞创作的人，能喝酒的人都不是小量。老人喝了半斤后，到底年纪大了些，有了些醉意。老戈又抓紧时间，把老人从头到尾夸了一通，把那竹筷子说得如金条般宝贵，这是民间工艺，特别是那烙字技法，更是一绝。老者被说得如坠五里云雾，好多年没听人夸奖自己了，今日碰到个知音，真是难得。何况老戈把老人存了几个月的八千双竹筷全收购去了，老人的劳动价值得到了兑现，哪有不高兴之理。好多年了，老人没今天这个畅快劲。趁着热劲，老戈给老人照相留念。

又开一瓶白酒。老戈给老者斟满了杯子，把酒瓶放下，从胸前的口袋里掏出一沓票子，朝老者跟前一推：“老人家，八千双竹筷，明早就上船装运。一毛钱一双太亏了您，我多出两百块钱，这是一千块，您点点！”

老人站起身说：“同志，你看得起我，这竹筷子只要你要了，我本当可以不要钱，我的退休金够我花销的，怕你不接受，我还是按过去给批发商的价，一毛钱一双，这多的二百元钱，我是断断不能要的，你拿回去。”

老戈不收。两人推来推去，把票子弄到桌下老人坐的凳子上。那凳子正是老戈想着的虎爪杌。虎爪杌在电灯光的照射下，闪耀着一种眩人的光。老戈一怔，像是第一次见到这虎爪杌一样，惊叫了一声：“哎呀，老人家，你这屋里可尽是宝贝呀！这个凳儿好亮哟，啧啧！”

老戈顺手拿起凳儿，在灯下欣赏起来，只见那四只虎俯冲而下，栩栩如生，而每只虎前伸出的虎爪，劲挺有力，纤毫分明，真是少有的艺术品啊！

老人见老戈入迷的样子，微微笑着说：“是只好凳儿哟，前日有人要买，出五千元呢！我要钱干吗！这凳儿好玩咧，怕有好几百年了！”

“哟，有几百年了！您是怎么得到的呀？”老戈问。

“那年开荒挖坟，这凳子是从一座坟里挖出的，那是个大户人家的坟，挖出的东西不少，别个得了些盆盆罐罐，我就得了这凳儿。”老人说。

老戈拿着虎爪杌，轻轻抚摸着，爱不释手的样子。心下却在说，这是文物咧。

老人看老戈那出迷的样子，举起酒杯说：“同志，难得遇到你这个识货的人，我那筷子好咧！这凳儿你要喜欢，就送你带着玩儿吧！”

老戈忙放下凳儿，吃惊地说：“老人家，要不得要不得，我怎能受此大礼，不敢不敢！”

老人说：“收下吧，这是好东西呢，是我老汉的一片心呢！这是好东西咧，竹筷子是好东西咧！收下收下，你若不收，就是看不起我！嗯，收不收？”说完，老人又干了一杯酒。

老戈说：“老人家，难为你一片真心了。这样子好不好？那二百元钱你收下，这凳儿我就收了。若你不收，我也不收。”

“好，就这样！”两人又碰了一杯酒，老人有点恍恍然了。老戈抱拳告辞，拿着虎爪机走了。老人摇摇晃晃地送到门口。明天早上，两个脚夫就来背筷子。

上午，溜溜河边停着的开往县城的小轮船，吭哧吭哧地吐着烟尘，浑身颤动着，终于放开嗓子吼出了一长声沉闷的汽笛声，摇摇头，就撞开一河浪花开走了。船头上，老戈靠着一堆竹筷子，望着在晨雾中渐渐远去的王镇，他想象着那有两级青石阶高门槛的老屋子，此时定没开门，老人还在呼呼大睡吧。老戈忽然觉得心里不太好受。是的，这堆老人一根根削成的筷子，他一定要带回武汉。

老鞠靠着船舷，怀里紧紧抱着黑提包，提包里是那只虎爪机。他真的不明白，这老戈用什么手段那么轻而易举就把虎爪机弄到手里？真有本事，神了！我佩服。老鞠决定回去后，把这只虎爪机放在金丝绒托盘里，好好地陈列起来，再也不让它去垫屁股了。

小轮船隆隆地驶向县城，那里有铁路。

黄昏槐

这是一九八六年的故事。

夏天的黄昏，七点半时才吧嗒吧嗒地来临。黄昏到达时，足球场上有三个裸着粗壮大腿的男学生，把只瓜皮足球踢得满场飞；两个着红运动衫的女学生舞着球拍，打得羽毛球吧嗒吧嗒响；双杠上有人倒八叉，单杠上有人吊秋千，各人有各人无限的乐趣。

我寄住在妻子任教的中学的红色宿舍楼里，红色就是因为墙壁上没有粉成白的或灰的，露出红砖的本色来，瓦顶也是红的。红色宿舍楼是这所学校规格最低的宿舍。我家住在二楼，我当时正站在南边房间的窗户边朝外看。

窗前有棵树，槐树。槐树的枝梢伸到我的窗台了，黑黢黢的枝干参撒着冷清与严峻。这是棵枯朽的槐，并没有彻底死去，顶端上还有一抹绿色，在苍黑的枝干中显得暗淡。老槐南边是道篱笆，篱笆里是绿汪汪的菜畦，附近农民种的。我望着老槐出神，老槐望着我无言。我想呀想呀，就是想不出个开头来。

笃、笃、笃、笃…… 那根弯把拐棍漫不经心又有节奏地戳着，戳得水泥楼板和阶踏直叫唤。詹文要从三楼下来了，下来了，那个被人称作詹老头的退休老教师。我赶紧离了窗户，跑到写字台边，扭亮台灯，让灯光照着稿纸，亮晃晃地照着。这创作真累，比我在车床旁站八个小时还累。要当作家吗？要当作家就不能怕累，想想詹老头！

他苍老了。他的头颅还是方的，方头上直直地竖满黑白相间的长发，东倒西歪地搭在额前，胡子也是黑白相杂地乱蓬着，胡须上沾着些许汤汁。一件分不清是白是灰的圆领汗衫，圆领中伸出一颗脑袋，汗衫上前后都有破洞。土黄色的裤子上有许多油垢，皮鞋龟裂，满沾尘灰。詹老头走出了宿舍楼的门洞。

门洞前有群孩子，把装电池的冲锋枪打得啪啪响，响出一条火舌；跳橡皮筋的小姑娘，小辫上的绸蝴蝶上下翻飞。

詹老头出现了。

孩子们有礼貌地喊："詹爷爷好！"

"呵呵，小朋友你们好！"詹老头停下来看着可爱的孩子们。

孩子们立刻唱起了歌，童声小合唱。

小燕子，叽叽叽，
唱着歌儿到这里，
这里的红花开放了，
这里的春天真美丽。

詹老头把弯把拐棍夹在肋下，两腿微张，腾出双手来打节拍，合着孩子们的歌声。

孩子们唱了一会就去玩自己的去了，丢下了詹老头站在门洞前，如一棵黄昏里的树，詹老头老泪横流，滴在胸襟前。他那夹在肋下的弯把拐棍像树干上横斜出来的枝杈。

在院子边看着孩子们玩的年轻母亲们，也站成一团，手上织着红的黄的毛线衣，像绽开的朵朵鲜花。有个孩子走到詹老头跟前，瞪着惊讶的眼：“爷爷，你哭了？别哭别哭！”

詹老头一惊，醒过来，对孩子说：“好孩子，爷爷没哭，是高兴。你们唱的爷爷的歌，唱得真好，那是爷爷为你们写的！”

孩子说：“我知道，妈妈告诉过我的，说你是个作家，这支歌，妈妈小时候也唱的。”

孩子说完蹦蹦跳跳地跑开了，边跑嘴里边发出“叽叽叽”的叫声。

詹老头高兴地拄着拐棍朝大操场走去，浑身轻快。球场上踢球的学生走了，旁边打羽毛球玩单双杠的学生也没再玩了。操场边的小树林中有男女学生的笑声。夏天的黄昏，直到八点半钟，校园里这时安谧美丽。

黑色的煤渣铺成的跑道，紧箍住足球场，画了一个很大的椭圆形。詹老头把拐棍提在手里舞着，双腿沿着黑跑道缓缓行进。一边走，一边舞动拐棍，嘴里念念有词，活像一只推磨的毛驴。黑色跑道上留着他数不清的脚印，也留下他构思的诗句。他每想好一句，吟一遍，觉得不行，就随口扔在跑道上了。这些句子尽是“小燕子，飞呀飞”或“小燕子，背剪刀”之类。多年来，跑道被詹老头的“小燕子”盖满了，谁需要这类句子，去跑道上拾就是了，可拾一大筐。

我能体会得到詹老头那种乘龙驭凤驰骋四方灵魂出窍目空一切的境界，此时什么黄昏、什么球场、什么树林、什么跑道，一切的一切都不在话下，都视而不见充耳不闻。詹老头已经“进入”了，进入了他的构思，他的诗句，他的“小燕子”。詹老头曾对我说过他的创作计划：写一组关于“小燕子”的系列儿童歌曲，这是他一生的追求与伟大目标。

詹老头在操场上转磨子转得汗水淋淋，转得黄昏越来越深，夜幕降临。他终于叹了口气，我知道他今天又一无所获，一句诗都没想出来。

妻子织着毛线上楼回来了，儿子背着冲锋枪做了妻子的警卫员。妻子瞄了一眼我面前白得发亮的稿纸和我头上被拉乱了的头发，撇了撇嘴，一句挖苦话终于被她的理智咬住。我却听见了她那还没说出来的话：哼，当诗人哪，是那块料吗？我心里反驳：咋不行，《江城晚报》不是发了我一首诗吗？还得了十块钱的稿费咧！你当教师又有啥了不起。当然，写诗，也真是难。

儿子扑到我的膝上，抓起桌上的笔，在我白晃晃的稿纸上画了一棵树，这树没有叶子。

这个黄昏我和詹老头一样，一无所获。

披着暮色上楼，一路笃笃的拐棍戳地声，詹老头回家了。詹老头住在三楼，开门进屋，把门甩得啪的一声锁上了。开灯，然后朝那只旧藤椅里狠狠一坐，藤椅吱吱直哭。这是詹老头不高兴的时光。他呆呆坐着，像个幽灵样。

身后是一排四只小书架，乱糟糟塞满了书。书架边是单人床，床上散乱地扔着被子袜子脏衣服，还有打开的书刊。地上也有堆起来的书刊，打成捆的手稿。写字台上、书架里、床铺上到处都有詹老头的手稿，第一句写的都是“小燕子”。

屋里有一股霉气潮气和谈不出味道来的许多气。我曾怀着敬畏的心情拜见过这位作家，我虔诚地在这里坐了十分钟，那股气味把我熏得实在难受。那十分钟，詹老头的写作间兼卧室，给我留下了永不磨灭的印象。我看到那剥落的墙壁上有只很旧的镜框，镜框里有一张中华人民共和国文化部颁发的奖状，是詹文同志的儿歌《小燕子》获的奖，奖状日期是一九五六年。我尊敬这位老同志曾经取得的荣誉。

詹老头呆坐在藤椅里，屋里其他东西都零乱地堆放着。

突然，詹老头跳了起来，显得轻松愉快。他按了一下写字台上的收录机键子，装上磁带，收录机里立即响起熟悉的音乐。一首有名的儿童歌曲，我和妻子以及我的儿子都熟悉的，一位少年歌星唱的人人都熟悉的歌。那音乐那嗓子纯净甜美，有多少童年的天真美好都被唱了出来。这支歌的词作者就是詹文，也就是如今的詹老头。磁带是詹老头的一位朋友送的。詹老头百听不厌，常常听得热泪盈眶。

收录机的音量开得很大，音乐过门完了，就是那个少年歌星甜润的嗓子了：

> 小燕子，叽叽叽，
> 唱着歌儿到这里，
> 这里的红花开放了，
> 这里的春天真美丽。

歌唱完了，又是一段过门音乐，接着又是少年歌星的甜润嗓子。这支歌在磁带上是连环录下的，想听，可以连续听下去。詹老头听着听着，就从藤椅上站起来，手脚情不自禁地舞动起来。他那双沉重的脚步，踩得水泥楼板咚咚发响。

我的隔壁正是詹老头的楼下，隔壁住了对青年夫妻，丈夫是学校开车的。我听到男的在骂：“老疯子，又开始冒疯气，住他楼下真难受！”

也是的，詹老头每天晚上都要听这支“小燕子”的歌，每天也要把楼板咚咚地踩一番。

幸好我没有住到他的楼下。

隔壁的女主人把头伸到窗户外，仰起脖子朝上喊：“詹老师詹老师你又把楼板搞得响！”

詹老头惊醒过来，马上停止脚步，把头伸到窗外，朝下说：“对不起对不起！”

吧嗒一声，少年歌星安静了，她明天晚上将再接着演唱下去，后天大后天大概也如此。

我看着儿子在我的稿纸上画树画草画狗画房子与小汽车，耳朵在听詹老头屋里传来的歌声，心里既敬佩又悲哀。詹老头有一支名歌流传下来了，得到过一张奖状，光荣挂在墙上，但他并未满足，还在写。他的燕子系列组歌要是出笼了，或许更有影响吧！光看他房里那些手稿，堆得一摞一摞的，说不定那里面有精品。詹文写这首成名歌时，年正三十。我如今也刚好三十岁，只发过一首无声无息的诗，谁也不知道我，我很悲哀，只好看儿子在我的桌子上画画。

詹老头听罢音乐，思想又沉浸到一种艺术的境界中去了。三十年了，除了这支“小燕子”外，他写了几万支关于燕子的歌，手稿都有几十上百公斤重。这么多歌词，詹老头一支都不满意，统统比不上他的“小燕子，叽叽叽”。三十年，他只晓得写呀写呀，构思呀构思呀，不写出绝唱来就誓不罢休。作家能甘于寂寞，这是一种可贵的品质。寂寞怕什么？寂寞是伟大作品诞生的催生剂和营养素，寂寞的时间越长，即将诞生的作品就越伟大。詹文三十年不发表一个字，他的工作就是构思，写作，然后扔掉。当然不是真的扔掉，是将这些废稿存放起来打成捆。他的即将诞生的“燕子系列组歌”，是要从这几万首歌词的废稿中诞生的。

詹老头伏在写字台前，拿起他那支老式金笔，在稿纸上哗啦哗啦地画起来，画出来许多的字。字迹排列整齐，互相守望。他心是热的，情是急的，样子无限虔诚！

詹老头一口气写了两张稿纸，写了五段歌词，终于嘘了口气，放下笔，激动得不得了。哈，说不定这就是三十年来他寻找的东西了。他从藤椅上站起，拿起刚写完的稿子朗诵起来，开头几句他朗诵得抑扬顿挫，满储情感，但越读声音越沙哑，变小下去。我知道，詹老头现在又判了他的稿子的死刑：这个夜晚他是白写了，他寻找的那首伟大的歌词作品没能在今天出现，那就留给明天吧！明天詹老头还要寻找灵感的，还要写下去的，明天他将要写“小燕子”怎么的呢？

詹老头读不下去自己的作品，揪住自己的一把头发，在藤椅里痛苦地扭动着。许多优美的意念，词句，看似很近，落笔时又发觉很远、很远！

那时，他的“小燕子，叽叽叽”，来得多畅快，詹文像是写着好玩的就写出来了，写在一张烟盒纸上。那是搞合作化时期吧，他们一帮人下去整社。他写在烟盒纸上的四句诗，被同行的一位省群艺馆的编辑看到了，编辑同志给他改了两个字。从乡下回城，那编辑编了一本少儿诗选，把这首“小燕子，叽叽叽”选了进去。某电影导演正拍一部儿童故事片，缺首主题歌，翻到这本少儿诗选，就选了詹文这首诗作歌词，请一位知名作曲家谱了曲。

一切都来得突然，电影放映了，主题歌流传开了，詹文成了诗人，得了奖状，在一个少儿集会的主席台上就座，一个小姑娘为他系上红领巾，听孩子们唱起他作的歌：

小燕子，叽叽叽，
唱着歌儿到这里，
这里的红花开放了，
这里的春天真美丽。

詹文心里决定：他下半辈子的事业就是为孩子们写歌，写出“小燕子系列组歌”来，要当个真正的孩子们喜欢的诗人，为了写作，他辞去了学校教导处主任的职务，只给一个班学生教课。

三十年寒来暑往，风流倜傥的青年詹文变作如今的詹老头，孤单一人，老伴作了古，只有个养女叫詹燕，是在他的“叽叽叽”声中长大的。詹燕出嫁了，每个星期天来看望一次养父。詹老头啊，你心中的那只燕子呢？怎么这样难得寻找捕捉啊！为了这只燕子，你失去得太多了。当年和你一同参加革命的，当官的当到厅级了，做学问的出了一大摞著作，当了教授。三十年来，你连根燕子毛都没拾着，但你还在追寻着的呵！

妻子在屋里备课，儿子睡了，我收拾起被儿子涂得一团糟的稿纸，今夜是绝不会有什么收获的了。我又站到窗前，从宿舍楼窗口透出的灯光中看那棵老槐树，老槐树被灯光映照得古里古怪的，老槐树的背后，是一团漆黑。老槐树就这么站着，大半都枯朽了，只有顶梢还有一抹绿色。学校的人说，把它砍掉再栽一棵年轻的树；总务科长说，它没死呢，砍不得。于是老槐树就留下来站在夜色里，站在我枯竭的思维里。

妻子看见我发呆，就说："要根据自身的条件来开发自己，你不是当诗人的料子，快拐弯子哟，搞点其他事情，不要像楼上詹老头那样！"

我说："詹老头么样？了不得呢，人家有追求，还得过国家级奖！他值得！"

"那也值得？那四句诗？"听妻子的话味，她是瞧不起我和我在《江城晚报》上发的那一首短诗的。时间不早了，我明天还要去上八小时的班哩，只得丢手了。

我躺下后叹了口气，心里叫着楼上的詹老头："睡吧，明天接着干吧！不要痛苦，不要悲哀！"

熄灯睡了，梦里我仍在寻找诗人的桂冠。

那个夜晚，詹老头呢，他撕扯着自己的头发和胡子，撕扯着睡去。他感到身体很不适应了，透不过气来。挣扎是无用的，只好眼睁睁地看着墙上的那面镜框，看着他未完成的那些数不清的手稿。逐渐，这些都离他远了，小燕子离他远了，黑煤渣跑道离他远了，他抓不住弯把拐棍了，他要离开这个世界了，再也听不到"小燕子，叽叽叽"了。

一个恶魔，叫心肌梗死，詹老头碰到它了。

第二天是周末。夏天的黄昏在七点半时又吧嗒地来临，球场上仍然有裸着粗壮大腿的男学生在玩瓜皮足球，打羽毛球的学生没有了。这所学校是所寄宿中学，离家近的学生回了家。单双杠那儿仍然有人在倒八叉吊秋千，各人在寻找各人的乐趣。

我在红色宿舍楼二楼靠南的窗户前站着，我拒绝了妻子要我陪她散步的要求，我太忙了。妻子只好带着儿子散步去了，她有儿子陪着，我有窗外的老槐树陪着。

我的老槐树呀，黑黢黢的枝干参撒着指向黄昏，夏日的一个周末的黄昏，一边是悠闲的散步，充满着温馨和爱，一边是孤独的屹立，充满了严峻和冷清。黄昏中的老槐树哟，你那一抹绿色迟迟不肯退去，你在这绿色的菜圃中争一分暖意，你在艰难与死亡中挣扎着不枯朽，你要活你要发绿，不仅是那一抹绿，你要全身披绿。抗争吧，向严峻与冷清抗争，向腐朽与枯萎抗争。或者你终究要枯朽下去，但你只要是抗争过了，你就不愧为一棵真正的槐树。

我冲到写字台前把我胸中关于老槐树的联想倾泻到稿纸上，我要写一篇散文，歌颂这黄昏中的槐树，这棵老槐树，我的朋友。

什么干扰都没有，周围那么安静，家家户户都到外面去领受黄昏去了。只有我伏在桌上写呀写个不停。我对我自己充满了信心，我怎么一下子变得这么能写了，简直是文思泉涌。多好呀，我的灵感之门从此开启，门里已透出了灿烂的希望之光。我的天哪，我已经进入了境界，我就是槐树，槐树就是我，我的抒发是槐树的抒发，我的追求是槐树的追求，我是槐树的嘴，代它唱代它讲代它呼喊。

只听得我的心在强劲地跳，只见我的手在不停地挥动，只听得我的笔在刷刷地写，只见我的思想鱼贯而来，最后铺满了三张五百字的大稿纸。我不知身在何处，我不知夜之已至，到我打了最后一个句号，我的儿子已用冲锋枪抵住我的腰眼喊着：

“举起手来！”

我就乖乖地举起手来。

不，我立即放下手，把我的“杰作”藏进抽屉里，否则这篇《黄昏槐》的散文就成了儿子的牺牲品，那我这辈子写的唯一的一篇散文就留传不下来了。

妻子见我的神态，仍然撇撇嘴。我想，你别做那样子给我看，我还终于写成了篇散文呢。当然我不说出来，我要在报上发表出来，让她吓一跳，当然我知道她不会吓一跳的。

我当时还真吓了一跳呢。今天晚上一定有什么事忘了，或是丢了什么东西，或是出了什么问题。但到底是什么呢？我说不出来，我凭第六感官知道，这是一定的，一定有什么事情。仔细想想，我就想呀想呀使劲地想也想不出什么名堂来。儿子从我的腿上跳下去缠他妈妈了。我打开抽屉翻着，在书架上找着，又把头伸到窗户外寻，还是一无所获。怪哉，今天晚上是怎么的了，咋这么不正常呢，像丢掉了魂魄似的！妻子见我那样子，关心地说；“怎么啦？”

我说：“我也不知怎么啦？好像要出事。我想是的。要出什么事，我又不知道。”

妻子把手贴在我额上说：“你不发烧哇，我怕你在说胡话呢。”

这个美妙的周末之夜简直就要浪费掉了。直到躺到床上，我还在想，翻来覆去睡不着。

妻子说：“你到底怎么了？”

我说：“我也不知怎么了！”

妻把背对着我，骂句：“精神病！像詹老头！”

“哈，找到了！就是詹老头！”妻的提醒使我恍然大悟，我今晚感觉不正常的就是詹老头。今天晚上没有听见笃笃笃的拐棍拄地的声响，没有听见“小燕子，叽叽叽”的歌声，没有听见隔壁男子的骂声。这詹老头哪里去了呢？自从我住到这个学校以来，还从没遇到詹老头不听他的歌的。他不下楼散步那是有的，因为是雨天或雪天。我把我的担心给妻说了。

“睡觉吧！说不定是詹燕把他接去了呢！”妻子说。

那我就睡觉啰！

星期天的早晨，詹燕来得很早。对这个养父，詹燕是有感情的，但感情并不太深。詹老头自从得了个奖状，有人称他诗人后，就一心做起他的事业来了，忘了吃忘了穿忘了玩，当然也就忘了妻子和养女了。养母死后，詹燕就失去了母爱，反倒过来要照料养父。詹燕那天拎了一网袋方便面，这是詹老头一周的伙食。推门，门不开。大概在睡觉吧！詹燕用钥匙打开了北边房的门，把厨房清理了一番，烧了壶热水。她今天要给养父把被单洗一洗。

詹老头住的南边房门还未开，詹燕要趁早拆洗被子，她有钥匙，就用钥匙打开了南边屋。她的养父直挺挺地躺在床上，已经死了。

詹燕没有哭，没有像女人们死了亲人那样哭得凄凄惨惨戚戚的。我们去看死了的詹老头时，发现这个女人把牙咬得格格的，脸色铁青着。我看见她把詹老头的尸体在床上摆端正，用很大的力气推开窗户，让清新的气流涌进来。然后，她安然地收拾着她养父杂乱的屋子。学校的许多老师来看望她安慰她，她都是木然的，没有表情。到底是养女，连滴眼泪都不流，我心里说。

詹燕把詹老头堆在桌上未完成的手稿一卷，卷起的手稿和许多捆手稿放在一起。詹燕找了只大麻袋，把它们都装了，鼓鼓囊囊的，好大一堆。

我说：“这是詹老师一辈子的心血，这些手稿需要整理，里面说不准有许多好作品的！”

对于詹老头的死，我是感到痛惜和哀伤的，多么潜心的一位老人，献身文学事业一辈子，呕心沥血为创作，这样的老人是我的楷模。当早饭后我听说詹老头死了时，抢先跑上楼看望。我上楼时听到我隔壁的那个男的说："终于死了，再迟点死，我也要疯了！"我没理会这个家伙，他哪里能理解一个作家呢？

就在我说詹老头的手稿之类的话时，我发现屋子里围着的人群都没有附和我，没有说"是呀他一生写了一麻袋作品，这麻袋里肯定有好作品"之类的话，连我的妻子也没作声。倒是詹燕狠狠望了我一眼，我发现她的眼睛黑的少、白的多。她望过我之后，把那只麻袋用脚推到一边去了，免得妨碍她继续清理房间。

我心里感到许多的不舒服。

殡仪馆的运尸车来了，詹老头的尸首要送到殡仪馆去。可怜巴巴的，还是那件不知是灰是白的圆领汗衫，土黄色又有些发白的斜纹布裤子，皮鞋龟裂着。老头的头发及胡子都没来得及剃。

临开车时，詹燕找了把梳子梳了梳她养父的头发和胡子。运尸车走了。我朝远去的运尸车招招手，像和一个熟人告别。

追悼会是要开的，詹文同志是这所中学的退休教师，曾经执教好多年。据我妻子说，学校给市作家协会寄了一分讣告，希望作协送个花圈什么的，当然能有个领导进治丧小组最好。谁知作协回电话说，他们不知道有个詹文，会员花名册中没有这个人，因此作协不派人参加追悼会。这使学校的教师和领导大为不满。詹老头这样一个为写歌词发奋了几十年的人，也曾得过全国奖，他们都不知道，不让入会，那作的什么协呢？但人家不承认，你气也无益。

这消息倒使我垂头丧气了半天，詹老头这样的人市作协都不知道，何况我这类角色！作家头衔真难弄到手呵。

追悼会还是开了，学校领导出席了，老师们参加了。我找工厂请了半天假，早早赶到会场。詹老头已经变成了骨灰。骨灰盒里据说还放了盘少年歌星唱的“小燕子，叽叽叽”的磁带；还有詹老头从不告诉别人来历的那支写了三十年的老式钢笔，笔尖含金量不低；还有那张奖状，从嵌着的镜框里弄出来，还弄破了一个角。

“詹文同志随着他的作品他的武器他的荣誉离开我们去了。詹文同志安息吧！”校长致悼词说。

詹燕代表家属，没有讲话只是朝参加追悼会的人鞠了三个躬。这天詹燕脸上布满了悲戚之色，但仍然没有哭也没有流泪。这真是个坚强的女人。

“安息吧，詹老师！你的歌声在千千万万儿童心里响着，你的精神激励着许许多多在创作道路上一往无前的青年，我就是其中一个。我将沿着你的路走下去！”回家后，我在日记本上记下了这样一段话。

隔了两天，我收到《江城晚报》编辑的一封信，通知我寄给他们的那篇《黄昏槐》的散文即将发表，当然文章还要由他们润色一番。我当然非常高兴，继发了一首诗后，又将发表一篇散文，我的创作有长足的进步，看来当作家也不是太难。有了第一步就有第二步也就有第三步！我将一步步地走下去，走到底。我心情畅快，我信心百倍，精神气十足。我下班后就往家赶，我要让妻子知道我的又一次成功。

我神气十足地走到红色宿舍楼下，发现楼洞门口有辆三轮车停着，三轮车上已装了不少废报纸书刊之类的东西。收破烂的来了，我想。不！我发现楼洞里有一男一女正往外吃力地抬一只麻袋，麻袋鼓鼓囊囊的，好沉。我注意看去，那不是詹燕吗？呀，麻袋，这是詹老头用三十年心血写出的手稿呀！

我站住了，问詹燕："你们这是干啥？搬家？"

詹燕帮那个男的把麻袋掀到三轮车上，擦擦汗水回答："有什么搬的，我们到废品站卖废纸去。"她说得很轻松，指挥那个男的踩三轮，她一抬身坐到麻袋上。那男的是她的丈夫吧。

我吃了一惊，忙拦住三轮车。"詹燕，怎么能这样呢？这麻袋里是你父亲一辈子的心血啊！你要不愿整理，我来帮你整理出来，这里有好东西的。"

詹燕的眼睛又变得白多黑少了。"这里有什么好东西？我还不清楚？！我父亲就会'小燕子，叽叽叽'的，没那个才气，当什么作家？他写不出什么好东西，从我懂事起就明白这个道理。他已经被这玩意害死了，我不愿这玩意再害你了。对不起，我们还要拖两趟。"

三轮车踩走了。我呆呆地站在楼洞门口半天没出声。

夏天的黄昏在七点半时悄悄来临了。

我突然想起有好多天没看窗外的老槐树了。老槐树黑黢黢的枝干奓撒着，仍是那般冷清与严峻。我寻找树梢的那抹绿色，怎么寻也寻不见。我奇怪起来，前些天还有，怎么今天就没有了！那么这棵老槐树是死了啰！

我很悲哀。回到写字台边，我收起白晃晃的稿纸与钢笔。我想起詹燕的话，我不愿这玩意再害我了。

我想我该要做点什么了，比如上电大职大等等，或者学木工手艺，将来做一满房新式家具。

我从二楼下来，准备找儿子，陪儿子玩玩。几个小姑娘在跳橡皮筋，一边跳一边唱：

小燕子，叽叽叽，
唱着歌儿到这里，
这里的红花开放了，
这里的春天真美丽。

这是詹文詹老头写的歌，他一生就只写了这四句，人们还知道他吗?

你说是夸我的父亲，我就夸我的父亲。

——本文主人公的话

夸父

一

事情的发起很偶然。好容易有个星期天，谁不抓紧时间睡懒觉到九点十点？学生食堂那浪打浪的稀饭和黑石头般的馒头不吃也好。星期天的早晨睡懒觉真好。

有人打我的屁股，我醒了，一个才开始的好梦就这么无影无踪。“你他妈还让不让人活？”我睁开眼就骂。

是何肥，我的同县老乡。“还睡，太阳都晒得屁股冒汗了！”何肥的嗓音像个女人。

我懒洋洋地穿起了衣服。同宿舍的几个哥们已出去了五个，另两个是决不会起来的，他们俩昨晚就宣布要睡到今天下午六点才起床，而且不起来拉尿。

我跟何肥晃晃悠悠走出校门。我回头看了看学校斑驳的院墙，院墙内绿茵茵的树，和掩在树荫里那黑的和红的瓦屋顶。星期天，学校好安静，安静得就像这群山。我情不自禁地笑了，就像碰到件很得意的事情。

我们的学校是所中等师范学校，牌子挺古老的，属南山地区的重点学校。这所学校出过不少人才，当代国内诗坛有个挺有名气的诗人就是这里的学生。学校背靠群山，远离都市，设在南山地区所辖P县的一个乡级镇上。镇叫南洞镇，学校也跟着叫南洞师范学校。

南洞镇很古老，目前尚有一条仅容两人擦肩而过的石板小街，小街两边的房子都是古色古香的。我和何肥最喜欢到这条街上走了。那青石板洁净得要让你为它写一首诗。

我们的学校也很古老，古老得校舍都有些残破不堪了。

我和何肥到南洞街小吃店吃了两碗羊杂碎海带汤，吃得很惬意。然后我们一起走过古老的石板街，到镇东头的新华书店去。街上有许多的学生，学生们星期天都到南洞街上逛，增加了古镇的生气和繁荣。

我与何肥在书店碰到大卫和毛娜。大卫身高一米八，是校篮球队的后卫。毛娜顶多只有一米五，长得娇小玲珑。

何肥说："嘿，你们又在一起陪衬哪！"

大卫从口袋里掏出支烟给何肥，再掏出一支自己叼上。我是个好孩子，不抽烟，大卫也不递烟给我。

毛娜扬扬手中的一本硬壳书，说："买了本好书。"

我接过来一看，是《彩图成语词典》，再看定价，八元，不贵。词典封面是一个人正用刀子削自己的脚，削小些好穿进身边的小鞋子里。"小孩子看的！"我说。

毛娜说："大人也可以看，我们毕业后当老师用得上。"毛娜总是想得很远。

我们四个人在班上的作文成绩都好，换句话说吧，都喜欢文学。我们经常在一起谈论文学，我们有一个共同的梦：作家梦。

何肥喜欢写小小说，毛娜喜欢写散文诗，大卫喜欢搞文学评论，我呢，又写诗又写散文，也写评论，将来我还打算写小说。我对自己将来当作家比他们信心都足。

我们四个人慢慢地逛出了镇子。镇东头的山崖边，有人修了一座很漂亮的土地庙，香火袅袅。我们绕过土地庙，来到古柏树下的石板上坐下。这古柏下是我们聚会的好地方。我们经常来这儿。四周花香草鲜景色秀，石板上坐着屁股凉津津的真舒服。

现在回忆起来，那天到底谁先提议的呢？硬是想不起来了，谁最先提议谁最后提议，都没什么重要意义，应该说，成立南洞师范学校的第一个学生文学社团，是我们四个人共同的愿望和心声。我们聊文学的现代意义，聊南山楚文化的历史渊源。别看我们都只是中等师范的学生，我们可是读了不少的书的，我们也是高中毕业考进来的，不过是比那些上大专学校的幸运儿们少那么一两分。

我们决定成立一个文学社。毛娜翻着她新买的《彩图成语词典》，完全是无意识的。忽然她说："我们就叫夸父文学社吧！"

我们说：可以呀，名字是其次的，重要的在于内容。

我接过毛娜手中的书，在一〇五页见到"夸父追日"的解释：

相传古时候有一个叫夸父的，要追赶太阳。他赶呀赶，渴得很厉害，就喝了黄河与渭河的水。感到还不够，又赶到北方的一个大湖去饮水，可惜没到那里就在半路上渴死了（见《山海经·海外北经》）。后用"夸父追日"比喻无畏的斗争精神和坚强决心。有时也喻指不自量力。

我们决定出一份社报，刊名就叫《夸父》，对开型报纸。

他们三个人推举我为社长，我辞不掉，就同意了。

我又提由毛娜任副社长，也通过了。

我任《夸父》报纸的主编，他们三人就都任副主编。

这就是事情的发起。中午我们四个人一起再去吃羊杂碎海带汤，还喝了啤酒。我们边喝啤酒边商量文学社发展社员及《夸父》社报筹稿筹资的事情。我们这个星期天很愉快。

村里有鸡啼声了，父亲一个激灵翻身坐起来，拉开了灯。十五瓦的灯泡红彤彤的，像某个人哭肿了的眼睛。母亲是在一个夜里去世的，这屋子里现在只剩父亲一个人了。两个女儿出嫁了，小儿子在南洞师范学校上学。

父亲看看床头的闹钟，已三点过九分。父亲下了床，披了件单褂子，到厨房水缸里舀了一瓢水，喝到口里漱了漱，就咕隆一口吞了，余下的水倒在脸盆里，擦了把脸就完全清醒了。父亲六十二岁，他感到还挺有精气和力量的。父亲拿起了昨夜从王铁匠那儿取回的新加了钢火的镰刀，扎在裤腰带上，锁了门，一步步走向夜色。

父亲一个人走在田埂上，田埂上有湿漉漉的露水草，很快就觉得自己的裤腿被露水打湿了。父亲急匆匆地走。他对这些田埂很熟，他走在这田埂上几十年了，他熟悉这田埂就像熟悉自己的巴掌纹路。

父亲走在一块大田边停住，心里有种沉甸甸的喜悦。这块大田三亩三分，是父亲和母亲的责任田。栽秧时，父亲和母亲一块儿栽的。如今稻子成熟了，成熟得真喜人，那稻穗儿又长，籽粒又饱满，亩产超千斤是稳笃的。这是父亲和母亲的血汗抚育出来的丰收啊！

可是来收割的只有父亲一个人了，母亲已经走了，走向天国那缥缈的云端中，儿子回来给母亲送葬时，是这样说的。此时，父亲看到这稻穗子，就像看到母亲那躬着辛劳的腰身。父亲来收割，是代表了母亲来收获的。

父亲是个老庄稼把式，做事扎实，是个不要命的角色，村里都喊父亲叫“舍命”。

父亲从裤腰带上取下镰刀，跳进田里，弯腰割下了第一把沉实的稻子，父亲好高兴。此时，晨风凉爽，三星眨眼，四野的虫鸣不绝于耳。

父亲扎进了稻田里，成熟的稻海很快地淹没了他。父亲弯腰割着稻子，立即沉浸在一种收获的巨大乐趣之中，只听见镰刀割断稻秆的喳啦声，很有节奏和规律。

父亲像只用嘴朝前拱地的猪，他从田边开始，就他双臂所及，拱出了五六尺长的通道来。父亲沿着这条通道朝前割着，屁股朝天，双手不断地动着，他的身后是一排排倒下的稻子。一条通道由东到西割过去，一条通道又由西到东割过来，再割过去，再割过来。父亲忘了伸腰，也忘了腰酸背疼双手发胀。父亲只知道割稻子就是割稻子，就这么机械地割过去割过来。而稻田又是这般大，这要靠他一个人割完。没有关系，他几十年就这么割过来的。

父亲的脸上淌汗了，裤腰处脊梁处，到处是汗水，衣服已经湿透了，他仍然没有感觉到。

只是在父亲偶尔抬头时，发现东方已大亮了，那一边太阳已经伸出了头。父亲看看别人家田里，三三两两的人割稻，且有人把茶水稀饭送到田头给割稻的人享受。

父亲看看自家田里，一半都还没割完。就是在这个时候他想起了母亲，觉得自己好孤独，没有人来帮他割稻子，没有人给他送茶送稀饭到田头。

父亲立即感到又累又渴，浑身的疼痛忽然就来了。渴呀，那渴硬是能叫父亲喝干黄河与渭河的水。

父亲看看太阳，咬牙屹立在田野里。

二

幽远僻静的林子里，落片树叶也刮响起回声，人迹罕至的小池塘，掉粒石头也能溅起波浪。我们南洞师范学校，我们这群莘莘学子，生活太平静了，平静得只听见脑子在汲取书本上的知识时所发出的呼啦声，平静得只有在夏日的中午谛听树上的蝉鸣，想听出节拍是四分之三或四分之二。

毛娜这女孩的散文诗写得和她的人一样玲珑美丽。夸父文学社的章程被毛娜写成了散文、诗，我们的追求和心底里那些青春的躁动向往，这女孩都恰如其分淋漓尽致地表现出来了，而且表现得很美。

何肥说："写得好，拿到食堂门口的板墙上贴了。"

我们立即行动起来，大卫从宿舍里找了一瓶浆糊，这是他粘贴信封邮票用的。我们四个人排成一路纵队到食堂门口。

那时离开晚饭还有半个小时，大卫把一瓶浆糊在板壁上涂了一大半，何肥把抄在一张大纸上的章程往板壁上贴。我站在边上指挥何肥把左边的纸角往上提提，毛娜歪着头欣赏他的作品。

已经有不少学生围过来了。星期天的晚餐还都要吃的，晚饭后要上晚自习。有的同学中午没来吃饭，晚饭就早早地赶来了，于是他们就看到了我们的宣言。

毫无疑问，我们得到了巨大的成功，几天之内，我们四人都成了南洞师范学校的名人，特别是我和毛娜，因为我们俩是文学社的正副社长。

要求加入夸父文学社的同学很多。文学梦在一些中等师范学校，那是俯拾皆是的，每间宿舍里都翻飞着作家诗人梦，作家诗人那是何等令人肃然的职业和称呼啊！

根据章程规定，要求加入夸父文学社的人，必须首先提出申请，并交两篇作品，再经过社委会讨论批准。我们对社员的要求是严肃的，决不混同儿戏。

我们吸收了三十六位同学作为文学社首批社员，加上我们四个发起人，共四十人。我们的社员分布在全校各个年级各个班，我们这是个跨班级的学生文学社团。

我们聘请了学校语文教研室的三个语文教师担任夸父文学社的顾问。

我和毛娜特别忙，大卫和何肥负责筹集出版第一期社报的物资，如纸张油印机油墨等，我和毛娜编稿，从社员们交来的一百多件作品中挑选适合在第一期社报上发表的稿件。

毛娜真是个好女孩，是个才女，工作起来认真不叫苦。说实话，要不是看在她与大卫相好的分上，我一定要追求她的。我和毛娜在教室里的灯光下选稿改稿，毛娜伏在案头，她那削肩圆臂，给我留下了很美好的印象。毛娜有时从稿子上抬起头，鼻尖上挂几粒细汗，大眼睛看看我，和我讨论着稿子中的几个句子，然后又伏在案头改稿。

像毛娜这样的人，将来毕业后，应该让她去某个报刊当编辑，她肯定是个称职而又讨主编喜欢的编辑。我和毛娜把第一期社报的稿子编好了。我虽说是主编，但工作主要靠毛娜，我协助她，毛娜天生有编辑才干。

《夸父》第一期出版了，对开型报纸，油印的。报纸的分发及之前的印刷，都是以大卫和何肥为主干的。捧着倾注了我们心血的第一期报纸，我们四个人激动得你望着我我望着你。大卫默默地掏出烟来，给了何肥一支，也给了我一支。毛娜也伸手要了一支，点着吸起来，那吸烟的姿势，比我们要好看多了。

我们四个人没休息，坐在学校后面的水塘边，吸烟来庆祝我们的报纸的出版。我把烟吸到嗓子里了，呛得直流泪。

我们的报纸在社员中反响强烈，在一些老师中间也得到了好评。据说南洞师范学校的老校长，我们都喊他老古董的，也默默点头，没说坏话和不许这样干的话。

这期社报的内容扎实，有诗有小小说有散文还有读书札记等议论文章，这些作品经毛娜一编辑，显得那么和谐那么富有韵味。且不说内容，光那满篇秀气流利的小字，使人看了都觉得是一种享受，这字并不比印刷厂的铅字差多少！这字都是毛娜熬夜刻写出来的。

我们在水塘边抽烟，心里满是成功的兴奋，觉得我们做了一桩很了不得的大事，觉得我们很能够做几件大事。

水塘边很静，有几尾小鱼用尾巴搅起一圈圈波纹。我们的身边，是很安静的学校，正是午睡时间。我们的身后，有连绵的群山，群山里有茶叶和楠竹。

大卫说："下一步我们文学社还可以再发展，吸收些新社员。文学社的依托主要是社报，《夸父》我们一定要办下去。但办报纸，即使是油印的，也要有钱，买纸买油墨都要钱，这第一期的纸与油墨是我和何肥通过总务处的老乡弄出来的。”

何肥说:“下次可就弄不到了。我们必须筹资。我们都是学生，没有收入。我们必须想法取得社会上和学校有关部门的支持和赞助。”

“还可以向社员们收取点会费，每人两三元，大家咬咬牙还是交得起的。像大卫，少抽两包烟就行了。”毛娜说。

“为了办报纸，我考虑戒烟！”大卫笑着对毛娜说。

毛娜说：“那好，把你的烟钱捐出来！”

他们三个人议论的事，正是我想的事情。

父亲又累又渴咬牙屹立在田野里的那一刹，太阳已经跃上东天了，万道霞光使得父亲有一阵的晕眩。父亲不由地晃了晃，但他仍然站直了身子。

有人喊：“舍命大叔，真的舍了命了？看你一早起来就割了这么多！你儿子也快放暑假了吧？”

父亲朝和他说话的人笑笑，说：“早起凉快点。儿子也快放假了，七八天就回来的。”

父亲说完话，驱逐了那一阵晕眩，提着镰刀，缓慢地朝村里走去，走回那空洞的房子。

父亲在厨房里舀了一瓢水喝了，喝得咕隆隆响。父亲点着了冷清的锅灶，淘了米，倒进铁锅里，加了水，熬起了稀饭。灶膛里烧的是棉花梗子，劈劈啪啪直响。

父亲坐在灶门前的土砖上，浑身如瘫软了一般。起了个早，割了点稻子，就这么累了吗？父亲简直有点不相信。前几年，父亲可连续干几天几夜，而每天只睡两三个小时。岁月不饶人啦，父亲觉得自己真的老了，这种感觉在母亲去世后，愈来愈明显。

锅里的粥在咕嘟嘟响了，父亲望着灶火出神。他想起了儿子，儿子来信说再过七八天就回乡度暑假。父亲真巴不得儿子快些回来，他一个人是太寂寞了，连个说句话的人都没有。如今正是乡下大忙季节，谁能有工夫和他这个孤老头子拉家常呢！

粥煮好了，父亲的肚子也饿得好厉害。父亲就着一碗腌豆角喝粥，把粥喝得山响，喝得浑身出了阵透汗，被穿堂的阵风一吹，舒服极了，疲倦也不知不觉地消除了。

喝了粥，父亲的精气力量又恢复了。父亲找了顶草帽戴在头上，那草帽又黑又破，该去买顶新的了，割完了稻子到镇上去买吧！父亲想。父亲提着镰刀，走向田野。

这时已是上午十点钟光景，太阳由火辣辣变成毒焰迸射了，田埂晒成了焦黄的土块，成熟了的稻子干得要点着火，它生命中的最后一点绿色意识也被绞杀。

父亲习惯了。父亲来到自家的田地，看看已经割倒的稻子，如一片焦黄的尸体。看看还立着的稻子，像片凝固不动的黄水。父亲二话没说，像游泳健儿般跳进黄水，来一阵埋头蛙泳。只听一阵阵喳啦喳啦喳啦声，一片片稻子倒地，铺在父亲的屁股后头，铺得整整齐齐，悄无声息。父亲连伸直腰喘喘气都不屑为，他就如一个熟练的蛙泳运动员，身子在水中腾跃起伏着向前游。

田野里的稻子成片成片割倒，男女老幼都在田里奔忙着，任村里那一片阴凉枉自空着，让树棵里的蝉鸣响着，没有人去听那噪音。

太阳正当顶，毒箭纷射，村里没有人倒下，父亲没有倒下。太阳西斜了，悄悄收拾起折断的箭镞，在西天抹一片猩红的晚霞，父亲伸直了腰，呼出了一口气。看着被自己割倒的稻子，看着一田的丰收，父亲笑了，笑得如晚霞一般的灿烂。

父亲拖着疲倦而又惬意的步子缓缓回家。这时，父亲觉得自己还不老，还可以种好多年的田。

父亲用钥匙打开了锁住的家门，发现有一封信躺在地上。父亲弯腰拾起信，拆开读起来。父亲在合作化时扫过盲，识得好些字。

信是儿子写来的。儿子在信里说，放暑假他要迟回家几天。儿子要父亲接信后，火速寄一百元钱去，有急用。

父亲叠好信纸，装在信封里放好。父亲把家里的近两百斤陈谷子用两条麻袋装好，父亲决定晚饭后去找村民组长借辆板车，明晨把陈谷子拖到十里外镇上的粮站卖了。

然后，父亲就在镇上给儿子寄一百元钱去，快件寄。

父亲觉得这很应该。

三

我们决定在放暑假前出版第三期《夸父》，而且这期《夸父》不仅是对开大报，同时还要铅印。印刷的事情大卫和何肥已去P县印刷厂联系好了。印刷厂说，你们是学生社团办的报纸，有利于学习，我们只收印刷成本。你们印一千份，我们只收五百元钱，优惠对待。

毛娜兴奋得大眼更加晶亮，鼻尖上又冒细汗了。毛娜说："干，这期《夸父》一定要编好，出好，弄得漂漂亮亮的，我们向全国各有关单位邮寄，让我们的南洞师范学校，让我们的夸父文学社，冲出南山，走向全国去。”

何肥和大卫也摩拳擦掌，表示了极大的决心。社员中也有许多积极分子纷纷促进支持。

虽说只要五百元钱，但这五百元钱对于我这样的学生，不是个小数目。大家筹款捐钱，你三元他五元，大卫真的戒了烟，毛娜把自己的一条连衣裙卖给南洞街上的一个理发小姑娘，得了四十元，交出来办报。

我是社长，是主编，光要别人出钱，我自己呢？但我现在口袋里连五毛钱也掏不出来。我心里可不愿叫别人小看。我写信给我的农民父亲。

父亲用快件寄了一百元钱给我，我一分未留交了出来。毛娜和大卫瞪着眼望我，问：“你哪来的这些钱？”

我说：“你们别管，反正这钱来得正当。”

只有何肥知道这一百元钱来得何等不易。我和何肥是同县老乡，他到我家里去过的。

也是合该有事，简直是天意难违。

那天下了上午的最后一节课，我悄悄地离开了学校，一个人去小镇邮局领取父亲寄来的一百元钱。我不想让别人知道父亲寄钱给我这件事。

我出了学校，沿着南洞镇那洁净的石板小街走着，小街两边的居民家正备午饭，厨房里飘出的香喷喷的气味，引得我在喉管处吞了一大口涎水。走出了小街，我上到了新街。新街的街面宽，街两边的房子也都新式，白墙红瓦，两层楼三层楼，水泥浇顶，长方形正方形，但大致的颜色都是灰的，没有什么个性。

今天镇上好像有什么喜庆事，当街扯有横幅标语，各单位门口还挂着彩旗，镇小学的学生们穿着好看的衣服，排在街口，等待着什么的到来。

我站住了脚，我也是个喜欢热闹的人，我要看看这是干吗？有什么大人物要来吗？

果然，一分钟不到，从大路上拐进镇里一群汽车，这群汽车中有亮晃晃的小轿车，有乳白色的日本面包车，有国产面包车，有吉普车，还有客货混装的小型卡车。每辆车的驾驶台前玻璃上都贴有号码，我看那号码，共有三十四辆车。汽车鱼贯而行，排在街两边的小学生们喊着："欢迎！欢迎！庆祝！庆祝！"

车队每经过一个单位，都有人出来放鞭炮，轰隆隆劈啪啪，硝烟味充溢了小镇。小镇有供销社、银行、粮店、棉花采购站、茶叶公司、种子站、农机站、医院、文化站、广播站、农科所、工业办公室、税务所、工商所、妇幼保健所，而今天成立的是汽车运输段。

为了汽车运输段的成立，镇政府请了各单位的来宾，组成了车队，绕小镇一周，然后到镇政府食堂摆了二十四桌酒席。各单位送的贺礼、镜框，堆满了镇政府的会议室。

我等车队过去，到邮局取了汇款，回学校时，好奇心让我拐到镇政府食堂瞄了一眼。食堂里酒宴正好开始，每张桌子都坐得满满的，桌上摆满了大鱼大肉整鸡和丸子香菇木耳，菜肴丰富。会客们杯盏交替，猜拳行令，吆五喝六，好不热闹。

我悄悄地退出来了，我还没吃午饭呢！摸了摸口袋里父亲寄来的一百元钱，我想镇政府食堂里那每一桌酒席怕都不止一百元！而父亲的这一百元是怎么来的？而镇政府食堂酒桌上那一百元是怎么去的？

我赶快跑回了学校，午饭不想吃了。

我交出了父亲寄来的一百元钱，我说：“一定要出好《夸父》第三期。”

我写了一篇记叙散文，题目为《南洞镇的喜庆》。我是非常朴实地记叙了我的所见所闻，没有任何的议论和抒发。我觉得我只是写了一篇很平常的记叙文，就像在中学时，完成老师布置的作文一般：写你见到的一件事。

毛娜看了我的文章，说：“你这文章平中见奇，很好。用在头条吧！”

我说：“不！放在最后面，我的文章写得不好。”

第三期《夸父》全靠毛娜编辑，我还是做她的助手。不知怎么回事，我老是有点集中不了精神，总是看到父亲在骄阳下躬耕的背影。父亲的草帽又黑又破了，该买一顶新的了。父亲一个人好孤单啊，我真恨不得快点回到父亲身边。

但我要编好《夸父》。

何肥与大卫把《夸父》的稿子送到P县印刷厂付排了。

我们就等着校对，校对完了后又付印，最后等着出版。

终于，《夸父》第三期印出来了，绿色的报头字，显得青春而富有活力。全报四版的编排、插图，都显得和谐对称，既朴实又大方。

读着这张散发着油墨香的报纸，我流泪了。

可惜，因为报纸拖期了几天，学校已放暑假了。师生们在一两天内都走光了。他们没能及时读到我们的报纸，这使我们感到很遗憾。

父亲昨天用板车拖了两百斤陈谷去镇上卖了，给儿子寄去了一百元，剩下的钱，给自己买了顶草帽。父亲拖着空板车回村，还了板车，打了个呵欠，就睡下了。父亲不想做饭，也不想吃饭，他只觉得有些困倦。

父亲一觉睡到第二天上午。太阳老高了，父亲爬起来，想到田里割倒的稻子，要把稻子捆起来，运到自家的稻场里堆起来。父亲就做了饭，一个人吃了。

父亲吃完饭后，戴上了新草帽，慢慢地走到田里，不知怎么的，父亲好像提不起精神，往日的精神气力突然消失了一般，浑身软绵绵的。

父亲怀疑自己是不是病了。天老爷哟，现在这关头可病不起呀，病了这田里的稻子怎么办？

父亲拖着软绵绵的身子到田里，捆稻子，挑稻子。按过去那阵势，这一田的稻子，父亲一个人最多一天半就可捆完挑完。可现在，他已干了两天，还没能干完。

旁边的人说："舍命叔，是不是病了？歇歇吧！"

父亲笑笑说："没有事，我慢慢干！"

父亲在田里捆稻子挑稻子的第三天中午，天就变了，阴沉得怕人，一场暴雨眼看就要下来了。

父亲这时已感到浑身发抖，精力不支了。怎么办？田里还有三担捆好了的稻子，一定要挑回来，那是父亲与母亲洒下的汗水生长起来的啊！

父亲擦去了额头的冷汗，挑起一担稻子就往自家稻场跑。平日挑在肩上不觉分量的稻子，此时如有千斤重。父亲跑得摇摇晃晃的，身子像要随时被风吹倒。

最后一担稻子才上肩，父亲觉得自己已力竭气尽了。暴风雨已经来了，父亲跑起来。跑呀跑呀，如踩在棉花上一般。这雨的点子好大呀，打在身上像石子样。跑，快点跑，还有十几步就到了稻场。稻子都挑到稻场上堆起来了，下再大的暴雨我也不怕了。呀，晕了，眼发黑了，人要倒了？咬紧牙关，跨出这一步，跨出这一步！

父亲把最后一担稻子挑到稻场上时，人随稻谷稻子一起倒下了，父亲在雨地里吐了一口鲜血，染红了稻场上的一洼水。父亲买的新草帽，被风刮起来，飞了。

四

我被人请到南洞镇政府办公室，南洞镇的镇长是个大块头，看上去不到五十岁。他好像挺和善的样子，请我坐。

我坐下了。我看到镇长的办公桌上摊开了一张《夸父》报，绿色的报头，很青春很有活力。

镇长说："你们的这张报纸是非法印刷物，没有经过有关部门批准，是不能出版的。"我说："我们学生社团编的社报，起个交流的作用，没有发表什么坏作品，我觉得可以出版。"

镇长说："就拿你们这报纸的名字说起吧，夸父，夸奖你的父亲吗？你的父亲是个什么大人物？还专门出版夸他的报纸？你写的那篇《南洞镇的喜庆》，安的什么心？"

我缄口不言了。

我们的《夸父》就这么夭折了。

从镇政府办公室出来，毛娜、何肥和大卫正等着我。

毛娜递给我一份电报。电文是："父病危，速回！"

毛娜何肥大卫把我送到车站，我看到毛娜哭了，毛娜真是个好女孩。

我朝大卫和何肥招招手，我说：

"毛娜不要哭，我们下学期再见！"

他们三人也一起扬起了手臂。

西山有座塔

今年夏天，武汉太热，朋友约我到山里转转，避避暑，写点东西。坐过了清江的乌篷船，吃过了清江水煮清江鱼，我们就到了建南县。

建南县城边有座西山，西山有座塔，本是一座古塔，后来却变成了一个不伦不类的建筑。朋友给我讲了这个发生在多年前的故事。

从州城到建南县，沿着一条清江走水路，两天时间也够了。向立三先生和他的女婿兼助手陈明人，却在第三天中午才到。他们坐在一只乌篷船上，在清江里咿咿呀呀走，边走边看，所以走得慢。

老头子此番回乡，能有如此的好兴致，陈明人感到很高兴。

建南县愈来愈近了，已望得见傍着山坡而建的一幢幢房子。向立三自看见了那一簇房子后，就突然地变得沉默了。他不言不语，只顾一个劲地朝那里看，脸上是一股痴痴的模样。

乌篷船在县城边的一个偏僻的水码头靠了岸。

向立三在前，陈明人提着手提箱紧跟着，两人从河坡里爬上了县城老街。

老街是青石铺的路面，街两边是青砖青瓦房，木质的框架已经很老很老了。老街有点背，人不多，青砖墙上时见绿苔藓。

向立三到了街上，走得很慢，走走看看，还不时地对陈明人说，这幢房子是姓王的住的，这幢房子翻修过，这幢房子过去没有的。

“四十多年，真快！”向立三叹息道。

向立三过了年就七十岁了，但他走路时，腰还直直的，腿脚还很灵便，精神很不错。

走完了老街，转到了县城西头。西头的一面缓坡上，一幢三层楼的建筑，有一个院子门，门上写着“清江饭店”四字。

“就住这儿吧，明人，这个地方好，这是过去的保安队驻地。咳，如今盖了这个酒店，不错不错！就住这！”向立三说。

“爸，听你安排，这地方你熟嘛！”陈明人答。

“熟个屁，四十多年啦！”

向立三随着陈明人走进院子门，到登记处的大厅里，找一个木靠背椅坐了。

陈明人到服务台登记。

登记时查看了他们的证件，服务员写下了他们的姓名，然后把他们带到二楼的一个套间里。清江饭店一共只有两个套房。

服务台里立即传开了消息：有两个台湾来的客人住在我们店里。饭店经理吩咐，一定要提供最好的服务。

“爸，洗洗脸，休息一下好吗？”陈明人说。

向立三在里间屋，陈明人住外间屋，向立三说：“你先歇歇吧，不用管我呢，我先看看。”

他迫不及待地推开了一扇大窗，一座秃秃的山，山上一座残破的塔，兀地进入他的眼帘。石珠塔！别来无恙嘛！泪珠从向立三的眼角悄悄滴落下来。

窗户边有沙发，向立三坐到沙发上，扒着窗户，看那石珠塔。

西山有座塔西山有座塔……似乎有古老的歌谣响起。

青年军人向立三，为着干一番事业，寻找辉煌的前程，从省城到州城，从州城到建南县，干了三年了。仕途不错，第三个年头时，他已任保安队队长，是个上尉军官了。

山外传来的消息说，共产党的部队已经进山了，国军大势已去，败局已定，对这种悲观论调，向立三不屑一顾。何必自己吓自己，上峰没叫撤退，我们就得恪尽职守，每天干自己该干的事情。

向立三领导的保安队，在县城巡逻，纪律严明，维持治安，不许欺负百姓。违者，向立三就要给予重罚，向立三是个有所追求的军人，怎容得手下胡作非为。建南县地理位置不错，人虽说穷些，但民风淳朴，只要加以引导，搞些经济开发，是大有可为的地方。

但是一个小小的上尉军人，即使抱负比天大，又怎么拯救一个已经腐败了的王朝呢？

白天和县政府县党部的要员一起，讨论过局势问题，人们都惶然，唯有向立三很冷静，似乎他一点也不怕共产党。

撤退？没有州城方面的指令，就是临阵脱逃，谁能背得起罪责？讨论局势，最后是一点结果都没有。县长拍拍向立三的肩膀说：

"向仁兄，警醒点啊，一有动静，你的保安队就得抵挡啊！"

向立三苦笑着点点头，就那么严重了吗？

夜深了，在保安队营房里，有一间屋子还亮着灯光。向立三正在灯下读《古文观止》，他的古文功底不浅，诗词歌赋都能作，实实可称个儒将。无家无口，除了公务，闲下来就读书，不搓麻将不嫖女人，建南县城有很多人是知道这个青年军人的秉性的。

大约是十一点钟的光景，密集的枪声响了起来，向立三扔下书，一个激灵站起，摘下墙上的手枪。这么快，共产党说来就来了吗？

副官张皇地推开门，向立三问："怎么了？"

"队长，快，快，共军已经进了县城，我们已经被包围了。"副官惶急地说。

向立三一个箭步跨出门："快集中队伍，朝南突围！"

睡得迷迷糊糊的保安队员，拖枪从房里站出来，跟着向立三向南奔行。

这场战斗没什么可描述的。一支两百多人的保安队，只有队长向立三是正规军人，由上级派来的。面对解放军周密的部署，强大的攻势，不可能正面交锋，只有四处逃窜的份儿。

县城里枪声如爆豆，居民紧关房门，城里黑灯瞎火，县政府和县党部无兵防守，早就被拿下了。向立三带着保安队，朝南奔行，想跑进大山找掩护，天亮再作打算。

南突中，碰到解放军两次火力相阻，交火几分钟，向立三的保安队就跑得只剩十几个人了。

转向，朝西边突围，向立三带着十几个人边放枪边走。解放军已经发现了建南县的这支唯一的队伍，紧紧盯上来。四面围歼。一阵噼里啪啦的枪响，解放军有人大声喊话，叫保安队投降，建南城已经解放了，弃暗投明吧！

后面有人追来，向立三看看身边。却是一个人都没有，他这个队长现在是个孤家寡人了。

朝西边跑，向立三熟悉建南县城的每条街，甚至每一幢房子，县城周围的地形，每一条道路他也熟，在建南三年，他可没白吃饭。

奔上西山了，后面有搜寻的部队过来了。但部队并没有发现向立三这个队长，部队只是在围歼搜寻建南县的政府官员和保安队的人。天亮之前，将歼灭一切残敌，把解放军的旗帜插到建南城的每个地方。

向立三奔跑着，他很矫健敏捷。眼前有一高大的黑影。向立三立即认出了，这是塔，石珠塔。建南县城西一景，这塔有三百多年历史了，向立三很熟悉这座塔。

解放军搜寻的部队在那边嚷嚷着，马上就要过来了。向立三无处可去了。稍一犹豫，他一头扎进塔内。

塔的第一层，有宽敞的厅堂，正面供着一尊观音。神龛前，有生着的火，一个人坐在火边，嘴里喃喃着，手里拿着干树枝往火里添。

向立三跑进塔里，先是吃了一惊，待他看清火边坐着的人是胡疯子时，心立即安了。

向立三认识这个胡疯子，胡疯子是个大学生，在大学里因恋爱的缘故，疯了。胡疯子回到家乡后，就在建南县城乞讨，想不到石珠塔是胡疯子的安身处。向立三对胡疯子不错。胡疯子是文疯，头脑有时清醒，就找人吟诗作对。向立三和这胡疯子还对过几次对联呢，每次对完对联，都要送些吃的给他。

向三立站在胡疯子身后没动。塔外的人声越来越近了。胡疯子却很快站起身，在塔内的一个角落里，堆着一大堆枯树枝，这是胡疯子平时捡来烤火用的。胡疯子把树枯堆拨开，塔墙上刚好有一个凹处。

向立三没有多想了，侧身钻进了那个凹处，胡疯子立即又把树枝堆好，树枝遮住了向立三。

胡疯子坐在火堆边，一边加柴一边喃喃地念着：西山有座塔西山有座塔，塔高十丈塔高十丈，风吹塔楼铃儿响铃儿响……

向立三听清了胡疯子在念民歌，这是一首在建南流传极广的民歌。向立三侧耳听着，果然听到塔楼上有串串铃儿的响声。

杂沓的脚步声和人声进了塔，向立三大气都不敢出。手电筒和火把把塔底照得很亮。

有人说："说他是个疯子，疯了好多年了。"

电筒和火把把塔内照了一遍，有人还到塔的二层和三层去查了一遍。

"没人，走吧！"有人说。

他们看都没看那堆树枝。

过了好久好久，四周很寂静了，向立三从树枝堆里钻出来，看见胡疯子还在火堆边喃喃自语。向立三心里一动，胡疯子把他穿的一套破衣服脱在一边。这疯子是真疯还是假疯？

向立三顾不得多想，立即脱下了制服，把胡疯子的破衣服穿上。想了想，他把制服抱上，出了石珠塔，走进了夜色。他听见胡疯子在塔内喃喃着：西山有座塔西山有座塔……

向立三看了看县城，县城已经沉寂了，像什么事都没发生一般。

向立三从西山上摸黑下到清江边，他遇到巡逻的哨兵时，就伏下不动。哨兵过去了，他再前行。在清江边一个偏僻的码头边，他把怀里抱着的制服扔进了江里，看江水在夜色里把那制服卷走。

向立三的某种追求和志向也卷走了，消逝在静静的清江水里。

向立三爬上了一只乌篷船，叫醒了船老板，把手上的一只金壳表塞给了他。

向立三离开建南之后，随着败退的国军，去了台湾。

向立三坐在清江饭店套间的沙发上，扒着窗户看石珠塔，不知不觉地睡着了。

陈明人过来看过两次，看老头子触景生情，没有过去打扰他。后来看到睡着了，就悄悄给他肩上披了件衣服。

有人敲门，向立三在里屋醒了，听到有人在外间屋里说："向先生、陈先生，我们在船码头接你们一天多，想不到你们已经先到了，真够我们找的呀！"

向立三从里屋走到外间，看到一个中年人，领着另外的三个人站在房间里。

中年人看见了向立三，一把上前，用双手握住了向立三的手，说："您就是向先生吧，欢迎您来我们县做客，一路辛苦辛苦！"

同来的人介绍说："这是我们县旅游局的马大庆局长，我们是特地来迎候二位的。"

"啊，不敢当不敢当，马局长，请坐，各位请坐！"

"我们前天接到州里的通知，昨天就到码头接二位，没接上，刚才听清江饭店的经理说，二位已经住下了。有失远迎，实在对不起。"马局长谦恭地说。

"我们是坐一只乌篷船来的，没坐轮船。"陈明人解释说。

"怪不得呀，乌篷船要慢得多！"马局长说。

马局长对向立三陈明人介绍了另外三个人：一个是县接待办

的副主任，一个是县对台办的副主任，还有一位是司机。

马局长说："听说向立三和陈先生来我们县考察，我们县政府和全县人民都很高兴。我们县政府的马奇县长指示我们几个，一定要好好接待二位贵宾。二位有什么要求和打算，请随时告诉我们。"

"非常感谢县里的一片热情，这次我和明人来建南，主要是看看，旅游，旧地重游嘛！各位不必客气，我们没什么要求的。"向立三说。

"听说向先生在我们县工作过三年！"

"那是四十多年前的事了，我没能为建南人民做什么好事。"向立三说。

"都是过去了的事，不要提了。这次我陪岳父来，主要是看看！"陈明人立即接过来。

"向先生、陈先生，是不是请二位搬到建南宾馆住，我们在那边已经订了房子！"马局长也转过了话头。

"就不必了吧！"向立三说。

"还是请二位搬过去住，要不然马县长会批评我们办事不力的。"马局长说得很诚恳。

"爸，既然马局长这么说。恭敬不如从命，那就去吧！"陈明人说。

到了建南宾馆，陈明人扶着向立三从车上下来。嗬，好气派！高大的门楼，种满花草的院子，院子的主楼装修漂亮，不亚于大都市的一些星级宾馆。

在水磨石地坪的大厅里，向立三看到了一条横幅迎面拉起，横幅上的仿宋字是：

“欢迎爱国爱民的台胞向立三陈明人二先生光临！”

向立三觉得有些面赤了。

服务小姐立即过来接行李，把一行人带到二楼的房间。经向立三要求，他和陈明人仍然住一个套间，陈明人好随时照顾他。

服务小姐请马大庆局长接电话。向立三在里间推开窗户，西山的石珠塔还能看得到。只是没有在清江饭店看得那么真切。

马局长接完电话，过来说：“马县长马上来宾馆看望二位先生。”

马奇县长走进房间时，马局长等人立即站起。马奇紧紧握住向立三的手，热情地说：“欢迎您，向先生！”又握住陈明人的手：“欢迎你，陈先生！”

一行人分宾主坐下。马奇问了向立三和陈明人一路辛苦，说了些表示欢迎的话。

向立三问了些建南县这些年政治经济的情况。

马奇对建南的情况很熟，他侃侃而谈，谈了建南县自改革开放以来的变化，说了县委县政府的决心和打算，说建南的硒土矿、茶叶、生漆等自然资源的开发，他在把向立三的兴趣朝投资开发这方面引。

向立三突然问起一个人：胡疯子。但胡疯子名叫什么，家住哪里，向立三却说不明白。

屋子里其他人都不晓得这个胡疯子。

马县长说：“你们要尽力去打听这个人，问问城关里的一些老人，总能打听出来的！”

“都四十多年了，又是什么疯子，怕是早已不在人世了。”向立三说。

服务小姐通知客人进餐。

马县长设了晚宴，欢迎向立三陈明人先生。

向立三不喝酒，吃菜也以素菜为主。不论马县长和马局长怎么劝，都掀不起高潮。宴会很快就结束了。

向立三和陈明人回房间休息。

马县长对马局长说：“接待好，尽量能让向立三投资，他能出钱，你的任务就完成了。”

一连三天，马大庆局长陪着，向立三陈明人参观了建南的工厂、矿山、茶园，看了几处风景点，向立三提议，最后他们上了西山，去看那座石珠塔。

见了斜阳下的古塔，向立三分外激动。双手抚着风化了的塔身，久久不愿放下。

石塔已经很破很破了，塔砖驳蚀，蜘蛛在上面织了网，像一个风烛残年的老人。

走进塔楼，观音像没有了，神龛没有了，但向立三看见了塔壁上的那块凹处，他走过去，朝那凹处看了很久。这是他当年的藏身之处呢。

从西山回来，向立三对马县长说：“西山古塔是个文物，我准备捐助十万元人民币，将其整修一下，不知行不行。”

“谢谢向先生的一片心意，我们一定将这古塔好好整修一番，成为建南一景。”

向立三和陈明人离开建南去州城，向立三对马县长和马局长说：“我明年春天再来。”

向立三离开建南时，胡疯子没有找到。

这是秋天的事情，秋风把天空洗得明净。

向立三、陈明人翁婿二人，离开建南县后，给建南县留下了许多的议论。

当年的保安队长呢，跑到台湾发了大财！

胡疯子？一九四九年后就没看见过，他跟胡疯子有交情？

不久，建南县政府收到向立三寄来的五十万元人民币，马奇县长才想起向立三捐款修塔的事。这老头还很讲信用嘛。派人把塔修好。再让他给县里的经济建设投资，不会很困难。

修石珠塔的任务交给了马大庆。马奇在县政府的文件上批示：明春之前整修好石珠塔，要尽可能整修得漂亮，整修成功之后，可以请向立三先生来建南剪彩。

旅游局长马大庆，得了马县长的指示，立即派人物色建筑队，整修石珠塔。

五十万元整修石珠塔，在建南县来说，也不算个很小的工程。消息传出之后，国家集体私营的建筑工程队，来了一大群。

马大庆惊叹建南建筑业的发展之快。

有一乡镇建筑队，领头的是一精神矍铄的老人，虽说白发满头，但眼亮耳灵。他找到马局长，说："石珠塔的结构形状我很熟，将塔整修一新，恢复几十年前的原貌，我有绝对把握，我也知道向先生要将石珠塔整修成什么模样。"

"你怎么知道向先生要将塔恢复到什么模样呢？"马局长问。

"四十多年前，我认识他。"老人说。

"好，我们再研究一下吧！"马局长说。

连着几个白天和夜晚，马局长都不得安宁，总有建筑队的领头人找他。

那天晚上来了个大嗓门，人未进屋声音已进屋了。"马局长，我刚回来，听说了修塔的事。马局长咱们老朋友了，这工程除了我们，还有谁能接受得了？哈哈……”

一个大胖子进了马局长的家。大胖子提着两瓶酒，挟着两条烟，往马局长客厅的茶几上一搁。

“刘胖子，你消息还算灵通嘛。到外地发财去了？把烟酒拿走，我马大庆不吃这一套。”

“嘿，谁还不晓得你的清廉？这能算什么，行你的贿，我刘某人拿得出手？这是朋友，是我这朋友带给你的，与工程是两码子事。”

刘胖子是县建筑公司一队队长，当年建建南宾馆，就是一队干的，活路做得漂亮，非一般的小建筑队所能比的。

“刘胖子，这可是修塔，不是修房子呢！明年春天能拿得下来吗？”

“你马局长难道还不知道我的性格，没问题，时间质量我是从不含糊的，保证你看见一个漂漂亮亮的塔。”

“那好，我们再研究一下，然后答复你。”马局长说。

马局长第二天向马奇县长汇报。马县长正忙着接待一个从省城来的教育代表团，马县长说：“这事你定下来就可以了。我忙呢！”

马局长从县政府回到旅游局时，那个乡镇建筑队的老头又来了。马局长朝老头扬扬手：“修塔的建筑队已经定了，经马县长同意了的，由县建筑公司一队承担，人家那国营水平，你比得了吗？”

“马局长，你听我说……”

“再说也没用了，今后有活路，再考虑照顾你们好吧！”

那精瘦老头叹口气，摇摇头，只好走了。

马大庆局长立即给刘胖子打电话：“整修石珠塔的工程由你们承担了。好生干啦伙计，这可是修给台湾商人看的呐，一定要高质量，还要漂亮。”

当晚，刘胖子又进了马局长的家。这回他没有亮大嗓门，而是很文雅地敲门，轻轻地进屋。进屋后和马局长坐在沙发上聊天，抽烟。

刘胖子告辞时，在马局长家遗忘了一个小包，马局长见了，也没提醒他。

那小包里不知装的是什么东西。

整修石珠塔的工作立马就开始了。

刘胖子亲自指挥，腆着个将军肚，在工地上跑来跑去。脚手架搭起来了，卡车朝西山上拖石料、水泥、砂，还有成箱成箱的瓷砖马赛克。西山修塔工地热火朝天，工地上扯起了标语，建起了简易工棚。

标语上写着字：

百年大计，质量第一。

不怕苦不怕累，早日修复石珠塔。

马大庆局长和马奇县长，亲自到工地视察了一番。马奇县长比较满意，拍了拍刘胖子的肩膀说：“拿出你的水平，塔要修得不亚于建南宾馆。这是个很重要的工程，是台商在我县的第一笔投资，这个搞好了，今后可吸引更多的投资项目。”

“想搞好些，可只五十万元钱啊！”刘胖子说。

“不够你们再想法贴一点，在这方面我们要舍得，要看远一点。”马县长对马局长指示。

一天，建筑工地上来了一个精瘦的老头，发白，眼很亮，精神矍铄。他是那个乡镇建筑队的头，刘胖子不认识他。

老头在工地转悠了一会，眼睛一直在看围在脚手架里的塔，可惜看得不大真切。

老头看一会就走了。他听到风吹动了塔上的铃儿，嘴里不知不觉地念出：

西山有座塔西山有座塔
塔高十丈塔高十丈
风吹塔楼铃儿响铃儿响……

春暖花开时节，向立三接到建南县政府的邀请：建南西山石珠塔，在先生的资助与关怀下，整修工作已经完成，恭请先生光临剪彩。

向立三带着陈明人，带着在建南投资经济项目的设想和计划，立即飞往大陆，到省城后，又乘机飞州城。这回他们没惊动州城任何人，翁婿俩租了辆车，从州城直开建南县。

在州城出发时，他们给县长马奇挂了电话。

在建南宾馆，仍然是马大庆一行人接待，向立三和陈明人住进上次住过的那套房间。

向立三还带来投资开发建南硒土矿的意向书，这次准备和建南县政府谈谈，谈妥了的话，他将投入资金两千万元人民币。

意向书装在手提箱里，设想都在向立三的脑子里，他没必要马上和盘托出。

向立三住进了房间后，第一件事是开窗，他看到了西山上的塔，高高屹立着，塔身罩在一块硕大的篷布里。你好，石珠塔！向立三心里说。

马大庆局长跟过来，指着罩在篷布里的塔说：“向先生，我们请了全县最好的建筑队，石珠塔修复得很漂亮，您一定满意的。”

“你们辛苦了，谢谢马局长！”向立三说。

在马奇县长主持的当晚宴会上，向立三破例地和马县长喝了一杯白酒。

第二天上午十点，天气晴朗，春风拂面，建南县城关近万人聚在西山顶，举行石珠塔揭幕剪彩仪式。

揭幕剪彩前，小个子的马奇县长作了一个鼓动人心的讲话。马县长很会抓住时机，进行宣传。他大讲向立三对建南的感情，大讲整修石珠塔的意义。石珠塔要成为建南人民的形象。建南一定要把经济建设搞上来，来一个经济大腾飞。

向立三讲话，有很热烈的掌声。

向立三先是两掌合十，向四周的人群微微鞠着躬。向立三说：“父老乡亲们，我四十多年前离开建南，今天回到建南，我是没忘建南的父老乡亲的。今天借着石珠塔整修揭幕之机，我祝父老乡亲发财，幸福。”

剪彩开始了，鞭炮轰隆噼啪，几百只彩色气球飞上了天空，人群里发出一阵啊啊的叫声。

突然人群中响起了苍老的歌声：“西山有座塔，西山有座塔……”

向立三一愣，他一下子看见了那个白发亮眼的精瘦老头。他正想喊叫，一位漂亮的小姐用托盘托着剪刀，走到他的面前。

“向先生，请剪彩！”

向立三只好拿起剪刀，和马奇县长一起把一段红绸结剪断。穿在石珠塔上的篷布掀开了，整修之后的石珠塔出现在人们的眼前。

人们发出了“啊呀”的惊叹声。

向立三面对着陌生的石珠塔，立即愣了。第一个感觉是，他想叫，这不是那个石珠塔，这不是那个石珠塔！但他忍住了，没叫出声来。

西山的塔变得金碧辉煌的，塔身上贴满了五彩缤纷的马赛克和瓷砖，那个朴实庄重的古塔，变作了一个大红大绿的小丑，俗气极了。而站在一边的马奇县长却说：“好漂亮！”

马大庆局长请马县长和向立三到塔内去看，向立三却在人群中用目光搜寻那个唱歌的老人，但什么也没看到。在陈明人的催促下，只好进了塔楼。

塔楼厅里，摆着个瓷观音，地坪是水磨石的，发亮。向立三寻找那塔身上的凹坑，那凹坑已被水泥抹平了。

“这样子整修，怕不止五十万元吧！”陈明人问。

“没什么，不够的部分，我们从财政拨了些款子补上。”马局长说。

向立三不愿意上到塔楼的二层三层，他对陈明人说有点累。马县长听到了，立即就结束了仪式，陪向立三回宾馆休息，他回县政府开另一个会。

石珠塔从此对县城群众和四方游客开放，一毛钱一张门票，生意据说还不错。

向立三在房间里沙发上坐着，一个人静静地沉思。他记起了在西山上见到的那个精瘦老人，和那老人唱的熟悉的民歌。

以后的几天，向立三和陈明人继续在建南寻找胡疯子，寻找那个精瘦老头，最后没有任何结果。

向立三突然提出，离开建南回台湾去。

马大庆局长送行。

马局长说："马县长上午参与一个合资项目的谈判，不能来送行，他祝向先生陈先生一路顺风！"

马奇县长对马大庆说过，这老头怪，出五十万元修一座破塔，而对经济项目没兴趣。送他走吧。

向立三翁婿二人这回又走水路，他们雇了一只乌篷船，沿清江向州城。

清江水，默默地流淌……

心灵之光

大约是二十世纪八十年代末，甘肃的《读者文摘》杂志在全国搞了一次征文，我根据大学同学明晖和他妻子奇特的爱情故事，写了一篇千字文投稿，结果获了一个奖，奖品是一套中国古典四大名著。我收藏的四大名著有不少版本，但《读者文摘》奖的这套《红楼梦》《西游记》《水浒传》《三国演义》的版本，却是很少见到的袖珍本，六十四开，文化艺术出版社出版，软皮精装，内文用超薄纸印刷，小字，四大名著浓缩到四本小书中。这套书，旅行时携带方便，摆在书架上占的地方少。不像现在有的书，字数不多，开本大，书架里竖排放不下，只好让它们躺着，结果我不能一眼看到它们，忘了，它们也就睡着了。

我经常看到这套袖珍书，旅行时常带一本在身边，闲下来时就翻翻。每逢这样的时候，我就想起了明晖和他的妻子，我终于决定把他们的爱情故事写出来，现在就动手。

那年我出差到黄石市，办完事后，想起了在市文联工作的大学同学明晖，好几年没见了，找他聚聚去。于是赶忙给他打了电话。

明晖不仅是我的同学，而且还是我的诗友。前不久我收到他的一本诗集，细细读了一遍，诗比在大学里写的要强百倍，真是士别三日，当刮目相看了。明晖在学校里写了许多诗，寄给不少报刊，就是没见一个铅字印出来。那些诗我读过，缺少感悟空灵，实在得如一截截木头棒子。毕业才两三年，他竟出版了厚厚的一本集子，而且诗的感觉特好，敏锐轻灵，意蕴袅袅。明晖确实可以称为诗人了。大学时，大家称他诗人，但称呼里充满了揶揄嘲讽，明晖从不敢答应。

电话通了。明晖一听是我的声音，就高兴地呼喊起来："啊哟，老兄什么时候来的？太好了！来来，来，到我家来喝酒，马上就来，我在家等你。"

明晖很真诚很热情，在电话里告诉了我他家的地址后，没等我回答去不去，就挂断了电话，这家伙！

我很感动，毕业后几年未见，同窗情谊更浓烈了，我看看表，是下午三点钟，没话可说，马上就动身。

在路上，我才意识到明晖已经结婚了，要不怎么说"家"呢？我记得明晖的家在南边的一个县里，现在他说的是黄石市的"家"，肯定是他的小家庭了。明晖的性格很古怪，有些所谓的诗人气质。大学四年级时，同学们纷纷谈起恋爱，也不乏一两个女孩子找明晖。明晖却不理人家，还在寝室里对我们宣布：我的爱情由我自己去寻找，别人找上门来，那不是爱情。当女孩子再找他时，他就说要写诗，把人家赶走。

明晖到黄石市这么快就寻找到了爱情，而且成了家，这说明他的运气不错。明晖的妻子是个什么样的人呢？长得漂亮是不消说的了，因为当年明辉宣布自己的爱情观时，提到未来的妻子一定要"比较漂亮"。何况明晖现在是真正的诗人了，诗人的妻子应该是不丑的吧，我想。

到了，我在市文联宿舍一楼的一个单元门外，将那蓝色的门铃按钮按出一串音乐，门很快就开了。

明晖跑到门口，给了我一个拥抱，然后把我拉进屋，嘴里还嚷着："你这家伙，分到省城就将哥们忘了，几年都没到黄石市来看看，在这小城里，哥们想同学想得慌哟！"

我看到门边亭亭立着个年轻女子，朝我微微笑着，那笑好温静好亲切。女子披肩发，浅蓝色薄呢裙服，脚上穿双红绒拖鞋，皮肤白皙，身材苗条，浑身透出股俊逸秀丽稳沉来。我的心一动，果然如我所料，这家伙到底是诗人，好眼力好艳福。

明晖松开拉我的手，对女子说："孙小兰，这是我大学的同学刘一山，在省政府工作，和我是哥们。"

明晖转过身又对我说："这是我爱人孙小兰！"

孙小兰轻盈地朝前跨了一步，伸出手握了握我的手，微笑着说："欢迎你来，请坐！"声音轻柔，很好听。

我再次细细打量了一下孙小兰，孙小兰戴着副眼镜，她的微笑很纯真，我却吃了一惊，想说什么却没说什么。

明晖把我带到书房兼会客室的沙发上坐下，急切地询问我在省城其他同学的情况，我们立刻热烈地谈起来。

孙小兰仍是轻盈地走过来，在茶几上放下两杯泡好的茶，就走出去，我听到厨房里有哗哗水声传来。

我和明晖谈着谈着，两人急着要了解的情况说得差不多了，我突然问："伙计，该说说你的爱情了，你是怎么寻找的，你们现在过得怎么样？"

"我要说的。今天急着见老兄，我要给你说的重要内容就是这个，我和孙小兰过得很幸福。"明晖喝了口茶，就对我叙说起来。

到市文联工作将近一年，我很满意这个单位。我编一张文艺小报，两个月才出一张，而且还有个助手给我帮忙。百分之九十的时间我都写诗，仍然是运气不好，投出去的稿都是泥牛入海。我有点着急了，没能发表诗叫什么诗人，文联的人都晓得我是个诗人。在市委组织部报到时，组织部长问我有什么特长，我回答说会写诗，他就把我分配到文联工作，文联主席在欢迎我的大会上，向大家介绍说我是青年诗人。你说我不急着发表几首诗行吗?

我日日苦吟，夜夜辗转，诗稿写了一大纸箱，可就是没一丁点成绩。我痛苦死了，怀疑自己不是写诗的料，但我又丢不开诗。那段时间我急躁苦恼，人瘦得不成样子。

文联主席是个好老头，他说：明晖，诗苦吟不出，还是到生活中去吧！领点出差费，到鄂西的峰县那一带采风去，那里的五句子民歌是有名的。

我听了主席的话，跑到峰县土家族山寨走了半个月，那里的民歌丰富得不得了。将我写的诗与那民歌一比，我简直无地自容，一个深刻生动，一个平淡呆板。我慢慢地悟出作为诗人，我差了些什么！我在生活中寻找感觉，寻找我缺少的东西，来充实自己，我记了好几本。

一个月后，我回到了峰县县城，住在招待所里，并买好了第二天回黄石市的长途汽车票。我准备回去后好好地思考消化一番，然后再写出一批新诗来。这回一定成功，我的信心十足。

可能是命中注定，我合该有事。当天下午，我听招待所的服务员说，出县城朝东十五里地，有一个大溶洞，溶洞里能驻扎千军万马，里面的石头千奇百怪，溶洞长有数十公里，岔洞无数，现在已装有电灯，每天有好多游人去参观，到峰县没看溶洞，那就太遗憾了。

我一定要看看溶洞，说不定那里有许多我写诗的东西呢！因此我便毫不犹豫地动身了。

溶洞前是一片稻田，洞口高丈余，洞顶的一块石头上凿着三个歪扭的字：观音洞。洞口安着铁栅门，铁栅门边有间小草屋，住着两个看守洞口并卖票的老头子。我赶到洞口时，已快到下午五点了，两个看门的老头正在草屋前煮猪头喝酒。我花五元钱买了门票，就进了铁栅门。

一进洞，眼前豁然开朗，洞顶高达数十丈，洞庭宽达百米，庭中石笋参差林立，各色钟乳石五彩缤纷，洞顶壁高悬一朵大莲花，莲花中有一石，酷似观音，莲座下蹲立数石，似人形如兽样，都在参拜观音。从洞外牵进来数根电线，在洞庭中吊着几十盏电灯。山区的小发电站发出的电，电力不是很足，那电灯昏黄，明暗相叠，洞庭中奇幻虚渺，高深莫测，更增添了一种神秘动人的气氛。

洞里的游人不多，三三两两分散在洞里的石笋之中，赞叹之声，啊呀不断！那分散在石笋与沟壑里的游人，在朦胧的灯光下，如活动的石头。这么好的洞景，能引人多少联想啊！

很快，我就忘了时间，忘了洞庭中的游人，完全沉浸于一种诗的境界之中了，我与眼前的景已经融化在一起了，我成了洞中的一块石头，一块游动着，寻找着，观赏着有生命的石头。我完全被眼前的奇景征服了，早已忘却了自身的存在。

一道沟壑，沟壑里有潺潺的流水，那水时急时缓。缓时，如乡间小河，潺潺流淌，急时，如三峡激流，涌起一沟惊涛。在一段水缓处，我见沟壑中有一小岛，岛上似有村落，隐隐有狗吠鸡啼，傍晚落日，有炊烟升起。

一条石径，弯曲蜿蜒通向幽深处。沿石径登高，那顶上有古寺钟声，有诵经僧人喁喁之声。寺顶祥云缭绕，翠柏掩墙，善男信女们顶礼膜拜，好一片肃静庄严的所在。

前面有一平坦之处，阔约半亩。半亩之地看似阡陌田畴，钟乳石经数年塑成了满田畴的稻浪棉海，黄的黄白的白，微风吹来，可见那稻浪在涌动，可听那棉田里的飒飒声。田畴阡陌处有散落的村庄，牧牛的童子洞笛横吹，好一派歌舞升平的田园景象。造物主真是位大艺术家呵！

我沉浸在我的心灵世界与洞中天地的相融合之中，洞外的世界，心灵外的一切，对我来说，都不存在了。

天已晚了，洞中游人陆续离去，我已到了洞的深处了，再朝前，线路没有了，电灯在这里为止，前面是一片黑暗。那黑暗中有什么？是一个谜。我真遗憾，如果电线再拉长些，前面黑暗处肯定有更壮丽恢宏的天地。

我在聚精会神地看着想着的时候，隐隐约约觉得有很轻的脚步在跟随着我。是一个游人吧，我想。

就在那一刹那，突然的事情发生了，洞里的所有电灯都灭了，黑暗毫不留情地充塞着整个溶洞，“停电了，完了！”我情不自禁地喊起来。

我四周都是黑暗，眼睛什么都看不见。是暂时的停电，还是守门的老头子切断了电源？

眼睛适应了黑暗，但还是分不清洞里的轮廓，看不见眼前的石头。我稍一迈步，头碰到一块石头上，痛得我哎哟地叫了一声。

我站立了半分钟，心里骂着门口的老头，真不像话，洞里人还没走光就断电，把人困在洞里，出了危险怎么办。我也恼我自己，只顾看那些石头，而忘了出洞的时间。我决定摸出去。就移动着脚步，双手扬起来探着空间，双脚一寸一寸地朝前移动着。不小心，扬起的手碰着了面前的洞壁。怎么？前面没路了，就转弯吧！向左转，是石头，向右转，还是石头。那就后退吧。啪！一只脚踩落了空，脚卡在一个石缝里，脚踝骨立时火辣辣地痛。我小心翼翼地抽出脚，用手一摸，袜子已经划破了，脚背上有黏湿的血。我忍住痛，提起脚慢慢地移动着。

于是，我鼓起劲，不管三七二十一，就朝前闯。我在黑暗中左拐右弯，只要能走过去的地方，我就朝前走。我想，就这样走下去，总能走到出口去。

我左冲右闯，身上的各个部位不知被碰撞了多少次。总之，开始碰一下，就火辣辣地痛，碰得多了，肉体好像麻木了一般，也不觉得痛了。

不知过了多少时间，洞口在哪里，光明在哪里？谁能把我带出黑暗，谁能为我指出一条路来？我估计我已迷路了，不知钻入了哪个支洞里。我想，此时大约是半夜了。

我累了，已经精疲力竭遍体鳞伤了。怎么办？我一屁股坐下来，喘着粗气。屁股碰到凉石板，有些冰人。那是十月天气，我穿的衣服不多，一单一夹，那凉气很快就进入体内来。我打了个寒战，洞里的湿气寒气好浓好重，人一停下来，身子马上觉得冷了。我将双臂抱住，无济于事，身子还是不觉地颤抖起来。

胃里不好受了，肚子饿起来，我根本就没吃晚餐呢！我把手伸到衣服的各个口袋里，看能不能搜出点什么吃的来。没有，什么吃的也没有。口袋里只有钱包和一方手帕。我忘了自己是最不喜欢吃零食的，所以口袋里从来都没装吃的东西。我沮丧地叹了口气。

四围是黑暗，四围是洞，四围是石头。昨天傍晚在电灯光的映照之下，这里是那么美，那么有诗情画意，那么激动人心，使人乐而忘返。可现在，那美景那画意那诗情呢，哪里去了？全都变成了冷冰冰的石头，变成了撞头硌脚碰身子阻挠人前进的障碍。

因为没有光。一切的美在黑暗中都不存在，甚至变异为丑，变异为恶。

坐在地上实在太冷了，寒气沁骨，还是要走，要活动，要寻找那洞口。要是坐在地上长久不动，我非冻僵不可。为了生存，我也必须走动，摸出洞去。

我站起身，觉得眼前冒着道道金光，身上的骨头都酸痛难忍。

根据我的感觉，我是走出了有灯的洞子，已经进入即使洞子里的灯亮了也照不到的岔洞。我摸来摸去，一次也没有摸到电线或灯柱之类的东西。

我朝着黑暗里的一个方向走去，还是摸索着，一步只能移动很小一段距离。洞子里寒冷侵人，我不断地颤抖着。有时碰到石头上，口里发出哎哟声，声音很小，却在黑暗的洞中响成一片。声音消失了，黑暗里好静好静，静得世界似乎不存在了，静得洞壁上浸出的水珠摔到地上，都能使人吓一跳。我横下心，咬着牙，朝一个方向撞去，妈的，我就不信找不到洞口，我就不信在这暗洞中完蛋。

我涉过一道溪流，流水浅浅的，但冰凉刺骨，我的鞋袜与半截裤腿都湿透了。

我感觉脚下的地势在升高，似乎在爬一道山坡坡，洞子变得比较宽敞了。我一步步地登高，登高，再朝前迈一步，只听得扑通哗啦一声，我一脚踩空，身子失去控制，裹着碎石骨碌碌地滚下去。

这大约是在下地狱吧，我唯一的感觉就是下坠，下坠，我在骨碌碌地下坠。我想抓住点什么，伸出手去，只有空洞的浓得化不开的黑暗。把眼一闭，由身子滚下去吧，该下地狱，想跑也跑不了。

不知什么时候，我觉得身子停止了滚动，躺在一处平地上了。我睁开眼，还是一片黑暗。这黑暗有多可怕，没有经历过黑暗日子的人是体会不出来的。

这时，只在这种时候，我碰够了壁，跌够了跟头，浑身碰撞得伤痕累累时，我才不再烦躁了，也不再乱冲乱撞了，也不再痛苦了。我只觉得自己活了二十几年，太冤枉了。我追求的事业，我寻求的诗情，现在才觉得还没开始，我没给世上留下一点有用的东西，太冤了，太屈了。过去写诗，没真正的生命体验。我觉得现在体验到了，但已经晚了。我估计我是摸不出暗洞的，我将被黑暗埋葬，与黑暗融为一体。

就在我彻底失望，坐在暗洞里万念俱灰，准备静静地告别生命，走向死亡时，我变得特别灵敏的耳朵里似乎听到一种声音。这声音隐隐约约，若有若无。我立即调动浑身的器官来捕捉这声音。是的，我马上肯定有一种声音，这声音那么具体，那么实在，这声音渐渐地清晰起来。这声音使得我立即充满了希望，四周还是那般的黑暗，可我似乎在黑暗里看到了亮光了。

突然，我脑子里一闪，我想起来了，这是某个人的脚步声，这脚步声就是我进洞时，跟随着我的那种脚步声，轻轻的，碎碎的，缓缓的，我甚至从中听出了一种韵味来了。我的心跳起来了，又是一个失踪者，他也困在洞里了，恐怕也是走不出去，四处闯碰，使我们碰到一起来了。既然是难友，就招呼一声，两个人在一起总比一个人要好，两个人主意也多些。

我喊了一声："喂，谁在那边？我一个人困在这里啦！"

我听到我的声音沙哑而颤抖。

那边响起了答话声："我叫孙小兰！同志，你等等我。"

天哪，是个女的，那声音很好听，很柔美。

脚步声响向我这边来，我站起身，朝着脚步声迎过去。

黑暗里，一个女人的声音，使我当时只想到我不孤独，有两个人，也使我感到一种男子汉的精神升起来：不论出不出得去，我一定要把她带着，不能丢下她。

脚步声响过来了，我都听到她丝丝的吁气声，嗅到一个女人身上散发出来的香味。我伸着双手迎着。我的手掌中很准确地落下了她的手，我立即握住了，我觉得那手细腻娇嫩，手很小，也很柔软，握着好舒服。

我说，我叫明晖，是出差路过这里，顺便看看洞子，没想到遇到洞里断电，迷了方向。

"我们走出去！"她牵着我的手，慢慢地但很有把握地说。声音里没一丝恐慌和沮丧。

我说："我们迷了路啊，这四周都是黑暗，走得出去吗？"

"没关系，走得出去的！"她仍是那么有把握地说。

看来她是本地人，对这洞子熟，我心里一喜，信心有了。黑暗也没什么，只要有走出黑暗的正确道路，就会迎来光明。当时我没有想，她既然熟悉这洞子的路径，为什么没早点走出去，而在洞子里碰到我呢？

她牵着我的手，在前面缓缓地走着。从她的手和她走动的步态，感觉得到她很谨惧，在探着路，但她却一次也没碰着洞壁和石头。她走着，小心翼翼，一步一步，步步为营，拐弯，上坡下沟，脚步踏得很稳。不时她还发出小心、注意的信号。我像个瞎子被人牵着。

我们是在黑暗里行进。

我问她：我们走得对不对呀？

她答：你放心，就是这条路。

被她的小手牵着，嗅着她身上那好闻的香味。我想她是个什么样的人呢？是干什么的？

你是本地人吗？我用手掌反过来握着她的小手，问。

她的手在我的大手掌中老实地待着。她答：不要说话，现在我要集中精力探路，我怕思想走岔，路也走岔。

我再也不说话了。我成了黑暗中的一具木偶，被一个小姑娘操纵着。从她的手与她的声音，我分析她的年龄不大，是个小姑娘无疑了。

我们在洞里缓慢而稳妥地摸索着，一寸一寸往前挨，一尺一尺往前进。我们都不说话，我们凭着双方的手联结着，我们的命运也联结在一起了。我身上的寒冷、饥饿、疲困、失望都没有了，是那只手赶走的，是我的男子汉自尊驱走的。我们在黑暗中行进，我们用心灵体验着我们的生命的寻求和每一次悸动。

那时，我突然感悟到我今后应该如何写诗。我与孙小兰在黑暗中的跋涉与探寻，不就是一首人生之诗吗？诗中没有诗人生命的振动和感悟，那能称作诗吗？诗，是一个生命对世界的认识和看法，诗人必须将生命放进去。

我们在洞里一共待了二十四个小时，孙小兰也是头天下午四点多钟进洞去的，她经常到洞里去，去用她的小手抚摸美，去用心灵体验洞中之美。

第二天下午四点钟左右，孙小兰牵着我，走到了暗洞的门口。铁栅栏上挂着一把大铁锁。

我抓着铁栅栏，摇晃着，呼唤着。洞门外的小屋里，两个老头大约又在煮猪头喝酒，听到喊声，钻出草屋惊恐地看着铁栅门内的我们，那脸上的表情，与看到两个鬼一样。我看看我自己，鼻青脸肿，遍体伤痕，脸上大约有血，两眼放着凶光。我很气愤，这两个老头，只顾喝酒，把游人关在洞里都不知道。

一个老头忙从裤腰上掏出钥匙，给我们打开了门，口里说：天爷，你们是什么时候进去的呀？

我出了洞门，拉着孙小兰。我泪流满面，洞外是一片明媚的阳光，秋高气爽，洞门前的稻田里晚稻一片金黄，在等待收割。啊，阳光多么好，世界多么好，生命多么宝贵。

我在洞门口看见一张墨写的告示：因为停电，观音洞停止开放。我错怪了守门的老头了。

我看看身边的孙小兰，孙小兰戴着副墨镜，脸上是一种平静的微笑，那笑很文静很温柔很甜。孙小兰果然是个年轻的姑娘，皮肤很好，身材气度都很俊美，我拉着孙小兰的手不放，我说：孙小兰，真感谢你啦，不是你，我是决然走不出这暗洞来的。

孙小兰没说话，还是那种动人的微笑。她挣出她的小手，轻轻地摘下墨镜，我呆了。

孙小兰是个瞎子，她双目失明。

我冲动起来，我控制不住自己的感情，我扑过去抱住了孙小兰，不顾身边有两个吃惊的老头，我狂吻着孙小兰。我大声说：孙小兰，我爱你，你做我的妻子吧！我今年二十六岁，还没结婚。我不管你结婚没结婚，我一定要娶你做妻子。

事后我问孙小兰，你是怎么走出黑暗的迷阵的？

孙小兰说：感觉。

孙小兰是特意在观音洞里寻找我，把我带出观音洞来的。在她听到我说停电了之后，她就一直在寻找我。她当时只是把我当成个一般的游人，担心游人迷路走不出观音洞而寻找的。她并没有料到她会找到一个丈夫的。

我一直静静地听着明晖的讲述，明晖讲得很动情，深深地吸引了我。

孙小兰一个盲人，就是这样生活着的，她生活得很坚强也很轻盈，她造就了一个诗人。明晖如果碰不到孙小兰，他的诗也可能至今也写不出来，我心里默默地想着。

“明晖，请刘一山吃饭！”孙小兰从厨房里走出来，蓝色的薄呢裙服上扎着条花围腰，更显得妩媚动人。

我看着孙小兰那眼镜，眼镜里难道不是藏着双明亮而秋水荡漾的大眼吗？如果没有，那双大眼就在她的心里。

孙小兰迈着轻盈的步子，从厨房里端来了一盘盘色香味俱全的菜肴，明晖拿出了他珍藏了好久的一瓶五粮液，注满了明晃晃的玻璃杯。

我举杯对明晖和孙小兰说：“祝贺你们夫妻恩爱幸福！我要为你们夫妇写首诗，题目现在不说。”

说完，我喝干了杯中的酒。

明晖孙小兰也干了杯。那酒好香好香。

从黄石市回来，我的诗一直没写成。后来，我读到《读者文摘》上的一篇《纽约大停电》文章，文章说纽约大停电后，困在地铁中的几百人，被一位女乘客领着，走出了黑暗，走到地面上来了。那位女乘客是个盲人，她是凭着心中的光明而引导着人们走出黑暗的。

我把明晖孙小兰的故事，与《纽约大停电》的那位盲人乘客结合起来，写成文章，得了《读者文摘》的奖。

几十年过去了，我还没有给明晖与孙小兰写诗，年纪大了，诗意淡了，就写一篇小说吧，题目与我原拟的诗题相同。

松仁斋主盛松柏

武昌都府堤附近有一个红巷艺术城，走进牌坊式的大门，东南西北四幢五层楼房组合成一个院子，是一个真正的不太规范的四方城。四幢楼朝向院子的一面都有宽宽的廊房，廊房后是一间间的门面。这些门面由书画玉石珠宝各种店子填满，每个店子都有匾额，匾额上都写有店名。四幢楼两百余家店子，很有些琳琅满目生意兴隆的气象。

一进艺术城，靠南面这幢楼的三楼中间，有一家书画店，店名叫松仁斋，匾额三个字为行书，写得骨硬架正，透出隽秀与灵气。松仁斋在整个艺术城中，显得有些肃整庄重，店里挂着的字画，井然有序，没有花花绿绿的装点。

店主盛松柏，年近七旬，腰板挺直，一米七八的个头，留平头，头发仅两鬓少有霜侵，一双大眼还炯炯有神，浓眉点染端正的面庞，这老头精神帅气着哩！

店主的妻子端庄朴素，满脸的善良温情，四十岁出头的样子，在店里帮助丈夫打理事务。

我与盛松柏是自二十世纪七十年代中相识，至今还保持联系的朋友。盛松柏的为人仗义大气，一生坎坷传奇。我曾说过要以他为模特儿写小说，写他的几个故事。他爽快地答应了。“写完了来喝酒！”他说。

上部

盛松柏年轻时写诗，对俄罗斯的诗歌太阳普希金佩服得五体投体地。他能背诵查良铮先生翻译的《普希金抒情诗一集》《普希金抒情诗二集》上的短诗，还能说出普希金的许多长诗的内容，像《波尔塔瓦》《青铜骑士》等等。他特别喜欢普希金据说是生平第一首诗的《告诗友》。他经常朗诵的这首诗的句子有：

为了桂冠，你跑上了危险的途径，
你居然敢和严苛的批评交锋！

就是没有你，诗人也总是够多的，
他们印出诗——世人紧接着忘记。

就让举世批评我吧，随它高兴，
不管它怒吼，詈骂，我是把诗人当定。

著名固然很好，安静更加倍难得。

盛松柏那时在黄石大冶铁矿当工人，因为写诗，被当作工人作者请到省城武汉，参加全省工农兵作者创作学习班，和从农村来的从部队来的作者住在省革命委员会第二招待所，学习革命的创作理论。

创作学习班有十来个写诗的，休息天到东湖去玩，在湖边树下照了不少黑白照片。几十年后，这些照片上的人，有三个当上了省作家协会的副主席，其中一个当上了省文联主席。创作上，这些人都有所建树，具有全国影响的诗人作家至少有四个，中间还有一个得了茅盾文学奖。

盛松柏写了一阵诗，爱好了一场文学，最后留给他的纪念是几本普希金的诗集，认识了省内文学界的几个朋友，还有就是东湖游玩时留下的几张黑白照片。

多年后他想，要是他继续搞文学，不会比照片上的那几个优秀者差吧？他也许能当个作家协会的副主席，著作也许有几十本了，差不多可以码到胸口了。

但也许只是设想，盛松柏很快就没有再写诗，远离文学了。他被捉进牢里，被判了刑。

盛松柏年轻时，除了写诗，还爱好琴棋书画与武术。琴是吹口琴，《莫斯科郊外的晚上》吹得特别好。棋是军棋象棋，在大冶铁矿，这两种棋没人走得过他。书画就是写毛笔字和画国画，他都能来一下。他最厉害的是能舞一柄长剑，是拜过师傅学的。他有轻功，腿上常年绑着装有十几斤重的铁砂袋。

学文的人又习武，盛松柏二十七八岁，人长得英俊，为人又仗义疏财，他的朋友就特别多。这朋友多是矿上的青年工人，有的跟他在一起搞文学小组，有的跟他学习剑法。那时在大冶铁矿，提起盛松柏，没有人不知道，他成了朋友中的老大。那时追求盛松柏的女孩子很多，他最后确定了一个女朋友。

就在盛松柏在矿山潇洒地生活着时，有一天他接到去矿山招待所参加学习班的通知。他想起到省城参加学习班的时光，好高兴，便按时到矿山招待所报到。他一报到，便被警察控制了。原来此学习班非彼学习班，省里学习班是学创作，矿上的学习班是搞阶级斗争。他住在一间房里，两个警察负责看管他，公安局的领导要他交待他搞反革命小集团的罪行。

公安局的那个军代表领导问他：“你要老实交待你们小集团搞的反革命活动，争取宽大处理。”

盛松柏从来没有见过这种阵势，也从来没有受过这种屈辱，他横眉冷对军代表，答：“我是个热爱党热爱社会主义的工人，我没有搞什么小集团，也从没有搞过反革命活动。”

军代表见盛松柏一点也不认错，而且态度不好，不由得把桌子一拍：“盛松柏你给我老实些，再要顽抗，绝无好下场！”

盛松柏见军代表拍了桌子，便冷冷地答：“我是革命群众，我没有任何罪行。你们这样诬陷好人，肯定没好下场。”

简单交锋，盛松柏一点都不服软。军代表交待看守人员说：“让他在房间里交待问题，不许离开房间。”

盛松柏被关了两天，除了写申诉书，申诉自己被冤屈无罪外，其他问题一点也没能交待出来。

两天后的深夜，大冶铁矿招待所闹出了大动静，盛松柏打伤了两个看守，飞身跃过两米多高的围墙，飞一般地融进了夜色。待公安人员出动，亮着电筒四处呼喊着追捕时，哪里看得到他的踪影。

盛柏松这一逃，就把事情弄复杂了。据担任公安局领导的军代表说，本来就是审查，两天没交待出问题，准备很快就解除审查，放他回单位的。现在打伤了看守，逾墙逃跑，没问题也有问题了。

盛松柏成了逃犯，公安局发出通缉令，四处追捕。

但奇怪的是，公安局捉不到盛松柏，盛松柏还经常潜回黄石或大冶，夜里在大街上贴油印申诉书，辩解自己无罪，痛斥公安部门诬陷迫害他。毫无疑问，他这是用鸡蛋碰石头。

盛松柏其实就藏在黄石大冶一带，他的那些朋友保护着他，掩藏着他，谁也不相信他是个反革命。

盛松柏不愿意长久地这么东躲西藏，有一天，他竟然大摇大摆地回了家。父亲见了他，大吃一惊。“孩子呀，你怎么这大的胆子，他们在到处捉你呢！”

他对父母亲说：“我又没犯罪，让他们捉。事情迟早会弄清楚的，到时他们会为我平反的。”

毫无疑问，盛松柏落入了罗网。审问他时，他一直不认罪，陈说自己的无辜，痛斥公安局那些人的诬陷，态度极不老实，被重判。

盛松柏入狱时，是二十个世纪七十年代中后期。在那个大搞阶级斗争的年代，“四人帮”把公检法的性质变了，哪里有正义？哪里有公正的法律？那时，冤案遍地。

盛松柏被判了无期徒刑。

盛松柏留给黄石大冶人们眼中最难忘的一幕，是那天的公判大会。一辆敞篷大卡车在看守所门前停着，一群军警持枪拿棒在四周警戒，十几个马上要公判的罪犯押出来了。罪犯们戴着脚镣手铐，排着队走向敞篷大卡车。

押解犯人的警察吼着：“上车！”

话音未落，只听“嗖”的一声，那个穿白衬衣黑裤子的罪犯，一个旱地拔葱，戴着手铐脚镣飞身上车，稳稳地站在敞篷大卡车的车厢里，引得围观的群众一片喝彩声。

盛松柏就此从黄石大冶的朋友圈中消失了。

盛松柏入狱不久，中国发生大变化，“四人帮”垮台，改革开放开始，政治日渐清明，大量冤假错案得以甄别平反。盛松柏的所谓反革命小集团案本来就是个假的，自然得到甄别平反。坐了几年牢后，盛松柏被无罪释放了，他重新回到大冶铁矿。

当年的朋友再见到这位仁义的老大时，已找不回当年那个英姿豪爽的小伙子了。这年盛松柏已经三十八九岁了，已经是一位沉静消瘦面色苍白的中年汉子。生活已经使他成熟了很多，当年的那种豪侠之气已经从他的身上褪去。

盛松回到矿山后，矿山已发生了许多变化。因为改革，有些人下海自己干，发了矿石财。国家的矿石采出后，不断遭到附近农民的偷盗，而矿贩子低价收购，使得国家财产不断遭到损失。

盛松柏的回归矿山，得到了矿山领导的欢迎。矿党委研究决定，任命盛松柏为矿山资管办副主任，护卫队队长，级别定为副科级。盛松柏由一个工人变成干部，且是副科级，这或许是矿山领导给他的补偿，也或许是矿山领导特别需要他这个人。

黄石大冶铁矿，又称铁山，改革开放之初，许多人涌到这里来发财。三五个人挖个洞就能挖出矿来；国家采的矿石，成千上万吨像山样堆在矿场上，虽说有人守护，但防不胜防，农民用麻袋装用箩筐挑。当时的铁山乱象丛生，矿山护卫队与私采乱采的私营者斗，与偷盗矿石的农民斗，打斗的事时有发生。在防卫私采偷盗者的斗争中，防卫队显得力不从心，往往是按下葫芦浮起瓢。

盛松柏当上护卫队长，矿上领导知道他有武功，是想借助他的名气压一压私采与偷盗之风。

盛松柏上任之后，当年拜他为老师学诗学武的人，摆了酒席，庆祝他重获自由与荣升队长。盛松柏出席了酒宴，弟兄们又是握手又是打躬，说了许多祝贺恭喜的话。盛松柏一一应着，微笑着喝酒，不多说话，没有当年那种大碗喝酒大块吃肉的气概，面上更多了冷静的东西。

三杯酒后，盛松柏咳嗽了一声，站起身来拱手答谢，说了一席话：

“各位兄弟，谢谢大家的美意。我陷囹圄几年，现在重获自由，这几年改变了我的人生，今后不弄诗，也不与各位论武。我领职护卫队长，将尽力尽责，请各位兄弟支持。矿山是国家的，矿石也是国家的，守住护好国家财产是我们防卫队的责任。兄弟们是不会侵犯国家财产的，如果兄弟们侵犯国家财产，到我手里，那我就将对不住兄弟们了！大家再接着喝酒，我先走一步，回矿上值班去。”

盛松柏说完一席话，朝大家扬手离席而去。

护卫队长盛松柏带着护卫队员们，首先是守护矿场，每夜都要捉住十个八个偷矿石的农民，十多天下来，人累得不行。捉的人先是关着，后来人多关不下了，还要给他们吃喝。把他们送到派出所，盛松柏不忍心，这些人也是为了生存。在矿吃矿是祖上留下来的传统，你想一下子废掉，没那么容易。盛松柏只好把这些农民放了，苦口婆心给他们做工作，国家的东西，不能偷。

同时，盛松柏在矿山各交通要道设卡，让那些矿石贩子进得来，收了矿石后却出不去。他还建议矿领导，把矿山的一些辅助工种岗位拿出来，让附近农民做，增加他们的收入。附近农民基本每家都有一个人在矿上做临时工，加上矿石贩子进不了矿山，即使偷得一点矿石，也没人收购。渐渐地偷盗矿石的事情就没有了。

防护队长盛松柏保卫矿山，要做的第二件事是取缔私营采矿者。这些私营采矿者，没有国家准采证，多是家族式的，在当地都是有些势力的。盛松柏的矿山防护队，还有一块牌子叫作资产管理办公室。取缔私采，这是块难啃的硬骨头。

盛松柏经过一个星期的调查走访，摸清了在铁山私采矿者有十三家。这十三家都没有准采证，最大的一家是盛家老矿，矿主是盛松柏一个本家，叫盛大力。

如果把盛大力的私矿搞定，其他的私矿都能迎刃而解。所谓搞定，就是你到矿山登记，申办准采证，当然要向国家交纳有关费用与税，而且你采矿，只能在国家指定的地方采，不能乱挖，破坏资源。私采矿者不愿去登记，是不愿交纳那些费用与税，也不愿只在一个规定的地方采，那些矿少的地方不愿去。

盛松柏制定了取缔十三家私采矿者的方案，上报给矿山党委，矿山党委研究后，很快就批准了。

这回盛松柏是用矿山资产管理办公室的名义，给十三家私矿发了通知，让他们尽快到矿山资管办登记，办合法手续，取得准采证，到指定的地方开采，按时交纳管理费用和有关税种。若不办理正当手续，私矿就立即关闭。

第一个跳出来和盛松柏交锋的是盛大力。

盛大力兄弟四人，依次为大力二力三力四力，兄弟四人都生得膀粗腰圆面相不善，被乡人称作盛家四虎。盛大力兄弟四人占着矿山的一块矿地，有十来个矿工和两辆卡车。卡车往外运送矿工采的矿石，盛家兄弟四人票子赚满了腰包。原来的矿山防护队管过，人家理都不理，再管，人家袖子一撸，握紧拳头要打人了。算了，又不是他一家，人家派出所都没管，派出所说这是矿山的事。矿山领导在等时机。现在国家有明确政策出来了，所以矿党委让盛松柏的资产管理办制定办法，并很快批准推行。

盛松柏的防护队或说资产管理办的通知送达到各私家采矿点上后，盛松柏吩咐队员们，密切注视他们的动向，有什么反应立即报告给他。

通知送达后两天没有动静。十二家私矿看着盛大力的行动。你盛大力占的地方比我们大，人比我们多，赚钱比我们狠，你动我们动，你不动我们也不动。

盛大力当然要行动。他们心中很明白，国家关于矿产资源管理的法规已下达，像铁山这样的私家乱采现象是要结束了，由无序到有序，这是必然的。但是就这么轻松地举手投降，实在不甘心，他们盛家老矿也不是一天两天，这些年，钱也赚得不老少了，在规整之前，他们要动一动。动一动，让矿上知道我们不是好惹的，也为将来规整留下一些有利盛家老矿的砝码。

盛家四兄弟和盛松柏是族中同辈，都住盛家大塆。盛松柏当年在铁山一带以仁义为本结交一些文武朋友时，只与盛三力有过交往，与盛大力盛二力没什么牵扯，而盛四力当时还小。盛松柏从牢中出来当上矿上防护队长后，听说了盛家四兄弟的势力，心中早有提防，只在面子上与他们保持来往。这次规整私矿，盛松柏知道这四兄弟与防护队必有一场恶战。防护队中几个与盛松柏亲近的队员提醒说：“队长，你可要防着盛家四虎啊！”

盛松柏说：“我们干了这件事，大家都要尽职尽责。不用害怕，我们是按规矩行事，为了国家，又不是为了自己。”

规整通知下达后的第三天上午，盛松柏正在办公室里研究国家矿产部门下发的有关整顿私矿的文件。

盛三力满面笑容走进办公室，盛松柏抬起头。

盛三力双手抱拳，朗声说道：“松柏哥，你忙啊，我大哥派我今天来看望你。你看，你出来这么久了，我兄弟四个为了生存一直忙着小矿的事，没有来探望拜会，松柏哥原谅啊！”

盛松柏站起身：“啊，三力兄弟啊，快坐快坐，我从里面出来后被矿山安排了这个差事，整日穷忙。这不，刚有了些眉目，正准备这两天去拜会大力哥哥的。”

盛松柏给盛三力倒了茶，递了烟，两个人坐下来，像一对亲密的朋友谈起来。

“我大哥问你，我们盛家老矿开采的年头长，地块历来就是我们盛家大塆的，这次一定要收归国家进行规整吗？我大哥说，松柏哥会有办法让盛家老矿不被收走，我们一笔难写两个盛字，一个塆里一家人。我大哥说，松柏哥把这事搞定，盛家老矿百分之十的股份是你的，每年分红百把万。怎么样？松柏哥，我们没把你当外人啊！”

“哎呀呀，谢谢你大哥，谢谢你们弟兄，好意我领了。但是要让盛家老矿不被规整，这可不是我这个资管办副主任说了算的，国家的法规在那里摆着的啊！三力，你是要给你大哥说说，准备接受国家的规整。其实把手续办了，有了准采证，按时交纳有关费用和税费，你们还是可以赚钱的啊！”

盛三力和盛松柏喝着茶抽着烟，来来回回说了好几番话。盛家四兄弟中，只有盛三力还能说得抻抖话，而且过去与盛松柏有些交往。其他三个，嘿，一句话不对劲，就要抡拳头，他们认为这声名与财富是打出来的。

盛三力今天带着使命来，看这架势，这使命是难以完成了。他只能使出最后的杀手锏了。他喝完了杯中茶，站起身拱拱手说：“松柏哥，今天就说到这里，盛家老矿的事，不管规整不规整，还望哥哥大力关照。我大哥哥让我给你带了一点茶水钱，请松柏哥笑纳。松柏哥用完了，盛家老矿还有。”

盛三力说完，放了一张卡在桌子上，转身就快步出门。

盛松柏起身追出门，盛三力已下了楼梯。盛松柏停住脚步，这里是办公楼啊，追上了盛三力，在办公楼推推让让的，也不好。

下班时，盛松柏回家，顺便到银行，在自助存取款机上，根据盛三力放在卡上粘贴纸片上的六个一的密码一查，卡上有十万元人民币。

看来这盛家四虎赚的钱不是一般的数，出手大方。这私矿不规整，他们的钱还要赚得更多，这就是国家资源流失。盛松柏取回卡，牙巴骨咬了一下，心里冷笑，但面上很和静。

当天下午，盛松柏撕了卡上粘贴的写有密码的小纸片，用信封装了卡，让防护队的副队长李刚把信封送还了盛大力。

盛大力收了盛松柏退回的卡，牙巴骨也咬了一下，发出了咔咔的响声，对防护队副队长说：“谢谢你们队长啊！”

规整通知送达十三家私矿的第四天，盛松柏召集防护队的分队长会，大家交换一下情况，商量下一步工作。副队长李刚说了盛大力一家的动向，看来这一家是要顽抗到底的。一分队长说了个情况，曾有三家的私矿主找他问清楚了政策，表示愿意到资管办登记申办正式手续。但是昨天，他们又改变了主意，说是再看看。

二分队长三分队长也说了他们范围内的几家情况，与一分队长说的差不多。

他们为什么改变主意？不难分析，是有人施加了压力。

“谁给他们施加了压力？只有盛家四虎。”盛松柏斩钉截铁地说，“不把盛家四虎拿下来，我这个队长不当了！”

盛松柏立即派分队长们，把第二次规整通知送到私矿主的手里。盛大力家的通知，由副队长李刚亲自送。

防护队开会的第二天，是个星期天。盛松柏一早搭车到了黄石。盛松柏现在虽然不写诗了，但当年的诗友还在写，其中一位是他的挚友，除写诗还写书法。盛松柏没写诗，但书法和绘画还在坚持，而且已经迷进去不浅了。挚友请客，盛松柏不能不到。

盛松柏在黄石和朋友们喝了两顿酒。盛松柏入狱前，有女朋友，入狱后，与女朋友分了手。现在无罪出来了，年纪也快四十岁了。总得要结个婚吧？家里父母催促，弟弟小他三岁，已是两个孩子的爸爸了。他还是单身一人，这次到黄石，挚友除了喝酒论诗书外，还带了个女孩与他相见。女孩是医院的护士，也爱好一点文艺，虽说小盛松柏二十岁，但与盛松柏见面交谈，两人感觉都还不错。看来这桩姻缘可成。

吃过晚饭，盛松柏与朋友们告别，并且与新结识的护士约定，下个星期天再来黄石与她见面聊天。

从黄石上车到大冶下车，再回铁山。下车后，回住处盛家大塆有一小段山路。盛松柏酒喝得不多不少，又遇到有感觉的护士，心情畅快，走路轻快，健步如飞。

离盛家大塆约一里路的地方，山路拐个弯，拐弯处有一块竖起的大石头，盛家大塆人称拦路石。盛松柏走到拦路石边，准备拐弯回村里，石头的阴影处突然闪出四条黑影。四条黑影是四个人，领头一人说话了：“盛队长，请留步，我有话说。”是盛大力的声音。

盛松柏心头一紧，终于要摊牌刺刀见红了，他暗暗提起气，停下步，说：“是老大呀，这么晚了还忙啊？老大有什么话就直说。”说完，他打量身边，盛二力盛三力盛四力与盛大力把他围住了。

盛大力说：“盛队长从里面出来，国家给你赔偿了不少钱吧！要不，一张十万元的卡都看不上。我们盛家老矿要新开一个矿点，资金周转不开，今天找你借点钱。今天你借也得借，不借也得借。”话说得有杀气。

“哈哈哈，”盛松柏一阵大笑，“老大你这是寒碜我啦！你知道我原来工资每月三十几块钱，国家按八年时间给我补发工资，你算算有几个钱？不如你盛家老矿的一根毛啊！找我借钱，笑话！直说吧，你们要干什么？”

“你不是没有钱吗？我们是族中兄弟，你把你补发的工资入我们的股吧！不管你出多少钱，我们给百分之十的股份，你每年分个百把万不成问题。”盛大力说。

“那是不可能的！你们盛家老矿根据国家最近发布的法规，必须要规整。老大，你什么时候来矿上申办个合法的采矿证，按时交纳税费，还不是照样赚钱吗？”盛松柏说。

“老子们辛辛苦苦挖的矿赚的钱，为么事要向别人交钱？老子挖的是我们盛家祖祖辈辈留下来的矿山，老子不干！”站在盛大力身边的盛二力气势汹汹地吼起来。

盛三力盛四力也一起帮腔：“老子们不干，看哪个狗日的敢来规整老子们的矿。”

盛松柏看着这四兄弟，心里有些怜惜。四个壮实男儿，却是文化水平都不高，不懂法，只盯着眼前的利益。你们要跟政府对着干，凭你们几个的蛮力抵抗，只能是鸡蛋碰石头，不碰个脑袋开花不知回头。

盛家四虎，除了盛三力跟盛松柏学过几天武术在一旁不多言外，其余三只虎拳头攥得咔吧响，围向盛松柏，盛二虎已经用肩膀撞着盛松柏了。

看样子他们今天要动武了，这是有备而来，特地在此守候了。盛松柏心里想着，口里却说："老大，你要明理啊，不是我盛松柏与你过不去，这是国家政策哩！你是大哥，你要想清楚哟，你狠，狠得过政府吗？"

盛松柏边说边伸出手，拍着盛大力的膀子，很亲热随和的样子。

盛二力握起拳头朝盛松柏胸口擂过来，盛松柏一转身躲过盛二力的拳，手上一用劲如铁钳一般扣住盛大力的膀子，脚下用劲，抬腿一横扫，把盛二力扫倒在地。

盛四力盛三力这时一起扑过来，盛松柏一只手钳着盛大力动弹不得，另一只手迎向盛四力盛三力，扫堂腿把盛四力放倒了。盛三力与盛松柏有过短暂的师徒之谊，没向盛松柏再动手，只想拉住他。

盛大力被紧紧钳着，盛松柏这时手上一用劲，盛大力痛得直叫唤。盛松柏说："老大你如果想保住这只膀子，就叫你的三个兄弟老实点，免得我劲用大了，你的膀子掉下来，接都没法接。"

盛大力立马吼声："都不要动手，今天不就是跟盛队长谈谈吗？他既然不愿入股，那就算了，我们何必动手呢！"

老大发了话，盛二力盛四力从地上爬起来，就没再动手了。见盛家四虎不再抖狠了，盛松柏松了钳住盛大力膀子的手。

盛松柏对盛家四虎说："四位兄弟，我们都是盛家子孙，奉劝各位，做人不要耍狠不讲理，要讲究些仁德。山外有山天外有天，你狠还有比你更狠的人。还有，必须要遵守国家法规，做人做事都要遵纪守法。"

"去你妈的遵纪守法，你去死吧！"就在盛松柏与盛家四虎进行教育的时候，盛二力这只最莽撞最没头脑的虎，记着刚才被盛松柏一腿扫倒在地的羞辱，突然从腰里摸出一把刀子，一刀刺向盛松柏的胸部。盛三力发现时，赶忙去拦，却没能拦住。

那把尖刀从盛松柏右胸部刺进，刀尖从背部出来，刺了个透穿。盛松柏没防着这一下，被刺倒在地，用手捂着胸部。

盛大力见盛二力把盛松柏刺倒，心想这下出了人命了。他上前给了盛二力一拳，你个二百五，哪个叫你杀人了！这下好了，杀人偿命，到时你去抵命吧！

盛三力蹲下身子，把倒在地上的盛松柏抱在怀里，眼睛看着大哥盛大力说："怎么办？不能死人，死了人问题就大了！"

盛大力对盛二力和盛四力吼道："你们还不快走，滚回家去等着吧，能跑就跑吧，不跑就等着别人来捉。"

然后盛大力对盛三力说："走，我们背起他，到矿山医院去，看能不能救。"

盛三力听见大哥发话，背着盛松柏就朝矿山医院跑。

当盛三力气喘吁吁地背着盛松柏到矿山医院时，已是晚上十点多钟了。医生看了盛松柏血淋淋的样子，立即采取了紧急措施，止血包扎。一边叫了救护车，急送黄石市医院，一边通知矿山防护队和盛松柏的家人。

救护车很快把盛松柏送到黄石市人民医院，医生立即手术。由于失血过多，盛松柏处于深度昏迷中。医生给盛松柏清洗伤口，真是命不该死，那刺穿盛松柏胸口的一刀，离心脏只隔半厘米。如果那一刀再偏左一点，盛松柏绝无生还的可能。

盛松柏在重症监护室躺了两天，他睁开眼睛重新有意识的时候，他看到的第一个人竟然是他刚接触，并且很有感觉的护士姚晓燕。

原来姚晓燕刚好是黄石市人民医院外科的护士。姚晓燕那天经朋友介绍与盛松柏见了面，对盛松柏的感觉也不错。虽说盛松柏大她二十岁，但盛松柏的英俊与气质立即让她觉得这人可依托，她愿意与这个人继续交往下去。

事情也真是巧，姚晓燕星期天与盛松柏分手后，回医院值夜班。夜里快十二点了，突然接到通知，有一受刀伤的危急病人进手术室抢救，让她到手术室里进行护理。

外科医生和手术室的护理人员很快到位。姚晓燕看到手术车推进来的盛松柏时，嘴巴吃惊得张开差点喊出声来。天啦，怎么是你，我们不是才刚分开吗？你怎么会这样？哥哥呀，你一定要坚持住，医生啊，你一定会把我的哥哥救过来。姚晓燕在心里不断地祈祷着，你一定会活过来，你一定要活过来！你活过来后，我一定嫁给你！

手术有条不紊地进行着，姚晓燕一声不吭地听从主刀医生的吩咐工作。当医生说，这一刀没刺中心脏，她轻轻地吁了口气。医生处置了伤口，又给盛松柏输了血，盛松柏就被送入重症监护室。

在盛松柏昏迷期间，姚晓燕总是找机会到重症监护室里问情况，希望盛松柏快点醒过来。

当盛松柏在两天后睁开眼，看到姚晓燕时，姚晓燕突然热泪盈眶。姚晓燕见盛松柏醒过来时，突然轻轻伏在盛松柏身上，用嘴唇吻着盛松柏的面颊，轻轻地说："哥哥呀，你终于活过来了，活过来了！妹妹爱你，妹妹这辈子就跟定你了，妹妹一定要嫁给你。"

盛松柏如做梦一般，他笑了。盛松柏说："你一定要嫁给我！我会爱你一辈子。"他也流泪了，他说话的声音很轻很小，但姚晓燕听清了。

盛松柏转到外科病房了，姚晓燕精心照顾。医院里的医护人员听说盛松柏是姚晓燕的未婚夫，先是感到有点惊讶，姚晓燕怎么突然就有了男朋友了，保密工作做得好呀！因为盛松柏是为了保护矿山资产，维护国家的利益而被人刺伤的，大冶铁矿党委动用一切力量进行抢救。黄石市的报纸对盛松柏的事迹进行了宣传。医院上下对盛松柏的治疗尽心尽力，医院同事对姚晓燕的爱情纷纷祝贺。

各方朋友，知道盛松柏受伤，到医院看望。盛松柏住院期间，病房里探望亲友不断。

盛大力盛二力盛三力盛四力很快被公安局抓捕。过去你们四虎在地方上称霸作恶，你们就满以为没有王法了。你们如今拦截杀人，专政的力量不是吃素的。盛二力当天夜里逃往武汉躲避，三天后就被抓获。盛家另外三虎在家束手就擒。

办案人员在医院找盛松柏做笔录时，盛松柏实事求是把盛家四虎的事情尽量往轻里说。他先说明盛三虎没有动手，而且在自己被杀伤后，背自己到医院救治，是没有罪的。盛家四虎拦截自己是为盛家老矿规整的事，最后他们动手，只是想吓唬一下自己。盛二力的杀人，是一时糊涂，希望从轻处理。

盛松柏的仁义之心根深蒂固，遵循的是“宁人负我，毋我负人”的道德原则。这种原则在改革开放之初，是十分难得的。

盛家四虎被捉去后，公安局很快就把盛三力放了，接着盛大力和盛四力也被放出来。盛二力持刀杀人，正遇上“严打”才过去不久，法庭对抢劫杀人强奸犯罪给予重判。盛二力被判了十年徒刑。不是盛松柏的力保，盛大力盛四力也难逃惩处。

冶山铁矿的私采户因盛家四虎的犯罪倒威，进行规整的事情进行得十分顺利。盛家三虎回家，老老实实到矿区资管办进行登记，取得国家的准采证，到指定的地方采矿，按时交纳税费。其他十二户因盛家老矿的被规整，都服服帖帖地主动申报，完成了规整。盛松柏在医院躺了大半年，当伤口愈合身体恢复后，冶山铁矿又让他到青岛海边疗养。在去青岛疗养前，护士姚晓燕和盛松柏拿了结婚证，通过冶山铁矿领导出面，向医院请了长假，随盛松柏到青岛，一面旅行结婚，一面陪盛松柏疗养。

又是一个半年后，盛松柏带着新婚妻子姚晓燕回到冶山铁矿时，防护队已由李刚当了队长。李刚带着队员们欢迎老队长，要老队长重办喜酒，他们要闹老队长的新房哩。

冶山铁矿无证私采已经没有了，偷盗国家矿石的也没有了，冶山铁矿从来没有现在这样的秩序，这完全归功于矿山防卫队和盛松柏啊！

冶山铁矿领导像欢迎英雄一样欢迎盛松柏的归来。

他们根据盛松柏的要求，把盛松柏安排到矿山工会当副主席，管管矿山的文艺宣传。

盛松柏有了与姚晓燕的幸福家庭，上班后工作也轻松，他用来写字画画的时间很多。

盛松柏与姚晓燕的女儿蝶蝶出生了，盛松柏中年得女，视为珍宝。

几年后，矿山有政策，工龄三十年以上者，可以办理提前退休手续。盛松柏和姚晓燕商量后，提前办理了退休手续，姚晓燕在医院办理了离职手续，他们一家到武汉寻找机会，为女儿蝶蝶找一个更好的学习生长环境。

下部

盛松柏来到武汉的时间，是二十世纪九十年代末。这时，他五十好几岁，妻子姚晓燕还只三十多岁，女儿蝶蝶十岁，入读武昌解放路上的小学，四年级。

盛松柏在武昌八卦井街上租了两间平房居住，在徐东古玩大世界租了一间十来平方米的门面，经营书画古玩生意。姚晓燕的主要时间用在安排女儿生活，接送女儿上学上。有了空闲，也到自己家的门面，陪着盛松柏做那一天也做不成几笔的生意。盛松柏给她讲解书画古玩收藏、鉴定和经营方面的知识，姚晓燕与盛松柏一起生活十多年，耳濡目染，再加上盛松柏言传身教，对书画古董方面的知识也算半个行家了。在盛松柏外出办事时，姚晓燕安排好蝶蝶上学后，就到店里守着。八卦井到古玩大世界不远，坐车很方便。

盛松柏的小店店名为“松仁斋”。

徐东古玩大世界位于武昌，聚焦了上百家大大小小的店子，经营各类古玩石头书画玉石工艺等买卖，每天人来人往，有送古玩收藏到店的，有到这里来淘宝捡漏或者购买书画的。这里的生意看上去很热闹，但每天真正成交做成生意的不会很多。要成交一件真正的生意，要慢慢地等候，慢慢地营造，慢慢地进行，这样的生意是大生意，慢一点的是一年做一次，一次吃一年。更慢的是一生做一次，一次吃一生。这样的生意不可强求，只能等待，等待那种机遇的出现。你可能一年等不来，你也可能一辈子等不来。当然他们每天都要做生意，那做的都是小生意，养家糊口而已。

松仁斋里经营的是盛松柏从黄石带过来的收藏，在他离开冶山矿资管办后，除了自己利用休闲时间习字学画外，他四处探访，也收购了一些名家字画，但很少有值钱的东西。到武汉开店，这些字画和他自己的字画挂在店里，偶有出售，收益不高。他一家三口过生活，还有租房租店的租金，是一笔不小的开支。盛松柏和妻子都是工薪族，积蓄不多。卖字画的收入远远不够开支，还得贴一些积蓄。

姚晓燕是个贤惠媳妇，两间低矮的平房，每天打理得干干净净。女儿蝶蝶的生活学习，也是她细心照料精心辅导。她从不抱怨生活，总是用最少的钱来办好要办的事。她爱着丈夫，担心丈夫为生存发愁，总是安慰丈夫。

盛松柏看着逼仄的旧租房，看着勤劳贤惠的妻子和听话的女儿，偶尔叹叹气，说：“我们要买一套房子啊，我们要让蝶蝶有个好的读书和生活环境，我要赚钱呢！”

这时，姚晓燕就会紧紧挨着盛松柏坐着，拉着盛松柏的手说：

“亲爱的，不着急，慢慢来，我有预感，我们会赚到钱的，房子会有，女儿将来会上好学校考上好大学的。你真的不要急，我们现在的生活能过得下去，有吃有穿有收入交房租店租。我们的情况会越来越好。”

这时盛松柏转身抱抱姚晓燕，笑笑说：“对不起，嫁给我，没能让你过上好一些的生活，惭愧。我不会放弃的，我们的好日子在后头，现在要熬，熬我们的信念与定力。”

这时，姚晓燕就会热泪盈眶，紧紧地亲着丈夫。

盛松柏在八卦井那两间简陋的旧平房里住了三年，蝶蝶小学毕业，以优秀的成绩考进了武昌武珞路中学，这是武昌区的重点学校。

盛松柏和姚晓燕在徐东古玩大世界里的小小松仁斋里守了三年。这三年，他们的收入除了生活与房租支出外，没有结余。盛松柏经常出门，寻找货源，有时能收到一两件有价值的书画，拿回店里挂出来，最后售出，有时一件能赚几百几千元的。

在武昌八卦井简陋的平房，我和一位画家朋友与盛松柏喝酒，盛松柏早不是当年那个英俊的小伙子，五十多岁的人，岁月的磨洗，两鬓已见霜色。回想当年写诗，东湖放舟，柳下合影，感慨万千。我说盛哥，坚持，你会时来运转的。

盛松柏喝口酒，对我说：谢谢兄弟吉言，过一种粗茶淡饭的日子，写写字画点画，能把孩子抚育大，此生足矣！我不想发财，下半辈子努力给蝶蝶挣套房子吧！

这次聚会过了还不到半年，接到盛松柏的电话，先叙了会家常，接着发出邀请：“星期天中午到他家小聚，喝点小酒，谈谈友情。”

我说："好，还在八卦井那里吧？"

盛松柏迟疑了一下，好像有点羞赧地在电话里说："嗯，不是！兄弟，我已搬家，住到积玉桥大院第八栋一单元三〇二室，我买了房了。"

"啊，盛哥你买房了，太好了。祝贺！祝贺！我一定来，一定来！"听说盛松柏买了房子，我由衷地高兴。

我买了一盆花抱着，按时敲开了盛松柏新家的大门。这是武昌城中心的一个小区，新开发的，房子建得不错，价位肯定不低。盛松柏肯定是有了一笔可观的收入。

姚晓燕开了门，非常高兴地接过了花。盛松柏正给几个比我早来一步的朋友泡茶，招呼我过去坐。

我却没急于坐，套了脚套，看了看他的新居。三室两厅两卫，南北朝向，南边的阳台很宽敞。他们把房子装修了，但看出来是一种去豪艳求简朴自然的风格。盛松柏终于有了间自己的书房。书架上的陈列，多是鉴宝字帖书画研究印章镌刻方面的书，文学类书籍很少，看来他离开文学很坚决。书房的墙上挂了两幅字画，是省内两位名家题款送给盛松柏的。书房门口的门楣上，挂着"松仁斋"的匾牌，与他经营的店子门上的字一样，是盛松柏自书的。客厅里也挂了两三幅字画，看得出是临时挂上去的，随时可摘可换。

陆陆续续来了另几位朋友，我们围坐一桌，先品茶。到中午时，姚晓燕在厨房里整出十来个菜，我们开始喝酒。

话题当然离不开盛松柏的房子。谈房子肯定离不开书画，离不开书画的鉴赏、收藏与市场买卖。书画这类艺术品，特别是名书名画，其流传与归属都是有缘分的。有缘千里相会，无缘失之交臂，这话一点不假。

武汉人把发了一笔财叫“起篓子”，是渔民捕鱼用的术语，很形象生动。酒过三巡，朋友们要盛松柏把他“起篓子”的过程讲一讲。

盛松柏说，我们做书画生意的，虽说目的还是要盈利，盈利养家糊口，盈利发展事业。但我们与商人应该不一样，不能唯利是图，不能作奸犯科，要以仁义为本，要抢救保存即将毁失的名作。你仁义对人，人则以仁义还你，仁义最终让你收获报酬。宝贝在人间，人间识宝的人不多。在宝贝出现时，你若不伸手，这宝贝很可能丧失，你要出手，有时无利可图甚至还要亏本。

盛松柏给我们讲了他收藏民间流传书画名作的经历，包括让他“起篓子”买房子的事情。

从盛松柏讲述的经历中，我看到了仁义、缘分在这其中所起的作用，看到一个有仁义的民间收藏者的人生轨迹。

开书画古玩店，其很重要的货源在民间，你要有心去淘去觅去碰，就能从民间得到一些宝贝，既使埋藏在民间的珍珠闪了光，也能从中间赚取到利益，这是搞收藏经营的立身之道。

当我们酒醉饭饱，离开盛松柏的家时，我在楼下回望还在南边阳台上向我招手的盛松柏夫妇，心中快意。我的盛哥，来武汉四年了吧，终于有了自己的房子了，他立住了脚，他的做人原则，他的智慧和善良，他在武汉这个城市一定能生活得不错。

我后来还到盛松柏的店子和家里喝过几次酒。几年后，蝶蝶考上了武汉的一所颇有名气的大学，学中文，将来要捡起她爸爸青年写诗的笔，写出真正的诗来。

徐东古玩大世界改造，武昌红巷新起了一个古玩市场，盛松柏把自己的松仁斋搬到红巷古玩城，在二楼租了个店面，有两间，还是不声不响地做他的书画生意，好像日子过得还适意吧！我下面写的，都是那天在酒席上，盛松柏给我讲的。

那是盛松柏还住在八卦井的时候。早上，盛松柏沿着尚未改造的逼仄的一条深街小巷，步行去附近的银通旧货市场。他每天都要在这个市场逛一逛，然后再去徐东的松仁斋店里守店营业。银通旧货市场，摆着各种各样的物件，也有旧书画和古玩。这些物件有真货假货，真货假货里深藏着契机，就看你的眼光和机缘了。

盛松柏快要走出小巷时，身后响起了一声“让一下，师傅！”

盛松柏赶快避到巷子边，一个挑着破烂担子大约五十岁的男子随声而到。就在擦身而过的瞬间，盛松柏的腰被根棍子样的硬物件杵了一下。盛松柏定眼一看，破烂担子中歪倒着一卷书画，杵了他一下的是木质画轴。

盛松柏心中就那么跳了一下，他忙喊住拾荒者：“哎，师傅停一下，我看看你的东西。”

那个汉子把担子停在路边，边用袖子擦了擦额头边说：“我这是要送到废品收购站的，你看看，有什么是你要的，抓紧点时间，我还要出去收破烂呢！”

盛松柏忙说：“好，好，我只耽误你几分钟！”

盛松柏从破烂担子里取出那卷画，打开画轴一看，七十四叟赵合俦的签名如一道亮光闪了他的眼睛。这是一幅六尺整纸紫藤八哥大中堂，画面是一株虬枝腾跃的老藤，着万朵浓淡深浅的紫花，而纯以浓淡墨出之的十余只八哥，或翩飞，或扑跳，或栖立，营造出一派勃勃的生机。

这赵合俦为湖北黄冈人，早年肄业于北平艺专，拜在徐悲鸿门下，二十世纪三十年代与林风眠等留学日本。归国后，赵合俦成民国要员名流座上客，雅负时誉于汉上画坛。尤其是他腕底姿态各异又互相顾盼的八哥，更是生机蕴蓄，极尽巧夺天工之妙，被画界称为“赵八哥”。

像盛松柏这样的人，当然是熟悉“赵八哥”了。赵合俦去世有十多年了，如今他的紫藤八哥竟被人遗弃，落入拾荒者之手，这文化的跌落着实令人感叹。

盛松柏合上画，对拾荒的汉子说：“师傅，这画我买了！你要多少钱？”

拾荒汉子说：“我是五块钱收的，辛苦一场，总要卖个二三十块钱吧！”

盛松柏说：“好，我出三十元买吧！”

汉子同意了。盛松柏翻了口袋，没有零钱，只有一张五十元面额的票子。他看那收破烂的汉子，穿着简朴，一脸沧桑，很不容易的样子，就把五十元面额的票子递给拾荒汉子，说：“不用找了，都给你。”

拾荒汉子接过钱，感激不尽。盛松柏递给他一张名片，说：“师傅，你今后收到书画先卖给我，好不好？”

拾荒汉子说：“一定！一定！”

这是盛松柏到武汉开店之后，淘到的第一件珍品，这件珍品，经他修整后出手，维持了他的家人和松仁斋几年的生存。

这个盛松柏结识的拾荒汉子，后来与他又有几次交往。在盛松柏得到“赵八哥”的画不久，拾荒汉子按照名片上的地址找到盛松柏，说是收到了几幅字画。

盛松柏看了拾荒汉子送来的字画后，大失所望，他对汉子说：“这些都没有什么用，你是不是让人把好的挑选走了？”

拾荒汉子听了后，很生气地对盛松柏说：“盛师傅你不要把人看扁了。你是个讲仁义的人，我虽然穷，可也是讲仁义的，我答应了你的事，就不会先卖给别人。”

这拾荒汉子看来也是个讲仁义的人，可交。盛松柏因为上次从他这里收了赵合俦的画，也为了拾荒汉子的仁义，给了他三百元，买下了他的那堆垃圾。

交结清楚，正要分别时，拾荒汉子怯怯地对盛松柏说：“你对旧货市场熟悉，帮我买台旧电视机吧！我小儿子喜欢看电视，老爱去隔壁人家看电视，别人不高兴，我怕孩子受屈。”汉子说到这里，脸颊上有泪水流下来。

盛松柏心里一阵酸楚，沉吟了一会，说：“这样吧，我家正准备换一台新电视，你把我家的旧电视机抱走吧！”

拾荒汉子感激不尽，说：“我给你钱！”

盛松柏说：“钱不用给了，你今后收到旧书画关照我就行了。”

拾荒汉子没再说什么，抱起旧电视机就走了。

第二天一大早，拾荒汉子敲开了盛松柏家的门，送来一只烟熏的大火腿，硬要盛松柏收下，说：“你要是看得起我这个收破烂的，你就不要推辞。”

因为姚晓燕是搞医的，盛松柏家里从来不吃烟熏食品，但是拾荒汉子送的烟熏大火腿，盛松柏收下了，他收下了一位底层人的真诚与仁义，这才是他最尊重的品质。

你对人仁义，人也对你仁义，你敬人一尺，人敬你一丈，仁义者最终会有回报，虽说我们仁义时并不是为了回报。这是盛松柏的体会。

事情过去不久的一天傍晚，盛松柏一家三口正围桌吃饭，拾荒汉子打来了电话，告诉盛松柏，说他在老城区一处拆迁的地方收到了十多卷书画，有人追着他要买，他不肯，一定要先让盛松柏看了后再说。

盛松柏不敢怠慢，当即放下饭碗，急急忙忙赶到拾荒汉子住的地方。盛松柏看完了那十多幅书画后，抑制着兴奋对拾荒汉子说：“谢谢你对我的仁义与信任。我实在地对你说，这幅郭沫若的字，吕凤子的画，四幅小名家的画，还有五副进士的对联，都是真迹。我估计了一下，这批书画要是经过我的手收拾修整运作，能够卖到十万元左右。”

盛松柏给拾荒汉子交了底，没有任何隐瞒。

拾荒汉子听了，激动得喃喃自语地说：“难怪那个人追着我要买，他愿出五万块钱哩！”

盛松柏说：“这批书画都给我吧，你出个价！”

拾荒汉子说：“别人出五万我不卖，你给五万就拿去吧！”

盛松柏说：“好的。买卖买卖，总要来得去得，我不能亏待了你的真诚与仁义。我给你六万元钱，你卖给我吧！”

“好！”拾荒汉子不经思索地答应了，交易成功。

拾荒汉子乡下家里父母老了，丢不下，得了这笔钱后，过了不久就带着老婆和小儿子回乡下去发展了。走之前，特地来向盛松柏告别，说盛松柏是他这辈子见到的最仁义的人，他一家人永远要记住盛松柏的仁义。

盛松柏在与我和另一个朋友谈这个拾荒汉子时，喝干了一杯酒，念了普希金的两句诗：

我没有做过什么善事，

可在心灵上却实实在在是个好人。

盛松柏的仁义让他得到了回报，但仁义也让他吃了大亏。武汉的古玩书画市场，芸芸众生，奸狡之徒卑微小人也不乏其人。你仁义，好啊，这是奸狡之徒获利的大好时机，他要把你的仁义玩得体无完肤。盛松柏的仁义被人玩过，但他仍不改初衷。不过他也从这所什么人都有的大市场里学到了该仁义就要仁义，不该对他仁义的人就不能仁义。他能得到这个体会，是交了学费的。

那是盛松柏刚到武汉不久，他租住的八卦井小街上有个街坊叫黄宗山，从武汉一家纱厂下岗回家，做点蔬菜生意。他很早从蔬菜市场批来时令菜，拖回家在家门口摆个小摊子卖菜，赚点辛苦钱养家糊口。

盛松柏家在黄宗山摊子上买菜，一来二去也熟了。有天晚上，黄宗山腋下挟了一副对联来到盛松柏家，说："盛师傅，我回老家去，老家的一个亲戚给我这个东西，说是上辈留下来的，在'文革'中藏在睡觉的被窝中才没被烧掉。乡下小房子，这对联也挂不下，他托我带到武汉，看能不能卖出几个钱来。你是搞这行的，你麻烦给看看？"黄宗山说得客气诚恳，他是请人帮忙啊！

盛松柏打开转轴，是黄侃的六尺对开原裱大对联，其品相之好，联文之妙，书写之精，可称黄字精品。

盛松柏告诉黄宗山，这副对联是黄侃真迹，品相不错，可卖个不错的价钱。

"如果是这样，就请盛哥帮个忙，能不能两千块钱帮我卖出去，也是对我家亲戚的帮忙了！”黄宗山恳切地说。

按当时的价码，买了再转手卖出，也差不多吧！盛松柏出于帮助街坊之心，用两千元钱买下了。

盛松柏知道黄侃这位湖北蕲春人，与鲁迅先生同出章炳麟门下，现代国学大师，四十九岁早逝，但其研究成果传之后世，令人敬仰。得到这位大师的真迹，盛松柏喜不自胜，他将其略作收拾，挂在松仁斋店里镇店。

盛松柏到徐东古玩大世界开店，自然也结识了这古玩书画行当里不少的人。盛松柏以仁义交人，却有一种嘴上称兄道弟义气得不得了内里却是不讲情义只顾私欲的人，窥测时机，来夺人之好，而且嘴上还冠冕堂皇，行动还理直气壮。

戴立正是个书画古玩行当里的晃晃，武汉人所说的晃晃与北方人所说的混混有相当之处，但程度稍轻些。戴立正对武汉几个古玩市场的店子、店主无有不熟的，对武汉地区的书画家收藏家也混得个门儿清。他有时谦卑，有时逢迎，有时霸道欺凌，几种形容，分别用在不同的人身上。

戴立正当然与盛松柏熟，三天两头晃到松仁斋，盛哥前盛哥后地叫着，说话行动一派江湖气。盛松柏吃饭时碰上戴立正来，往往拉他喝几杯，姚晓燕炒几个菜，戴立正就嫂子前嫂子后地叫，姚晓燕小他好多岁，他却叫得顺溜亲热，就像他是盛松柏和姚晓燕的亲弟弟。

盛松柏虽然对戴立正的那些做派有些看不惯，但大家都是行当里的人，谁能十全十美，他又是讲义气待人随和的人，也就接纳这个戴立正做了朋友。

盛松柏收了黄侃的对联，其来源与价钱很快就被戴立正摸清楚了。戴立正在摸探交易情报方面，很有手段。“知道国民党军统头子戴笠吧，那是我爷爷辈呢！”戴立正说。

戴立正三天两头到松仁斋来晃，在黄侃的对联跟前久久驻足，嘴里在和盛松柏谈这对联的瑕疵，“这黄宗山你别看他是个卖菜的，他其实懂的，这对联也就值两千块钱，盛哥你还以为捡了个宝啵！”戴立正还有个本事，就是能把真的说成假的，把假的说成真的，满嘴的歪理邪说，还能头头是道，能唬得住那些外行。

戴立正这一说，黄侃对联是谁卖的，多少价，公布于世了，盛松柏哭笑不得，这个人得防着。

第二天，黄州有朋友打电话来，让盛松柏去看一幅旧画。盛松柏早饭后出发，到鄂州后乘轮渡过长江往黄州。在轮渡上，盛松柏接到老婆姚晓燕的电话，说戴立正到店里买了一幅《秋蟹黄花图》，赵合俦的，两千元。盛松柏说可以。当时轮渡上的江风大，手机效果不好，盛松柏匆匆挂断。

回到武汉后，姚晓燕告诉盛松柏，除了赵合俦的画，戴立正还将黄侃的对联以两千元价格取走了。不过对联还没付钱。

盛松柏一听火了。“你怎么能让他把黄侃的对联拿走呢？这是我的镇店之宝，出两万元我都不卖！两千元买两千元卖哪有这等好事，那我还做什么生意，我一家老小生活店房租金哪里出？”盛松柏把姚晓燕吼了一通。

姚晓燕委屈地说：“我说这对联不能卖，要等你回来决定。他不听，说你两千块钱买的，他两千块钱拿走，明天来店里给你付这两千块钱。他个大男人，我也拦不住！”

盛松柏发怒地说：“这不是抢劫吗？老子不卖！”

早晨，松仁斋的店门一开，盛松柏刚把店里的书画整理好，戴立正晃进来，叫着：“盛哥盛哥，昨天去黄州又起篓子了吧！好东西拿出来我们看看。”

“好东西你又抢走是不是呀？”盛松柏话回得硬硬的。

“什么意思啊盛哥，开店子和气生财哟！”戴立正装样。

“你把黄侃的对联还我，我不卖！我老婆不了解情况。”盛松柏说。

“狗屁，昨天就成交了，你休想变卦！”

“你才狗屁，你钱都没给，怎么算成交？”

“我这不是来给钱的吗？”戴立正不慌不忙从口袋里掏出两千块钱，放在盛松柏面前的桌子上，然后扬长而去。

盛松柏气极了，拳头握得格格响，真想追出门去揍这个无赖一顿。但他很快松开拳头，低下了懊丧的头，揍了一顿又怎么样？想想自己前半生经历的事，如今已年迈花甲，妻弱女娇，还有许多事要自己去做呢，忍下这口气吧，就当自己失手，也算买个教训。

但事情并没就此了结，当你得罪了一个恶人之后，遭暗算的时日还长呢！盛松柏因黄侃对联之事与戴立正断交，唾骂了戴立正的行为，得罪了戴立正。戴立正得了便宜，又反过来给盛松柏下套子。

戴立正得了黄侃对联，在圈子里面吹嘘，别人用一辆豪华轿车与他交换，他还不干，还嘲笑盛松柏的老婆是个“傻鳖”。盛松柏几次欲挥拳去论理，姚晓燕苦苦劝住，并反复责备自己，要盛松柏莫生气，蝶蝶还没成人啊！

盛松柏忍了。

卖菜的黄宗山找上门来，说是老家有人患急病住院没钱，向盛松柏借八千元住院费。听说是救人治病，盛松柏忙叫姚晓燕拿了八千元给黄宗山。黄宗山写了借条。

过了不到一月，黄宗山又找到盛松柏："盛师傅啊，不好意思，上次的钱都砸在医院了，病人也死了，那钱包在我身上，他们回乡下正在卖屋筹钱还账哩！我又要你帮助啊，我看中了一个小区的房子，要交首付，我急需五万块钱。盛师傅，我知道你是个仁义人，是个好人，帮帮我吧！"黄宗山说到动情处，眼泪都流出来了。

盛松柏经营了几年小店，除了养家交店租金房租外，也积攒了几个钱，也是准备买房子的。一家人不能总是租房住，他最大的愿望是给妻子买一套像样的商品房，在武汉扎下根来。但看到黄宗山一个汉子流泪，是说明他真正到了难处了。盛松柏最怕别人求情，遇到有难的人，他是一定会舍身相救的，这是讲仁义人的秉性。

盛松柏对妻子说："晓燕，你去把我们银行的五万块钱取出来给黄师傅吧，黄师傅急用呢！"

姚晓燕迟疑着没吱声。银行那点钱是我们一家辛苦紧巴着存下来的啊，我们也想买房子啊，还有蝶蝶的学费呢！你借给他，靠得住吗？他先前借的八千元还没还呢！

黄宗山见姚晓燕在迟疑着，忙到姚晓燕跟前求着："嫂子，救救急吧，这套房是个机会，朋友帮留着的，不交首付就泡了汤，我还差五万块钱。我这旧房子拆迁的话按政策会补一笔钱的，还你们的账是多了去了。上次那八千块，老乡正在卖乡下的房子筹凑，齐了后就立马还来！"

盛松柏对妻子说："去吧，帮帮黄师傅，都是街坊。"

姚晓燕到银行后不久回来了，说是银行因为没有预约，取不了五万现金。黄宗山说：“我跟嫂子一起去，嫂子在银行转账，转到我的卡上，我收到钱，立马写借条。”

姚晓燕还在迟疑，盛松柏说：“晓燕，你帮黄师傅去办。”

一个小时后，姚晓燕持了黄宗山的五万元借条回到家里。盛松柏问：“办好了？”

姚晓燕答：“办好了！”

夫妻俩都没作声。

日子还在过着，姚晓燕照顾盛松柏父女的生活，有空就到松仁斋店里给盛松柏帮忙。盛松柏外出看货买货时，姚晓燕就一个人守店。盛松柏外出时，事先必要把贵重的画收起来，免得再有戴立正那样的混混来强买强要。

一个月过去了，两个月过去了，卖菜的街坊黄宗山不再来盛松柏家，盛松柏与姚晓燕有时去黄宗山的菜摊买菜时，黄宗山远远看到，就让老婆在摊子上照应，自己躲到一边抽烟去了。

三个月时，盛松柏找到黄宗山还钱。

黄宗山眼睛一翻说：“怎么？你还想要我还钱？好意思吗？你两千块钱买走我的真迹对联，你卖给戴立正赚了多少钱？你懂收藏，你也不该骗街坊吧！告诉你，你买对联时付了两千，我后来两次借了你五万八千，共六万块钱。你也不要再找我要钱了，我那对联六万块钱，咱们两清了！”

盛松柏想不到这个平日看上去老实巴交的人说出这种话来，当下浑身气得发抖。打他一顿，他想起监狱里的日子，还有妻女要他养活呢！这黄宗山说这些话怕是有来由的。他忍了气，问：“黄师傅，你这话从哪里说起？黄侃的对联是你要两千块钱卖给我，那是两年前，你那对联当时的价最多也就两千块钱。我两千块钱收了，完全合理的。对联我两千块钱收，被戴立正两千块买走，我可一分也没赚。我是看你有困难，出于街坊情谊，借钱给你救急，你现在这样说话，还有良心吗？”

“你骗小孩呢！你可能只两千块钱卖给戴立正吗？戴立正亲口告诉我，那副对联别人用一辆高级轿车换，他都没答应。算一下，那对联要值个十万二十万的吧！”黄宗山理直气壮地说完后，转身欲走。

盛松柏拉住他说：“你把话说清楚，你可是还有借条在我手上呢！你要是不还钱，我就……”

没等盛松柏说完，黄宗山截住说：“你去法院告我吗？我那对联是在我老家偷的，你可是收赃卖赃啊，你的店子别想再开了！”说完，扭头就走。

盛松柏气得两眼发红，他用极大的忍耐，没让自己动手，他不能动手啊！回到松仁斋，姚晓燕见他气色不对，忙扶他坐下，递上杯热茶，给他的双肩按摩。

盛松柏喝了两口茶，闭了眼，长吁了一口气，让自己的心境慢慢地平复下来。正人君子遇到了这样的流氓，人渣，还真不好办。你跟他斗，没时间，划不来。

盛松柏把碰到黄宗山的事以及黄宗山的话对妻子说了，姚晓燕一声未吭，给盛松柏按摩的双手轻了一些，说：“你莫气啊，把自己气坏了不值得。这两个流氓，最坏的是戴立正，我们再离远些。钱要不回算了，就算我们生病吃了药。我们不怕，我们正经为人，老天看着。只要我们一家平安就好！”姚晓燕说着，眼里流出了泪。

日子平安地过着。蝶蝶一天天地大了，由小学入中学，到了高中三年级时，盛松柏干脆在蝶蝶读书的中学旁边租了间小房，让姚晓燕住在学校旁边，全职照顾女儿。

盛松柏有生意就做，无生意就喝茶聊天串会朋友，日子也过得优哉游哉的。他把心中的不快丢下了，被人讹了几个钱吧，就当被狗咬了一口，买个教训。他心中的两个目标是，女儿考个好大学，他在武汉买套像样的房子。

恶有恶报，善有善报，不是不报，时机未到。行恶者，眼前还活得蛮光鲜滋润的，终有一天要栽跟头的，等着吧！做善者事，眼前即使陷于困境，但脱离困境的一天会很快到来。你信不信无所谓，盛松柏信。

就是女儿备考的那个夏天，妻子在女儿学校附近租房陪读，盛松柏这天早早关了店门，回到八卦井的家，自己做了晚饭吃了。天气还早，他出门散步，不知不觉就走到武泰闸。正好，这里有个旧家具市场，不如到那里去看看，他想顺便淘个箱子装书画，武泰闸旧家具市场的家具很便宜的。

盛松柏赤脚穿双拖鞋，上身穿件廉价 T 恤衫，下身穿条超膝短裤，手摇自画竹扇，优哉游哉地到了旧家具市场。他进出了几家堤边小店，看了看那些待售的旧木箱，不是太大就是太破，他都未看中。他准备打道回府，择日再来，反正也不等着木箱子用。

盛松柏正欲回家时，眼睛扫了扫其他几家小店，不料在西头最末一家店子里，发现了一只四角包着镂花铜片，饕餮铺首上横着一把老式旧锁的大木箱。他连忙走近，细看之后确定，这木箱是红酸木做的，实属保存得比较好的晚清家具。而且这箱子的大小，正是他心目中想要的尺寸，用它来装一些一般的书画，合适是合适，但确实是有点奢侈，这箱子应该是装名贵书画珍品的东西。

见盛松柏在打量木箱，店主就热情地踱了过来，笑着说：“这箱子的用料全是红木。”

盛松柏一听，心想这店主倒是很懂行的，看来不会便宜卖，这就不是荒货，是古董了。见机行事吧！便问：“你要多少钱呢？”

店主回答：“少于一万不卖！”很干脆的话，似无还价余地。

当然，开店做生意看似干脆，其实总是可以商量的。

盛松柏没有搭话，再细看那木箱，按说也值，这个价买下，如果出手，没有什么利润空间。继而一想，这么好的一只箱子一旦漏掉，今后再找也就难了。何不下个决心，把它买下，用来装书画，也奢侈一回。而且，盛松柏出门，身上总带着一张银行卡，卡上总有些钱，以防着随时遇到可买的书画。

想到这里，盛松柏下了决心要买这箱子。为了防止箱底有滥竽充数的杂木，他要店主把箱子打开看看。

店主打开了锁，揭开箱盖，只见里面满是横七竖八的卷轴，有的没有天杆，有的没有地杆，残破不堪，霉气扑鼻。盛松柏用手在鼻子下直扇的，驱除霉气。

店主怕盛松柏嫌脏，砸了生意，慌忙向他解释：“这些破烂我本想清理扔掉，原主人怕弄脏了他新装修的豪宅，求我原封不动地带走，还付我劳力费。我还没来得及清理扔掉，你就来了。我马上把这些破烂清理扔掉，这好办。”

盛松柏连忙阻止说：“不必了，我要买了，再清理也简单。”他说着顺手捡了一卷展开，仅仅看了题款，他就认定了它是绝无异议的任伯年真迹。可以想象，这里面的破烂到底还有些什么，真不敢说。盛松柏不敢再去打开那些卷轴了，顺手将任伯年的卷轴扔入箱中。他抑制自己的心跳，思索着自己购买的方法。刚才店主说，这箱子他分文未花，是白捡的，但他喊价却能把价喊得顶破天，这是个不好对付的人，得要留点心眼：既让他得些实惠，又不让他得到太多。今天不是我来，他这些破烂迟早就要扔掉，那就是对文化的糟蹋了。

店主见盛松柏的模样，就问："你是干哪行的？"

果然开始了侦察。如果回答说是开书画店的，店主又会生出变故。

盛松柏决定智取了。

盛松柏漫不经心地回答道："唉，我就是个炸油条的，在得胜桥租了个小店，一家三口挤在里面，既经营又住家。老婆要我买只箱子，好将一家老小的衣服装起来，以便腾些地方，现在窄得转不开身呢！"

等盛松柏把故事编完，店主就开始半信半疑地探价："那你给多少钱呢？"

盛松柏说："你这只箱子是白捡的，人家还恨不得付你劳力费。既然分文未花，你要一万是不是太多了点？"

"你不要管我是白捡还是不白捡，我这做生意的，赚钱是第一，这是全红木的箱子，绝对值一万。"店主说。

做生意确实是这个理：你赚你的，我赚我的，卖家来得便宜，是人家的运气，跟买家毫不相干。想到这里，盛松柏本想立即付款，买下运走。但又一想，我要是太爽快了，店主又要涨价，这种故事太多了，还得跟他周旋一番。于是便说道："天下哪有一口价的道理，我总得还一点价，你也总得让一点价吧！"

"一分一厘都不能让，你要就是一万，不要就散伙。"店主是个犟人，回答生硬，也许他想你个炸油条的，买不起吧！装衣服，在别的小店买只几十元钱的旧木箱就行了，别在这儿浪费时间。

就在盛松柏准备接受店主的要价时，冷不丁传来个女人甜脆的声音。这是在一旁做饭的老板娘说话了："算了算了，就给八千八吧！这是个吉利数字，交个朋友。图个下次吧！"

老板娘的话无异于给盛松柏送来了一架梯子，盛松柏赶紧顺着梯子往下爬，同时心里嘀咕，不图下次，只求这次成功。他便冲着老板娘说："我虽不是你们的常客、熟客，但好歹也是个顾客，进店这么半天，茶不茶烟不烟的，老板娘金口难开，就凭老板娘这好听的嗓子，我也得给个面子。"

老板娘"扑哧"一笑："你还真会开玩笑吔！"

随着老板娘的笑声，木箱的买卖也就成交了。

盛松柏把木箱运回家中，汗都来不及擦，就迫不及待地把箱子打开，把那些卷轴仔细地抱出来，一件件地展开。除任伯年的真迹外，还有高邕六尺对开书法四屏、吴华源六尺对开山水四屏、高齐峰四尺整纸松鹰一幅、吴昌硕四尺对开石鼓文一屏、蒲作英六尺对开墨竹横披一幅，总共有二十多幅。而且，幅幅同一上款，幅幅都是绝对真迹。

盛松柏看着得到的这些书画，若说感谢，先要感谢它们的原主人精心保存，后代又当废品放弃，还要感谢那收旧货的店主，总算没有将它们扔掉、烧掉！他觉得自己得到了这批书画，只能说是一种缘分，如果他今天晚饭后没有散步去武泰闸旧家具市场，如果他在临走时没有那一瞥而看见了这只木箱，这一切就要失之交臂，而箱子里的书画，说不定就被店主当垃圾扔掉烧掉了。

这只木箱给了到武汉漂泊的盛松柏一个固定的住处。

盛松柏将木箱里的书画整理修复后，悬挂在松仁斋中，被收藏书画的顾客买走了。盛松柏用这些钱在武汉购置了一套三室两厅的商品房，他一家人结束了租客的生活。

我的朋友盛松柏，还每天在武昌红巷艺术城里，在他小小的松仁斋里，做他的书画生意，优哉游哉，品茶饮酒。

女儿上了大学，他在武汉也买了商品房，他的两个目的达到了。

我好久没去看盛松柏了，最近一定抽时间去看看他，说不定他又淘到了好宝贝。

母亲的皈依

二十世纪八十年代，我回到故乡的县城，住在招待所里写一部长诗。我的一个写诗的学生周玉在县城工作，经常去看我，还接我到她家里吃饭。周玉家里就只有她和母亲两人，她母亲五十来岁，清秀苍白，善良却又有些忧郁，一看就是个有经历有故事的人。

我问了周玉，周玉说："刘老师你看人真准，关于我母亲，我写了一篇稿子，你有时间帮我看看，你看完了，就知道我的母亲有多么苦了。"

我把周玉的稿子读完了，深深为周玉的母亲担忧，但我无能为力。

三十多年过去了，我在一堆旧稿中发现了当年周玉给我的这篇稿子，就稍加整理成一篇中篇小说，以周玉在三十多年前的口吻叙述。

一

我像掉了魂一样，我总感觉有人要来敲我家的门，会问：这是刘翠翠的家吗？来人会望着我母亲说：您就是刘翠翠？他心里会想，这样个瘦老太婆偏要叫这个名字。来人或者是个邮递员，递给我们一封信。这封信是辗转送到这个山区小县来的，信封都揉得很旧了，信封上写着：刘翠翠收。我看那在大陆很少看到的邮票上盖的戳子中隐隐约约的两个字：台湾。或许不是，这封信是另一个地方寄来的，香港或是美国。上班时，我很注意电话，或者县里的统战部政协民政局的哪个人打电话找我，问：你是刘翠翠的女儿吗？我答：是呀。这个挂电话的人说：是这样的，三十八年前……

真不知道我这是怎么的了，他是谁？他是我的什么人？我是他的什么人？他要是真的来信了或回来了，我代母亲给他回信吗？他假如问我是谁，我准会立即回答我是刘翠翠的女儿。他可能觉得他的刘翠翠是没有女儿的，有过，他也不知道。

他是我母亲过去的丈夫，他还在吗？他会不会回来？我不知道。

我的母亲已经皈依了，她的心已如我们老家的那口废弃了的井。母亲的工作就是帮一对夫妻带好孩子，为我做三餐饭，再就是在她那个黑房间里的木头菩萨前跪着，口里喃喃叙说着。我曾经躲在一边努力地听过，也没听出来她喃喃地说了些什么，只看见她发涩的嘴唇在不停地动着。

那个木头菩萨一尺来高，是个蓄了胡须的干巴老头，木头菩萨的底座上，用朱笔写着“南无阿弥陀佛”几个字。这是母亲不在时，我潜入她的房间里看到的。

我十六岁的那一年，有一天的傍晚，落日在小县城西边的山头上似乎被人捅了一刀。喷溅出一片淋漓的鲜血，惨红惨红的，染透了那半壁云彩和山上的草木。我不敢朝那边望，太怕人了，我躲进屋里做作业。一道数学题，我做了许久才做出来。

母亲已经做好了晚饭，弟弟在门前逗小狗玩。我们家的小黄狗跟弟弟最好，弟弟上小学，作业比我少多了。

我们等父亲回来吃晚饭，父亲久久没有回来。而且，从那个傍晚以后，父亲就一直没有回来，今年是第十八个年头了。

父亲被抓起来了，被判了十年徒刑。

父亲把他开的大卡车停在车库里，锁上了车库的铁门，把钥匙串挂在裤腰带上，走起路来叮叮当当响。他是地质队的司机，是个好司机老司机，车开得稳，技术熟练，他的车爬山过岭最安全。在父亲被抓去后，我在一只箱子里发现父亲历年来获得的十几张奖状。可是父亲坐了牢，这十几张花花纸能说明什么呢？

父亲锁好车库门应该回家来的，他一天的工作干完了。看看天色还早，父亲突然想起一件事情，就折身朝地质队机关办公的一排房子走去，他敲开了保卫科的门。

保卫科长一个人在，他们俩还坐下来抽起了烟，是保卫科长的烟，我父亲揿的打火机。

事后，人们有各种各样的传说。父亲和保卫科长是战友，一起当过兵，一起转业到地质队，他们的关系很不错。那些说父亲因为嫉妒他的战友当了科长，而自己还是个司机，因而放响了那一枪的说法是站不住脚的。

因为我的父亲从不嫉妒人。在张叔叔当了科长之后，他常常来我家里找父亲走象棋。如果没有出车任务，父亲就让母亲炒盘黄豆，他们两个还要喝几盅。父亲对他的司机工作很热爱，而且当司机的野外津贴高，实际上比当科长实惠得多，我想不出父亲为什么会嫉妒张叔叔？不是这个原因，绝不是。

有的说，他们俩“文化大革命”中不是一派的，他们结下了冤仇。不对，父亲在“文化大革命”时没有参加任何派，他是个不大关心政治的人，一定要划派，那他就是逍遥派。他钓鱼，他做木工，他活得蛮孤独的，他跟张叔叔没有仇。

人们想不透，我也想不透。事情发生了后，父亲什么也不说，科长就只说我父亲持枪杀人，是凶手。父亲被抓走了。父亲为什么要向张叔叔（不，是张科长，我再不叫他张叔叔了）开枪？父亲不说张科长也不说，办案的人也问不出什么。朝保卫科长开枪是事实，有这就够了，父亲判了十年徒刑。

那天，父亲和张科长抽完了一支烟，父亲站起来准备走了。

张科长也站起身，说：“怎么，不坐了？星期天再到你屋里下棋啊，只三盘定输赢怎么样？”

父亲抬头从窗户里看到西边山头上那幅雄奇的血淋淋的火烧云惨景，他愣了愣，叹了口气，双眼转来盯着张科长。

张科长朝他笑了笑。

父亲从张科长的笑里发现了什么，他似乎一切都明白了。父亲朝屋子里打量了一眼，到底是当过兵的，他一眼把房子看得清楚。这是保卫科办公室，墙壁上挂着支七九步枪，那枪很老，也有好久没擦了，上面有灰尘。

突然，父亲一个箭步跨到墙根，伸手摘下了挂着的枪，哗啦一声打开了保险，枪口寻找着目标。

张科长吓得面如土色，一头钻进办公室里摆着的一张木板床下。这张床是保卫科有时值夜班用的，床上的被子脏得要命。

我父亲扣动了扳机，砰！枪响了，地质队大院惊动了，等人们赶到时，父亲已扔了枪，呆呆地望着大伙。张科长的头钻在床底下不敢伸出来，他的屁股被我父亲一枪打了个洞，只流了一些血。父亲的这一枪打得并不准，毕竟他离开部队后已经好多年没摸过枪了。

窗外，傍晚前的火烧云已慢慢散去，真正的夜马上就要来临了。那时我的数学作业已经做完，弟弟还在玩他的黄狗。

我母亲做好了晚餐后，又跪在她的菩萨前，嘴里喃喃着。

父亲没能吃上这最后的晚餐。

没有人来我们的小平房里安慰我们。我们忽然成了持枪杀人犯的家属。我们被突如其来的消息弄糊涂了。

上小学的弟弟睁着大得无比的眼睛，怀里紧紧地抱着他的小黄狗。我们突然没有被喊作父亲的人了。弟弟还有小黄狗，我呢，只有母亲。可母亲对我们只是尽她的责任，她的心早就交给了她的菩萨了。在父亲抓走的时候，母亲供的菩萨只是块旧木头疙瘩，远不如现在供的菩萨好看值钱。

母亲呆呆的，脸色苍白得发青，眼睛死死地盯着院子里的一只未归笼的鸡。我和弟弟一齐望着她，我们感到好冷。

许久许久，母亲的眼角才迸出了泪珠，第一滴，第二滴，随后是一串串地流。这时，我和弟弟才一起张开大嘴哭了起来，声音好大，我们很久没有这样哭过了。

父亲要送到很远的劳改农场去服刑。

地质队负责通知家属准备必要的衣物送去。

来通知我们的是位长络腮胡子的李伯伯。李伯伯是行政科的班长，调配车辆的。李伯伯在我家门口对我母亲说："为么事呢？偏偏要拿枪打人，他们俩蛮合得来的嘛！莫名其妙莫名其妙！"

说完这几句就搓了搓他的大手掌，走了。

那是个春天，星期日，我和弟弟没有上学。母亲头天晚上把父亲的各种衣服找出来，打了个包。

我们走在去公安局看守所的路上。路边草儿青青，流水亮亮，雀鸟在树枝上喳喳，油菜花在地里开得好黄，麦田里的麦苗青得发紫，肥油油的，腻人。一个老头，穿件破袄，横骑在牛背上，牛在啃草，啃出嗞嗞的声响，尾巴一甩甩的好舒服。老头望着我们。母亲拉着我和弟弟，胳膊间夹着衣物包，走快了起来。母亲没有说话，脸还是那样的白。远一点的地方，有头小牛犊子昂头"哞哞"地叫了两声，被老头压在屁股下的老牛抬起头，看都不看地"哞哞"两声，算是回答。

跟在弟弟屁股后的小黄狗也汪汪地叫了两声，像凑热闹。

地质队离看守所两里多路。地质队在县城的东北角，看守所在县城的西南角。地质队是省地质局的一个队，队部竟然设在这个远离省城的地方。

据说地质队长和县长的官一样大。

母亲走得快，我勉强赶得上，弟弟却要小跑了。

弟弟说："妈，还有多远啦？"

母亲停下来等弟弟半分钟，说："不远不远，就到了。"

我们朝前看去，果然就到了。在一处有很高的围墙的院子门前，站着拿枪的兵，围墙上还有铁丝网，跟我们在电影里看到的一样。我和弟弟都有些怕，就紧挨母亲。我觉得母亲的鼻子在颤抖着。

父亲来了。父亲的眼睛变得好大好大，父亲的胡子好长好长，父亲的头剃得光溜溜的，父亲高高的身躯有些佝偻。

这是我们的父亲吗？好陌生啦！我和弟弟朝母亲身边依了依，母亲颤抖得更厉害了。父亲的大眼睛直瞪瞪地望着我们。

我和弟弟有些怕这个父亲了。

母亲本来苍白的脸显得更惨白了，一句话也不说，把我和弟弟朝父亲身边推了推。

父亲用手摸摸弟弟的头，对我说："小玉，要听你妈的话，照顾好弟弟和娘，你十六岁 了，要好好念高中。"

父亲说这几句后，眼泪流出来了。父亲是从来不哭的，父亲今天流眼泪了。我也想哭，但弟弟一点也不想哭。

小黄狗在屋子外头玩，弟弟从父亲身边走开了，出屋去找小黄狗。父亲叫我出去看着弟弟不让他乱跑。

我在屋门口的窗子下蹲着，看弟弟和小黄狗在院子里走，我听见父亲说："他妈，我要走十年啦，对不住你。你再苦也要把两个孩子带大，我周三虻一辈子忘不了你呀！你娘儿们要受很多苦的。"

我没听见母亲的声音。

父亲又说，"他妈，我这辈子对不住你，要是太难，你就再走一家吧，把两个孩子送到乡下老二家里，求他们抚养！"

突然，我听到"啪"的一声响，就伸头往门里看去。母亲打了父亲一个耳刮子，父亲没有动，眼泪却像水一样地涌流。母亲也抱头抽泣着，她消瘦的肩膀不停地颤抖着。

好久，父亲叹口气说了三个字："黄晓娟。"

我知道黄晓娟，她是地质队的会计，是个很好的阿姨，平时很整洁很干净的，蛮受人看的。

但黄晓娟怎么了？和父亲什么相干？

有个人出来了，把父亲带走了。父亲回过头来望望我们，慢慢地随那个人走进了一个大铁门里，铁门哗啦一声关上了。

几天后，黄晓娟和她爱人一起调到省城去了，我再也没有见到这个黄晓娟阿姨了。

二

当年，我母亲刘翠翠还是个十八岁的新媳妇。我母亲那时长得很标致，皮肤白皙，身材适中，脸面像那三月的梨花，芳香娇嫩又不妖冶。姥爷住的村子叫刘大庄，刘大庄的刘翠翠是个好女子，有多少人上门来求亲。我姥爷在村里开个杂货铺，自己还有几亩地，亦农亦商，家境在乡下算是厚实的。

姥爷要为我母亲择一个门第相当人才出众的丈夫，他没轻易应允那些人家。姥爷内查外调，看准了黄家大湾面铺的黄燕明。姥爷能运筹帷幄，具有较高的组织能力和安排事情的天赋，要是现在，让姥爷领导一个单位或主持一家企业，准能成为一个不错的领导或成功的企业家。

姥爷看准了的事情，一切都有条不紊地按他设计的步骤来，我母亲体面地出嫁到黄家大湾面铺屋里。

迎亲的花轿停在门口，鞭炮放得轰隆隆的，吹鼓手们将嘴巴吹得像只红气球，唢呐呜里哇啦响得三里外都能听见，而鞭炮的轰响却传到五里外了。母亲后来对我说，那时候的鞭炮才响呢，如今的鞭炮又贵又不响。现在的唢呐吹得像蚊子叫，哪有那时的唢呐响亮！

母亲穿着红袄红裤红缎子绣花鞋，头上顶块很大的红布。母亲在红布下嘤嘤嗡嗡地哭得很上劲，哭成一支美妙的曲子，哭成一首直抒胸襟的诗。

其实她心里，恨不得快点离开这个家，嫁到黄家去越快越好。我姥爷是个专横的乡下人，他既有经营头脑又有一个长者的威严。为了保持小康之家的水平，姥爷算尽了心计，也用鞭子抽他的几个子女和我姥姥，拼命做事劳动，拼命节俭。我母亲全家都怕姥爷，他的眼睛一瞪，脸上的横肉抖动，就要叫人遭殃了，母亲在家是战战兢兢地长到十八岁的。姥爷说，棍子底下能成材。事实是我的三个舅舅都不成材，没有造就。土改时，姥爷家是富农，富农的子弟有什么造就，连当灰扑扑的农民都要低人一等。

黄家开面铺，乡下人用麦子在他家换面粉，他家有磨坊，有两头小毛驴，有日夜嗡嗡不停转的大石磨。给他家做儿媳不亏，黄家的家底子厚哩！那个黄燕明着实逗人爱，母亲在不知道自己要做他的媳妇时偶尔看到他，母亲看到他时心里慌跳着，羞得低了头。母亲听姥爷宣布她要做黄燕明的媳妇时，当时表面装着羞涩，背地里却几个夜晚睡不着觉，喜得乐得滋滋的。

黄燕明那人恐怕也是个不会有太大出息的人。不过也难说，英雄难过美人关嘛！黄燕明虽说在镇上读中学，但也被我母亲的美貌与温柔俘虏了，竟成天沉浸融化在我母亲的情爱中，他拜倒在这位十八岁含苞欲放的少女面前。他们夜夜欢娱，不知餍足。今天，作为母亲的女儿我写这些时，脸都红了，心里直在慌跳。我想把这段跳过去，但想想也无所谓，我都一把年纪了，早已步入老姑娘的行列，哪样事情我没见到？都新世纪了，我当然清楚男人都是些什么样的德行。

光阴似箭，母亲的丈夫黄燕明在夜夜贪欢中不知不觉过了旧历年，又过了正月十五。乡下人说，年过月尽了，该干点正经事了吧！母亲的公公对儿子的所作所为似乎有些生气，但这个老头子不像我姥爷，用鞭子发号施令，他只用眼睛暗示法。

于是我母亲和黄燕明觉得他们是得分开了，黄燕明还有正经事要做，他还有学业哇！母亲的公公花那么多钱叫黄燕明读书，可不是为了黄燕明回来当面铺老板的，他对儿子寄有希望，希望儿子精忠报国，光宗耀祖地干番事业。这些都是母亲从她公公的眼睛里读出来的。

母亲开始催黄燕明走了。

正月十六那天，和黄燕明一起在镇上读中学的那个同学，到黄家大湾邀黄燕明一道上省城，考个不要钱的学校读读。他们已经把镇上中学的最高年级读完了。他们都要寻找一条出路。乡下的土财主供个中学生已经不简单了，他们比不上城里的有钱人，他们希望既能读书又不要钱的学校招收他们的子女。

母亲的公公为黄燕明准备了去省城的路费，据说钱不够，还到刘大庄找我姥爷借了五块钢洋。这五块钢洋一直没有还。我姥爷新中国成立后去世时，对我母亲还叨唠过这件事，说黄家欠他的钱已经这多年了。可是，那时我母亲的公公已死了，黄家已经没有人了。这钱要还，只有我母亲，我母亲曾经做过黄家的儿媳妇啊！

我母亲的丈夫和他的两个同学决定正月十八上路，他们又选了个带八的日子。黄家面铺就黄燕明这个儿子，另有个闺女已出了嫁，我母亲的婆婆是个个子小脚小胆子也小的女人，成天像只老鼠样生活着。婆婆在家庭中没有一点地位，一切都听公公的。

那时，婆媳俩一起准备黄燕明出远门的一切：穿的和吃的，带了一包衣服和一包烙饼。

临走的那一天，离别的气氛越来越浓了，我母亲躲在新房里不出来。我母亲像被人摘走了心肝一样，痛苦得不得了。黄燕明就在房里陪着我母亲。

正月十七的那个夜晚，我母亲和她的丈夫早早地歇下了，两人在床上紧紧地抱着。我母亲比平日更温顺柔软，任她的丈夫亲着抚摸着，我母亲嘤嘤嗡嗡地哭起来，哭出了十二分的韵味来，哭得像泪人，使得她的丈夫心都要碎了。他们两人就这样哭着亲着折腾着，就好像要生离死别一样，赶快抓紧最后的一点时间来享受夫妻间的温爱。我母亲有个预感，她觉得这是她与丈夫的最后一个夜晚，她将要失去他。可怕的是母亲的预感却是那么准，果真黄燕明就此一去不返了，整整后半辈子。

那夜，我母亲有种特殊的销魂荡魄的感觉，就是这一夜，我母亲怀上了她的第一个孩子。听母亲说这孩子叫妞妞，是我异父同母却没有见过面的姐姐。那夜，我母亲和她的丈夫很累了，后来就睡着了，直到我母亲的公公敲他们的房门叫吃早饭，他们才醒来。

起来一看，好一场大雪，满世界一片白，早起的村人在雪地里踩出了一个个的黑窟窿。我母亲当时心里可能一喜，这大的雪。她的丈夫可能不会走的。

可是黄燕明的两个同学都冒雪来了，黄燕明从父亲的眼睛里也得到了今天就是下刀子也要走的暗示。他决定告别我母亲走了。

我母亲这时回到房里，她的丈夫也跟了进去，他们紧紧地拥抱在一起，母亲又哭了。

黄燕明说："我们等会谁也不要哭，谁哭谁就是小狗。"母亲点点头。

我母亲把她丈夫和两个同学送到村口，我母亲还是哭了。黄燕明说："说好了不哭的，你当了小狗了！"

我母亲永远记住了这句话，这句话常伴随着她的梦境。

同行的两个同学说："燕明，你不走算了，你有这漂亮这嫩的媳妇，舍得吗？"说完两人笑了笑。

黄燕明没作声，背好了包袱，扭头就走进了雪地，再也没有回头。他不敢回头，他怕回头后就真的不愿走了。男人好狠心呀！

一九四九年的那场大雪好白好厚，有三个黑点子慢慢消逝在白色的雪野里。

那年，我母亲的丈夫二十岁。

三

从我懂事时起，我就发现父亲和母亲的生活过得不协调，缺少一种和谐圆满性。我的母亲总是郁郁的，很少看见她笑过。是日子太苦了吧！我们一家四口，就靠父亲一个人的工资。母亲和我与弟弟的户口都在"文化大革命"前夕才由农村户口变成居民户口的。母亲一直没有正式工作，靠做临时工或在家里搞点手工赚点钱补贴日子。家里有部老牌的"飞人"缝纫机，母亲总是在这部很旧的机子上做口罩，给一家人做质地很差的布料衣服，或改旧翻新。母亲很会持家，我们的日子虽然穷苦，但我们从没缺吃少穿的。父亲节俭，一套工作服穿好多年。穿旧了，母亲再改给她自己或我穿。

我们家有那么一种冷冷的气氛。有一团阴影，我越长大越感觉到这一点。母亲对我和弟弟尽了一个母亲的责任，但我们从她那里得不到多少温暖和愉快。是什么原因呢？是那块破木头疙瘩吧！母亲的心全在那上面，她总跪在那木头疙瘩前喃喃着。

幸亏我们有个好父亲，父亲是疼爱我和弟弟的，这点我感受得特别深。弟弟可能感觉不到，他像我母亲，也有点冷，可能是他吃的母亲的奶是冷的。我推算出，在弟弟还怀在母亲肚里时，母亲的心就冷了。

父亲常出车，有时出去几天才回来，那时我就特别想父亲。父亲回来了，虽说我都十来岁了，我总要扑到父亲怀里，让父亲用他的胡茬子扎我，我还爬到父亲的膝上坐着。这时弟弟就站在一边，望着我们，脸上没什么表情。

我只好嘟着嘴回到厨房里。

父亲趴在地上，让弟弟骑在身上，父亲就满地地爬呀笑呀，可小弟却不笑。我怀疑弟弟有痴呆症。可弟弟长大后不痴不呆，初中毕业后还考上了中专。

父亲在地上做马，口里还叫："小舵，快点赶马呀，你赶我打我，我就跑得快些。"

弟弟就伸出他的小手，无情地在父亲的屁股上、头上，打得啪啪响，口里就喊："快跑快跑，你这个不中用的老马。"

弟弟打父亲，打得我的心都痛了，而弟弟和母亲都无动于衷。我真想让母亲制止一下弟弟的顽劣，母亲在忙忙碌碌地干她的事，一声不响。

父亲在弟弟的驱赶下，跑得更快了，一边跑一边笑着："小舵你骑好咧，小心我把你掀翻在地，摔你的屁墩子。”

父亲和弟弟玩过了，我看见父亲一头一脸的汗，弟弟却没事一样，又在一边待着。

吃过饭，父亲就检查我的作业，夸奖我得了三个一百分。作业检查完了，父亲就拉我坐在他身边，叫母亲递把梳子过来，父亲为我梳两只小辫子。父亲那样笨拙，把我的头发扯痛了。父亲说："小帆哪，不小了哇，干什么不把头梳好，像个疯丫头样，嗯？”

我都流泪了，为我梳头的为什么不是母亲？父亲你出车一天了，你累了。父亲见我流出了泪，忙说：“好，我轻轻的轻轻的，扯痛了你吧！就梳好了。”

今天回想起父亲的络腮胡子，父亲为我梳头时的那慈祥的样子，我又要流泪了。父亲再不可能为他的二十六岁的女儿梳头了，父亲已经老了。父亲，在远方服刑，每年都寄两次明信片回来，说明他还活着。

在那个春夜，我觉得我成熟了。我同情父亲，我却不理解母亲，甚至有点恨母亲。我是在了解了母亲的经历后，才不恨她了。但我仍然深深地为父亲叹息，父亲是很可怜的。

父亲出车一个多星期后回来。父亲是运什么东西到一个城市，回来后给我和弟弟带了不少好吃的东西，父亲还给了我一个日记本，作为对我学习好的奖励。我是用父亲送给我的这个日记本开始写下我生平的第一篇日记的。父亲给母亲买了件铁灰色的涤卡春装，那时人们能有这么件据说能穿好多年都不破的涤卡衣服，是种生活水平高的标志。

我看见母亲接过衣服时，嘴角扯动了一下，我以为母亲要笑的。哪晓得母亲扯扯嘴角没笑出来，只用眼睛默默地望了父亲一跟，脸又恢复了她的木板样。

父亲晚饭后和弟弟玩了阵子，又给我梳了头，检查了我的作业，就一家人都睡觉了。

父亲母亲睡在上房，我和弟弟睡在下房。弟弟早进入了梦乡，鼻息声轻轻的，很有节奏。也许是得了父亲一个日记本的奖励，我竟激动得好久没有睡着。就在我蒙眬入睡时，上房传来的声音又使我惊醒了。

我听见父亲母亲睡的大木床响了一下，接着有窸窸窣窣的声响。

父亲说："来吧！"声音柔柔。

母亲说："算了，人累死了，我不想。"声音冷冷的。

父亲说："来吧，我求你了！老这样的，我受不了，两个月了。"父亲的声音好可怜。

"算了，我真的一点心思都没有。老周，忍忍吧，莫折磨我了。"母亲喊父亲老周，我们的父亲姓周。

好久没听见父亲的声音。我的心慌跳着，无意间，我发现了大人们的秘密。那时，我上小学六年级了，对男女间的事情了解得不深不透隐隐约约似是而非的。父母亲晚间的事情，我这还是第一次耳闻。

母亲又说话了："老周，原谅我吧，对不住你了！你是个好人，可是我不能啊！每有一回，我就恶心，就痛苦，就一连好多天像掉了魂样，心里像有把刀子在戳着。老周，你就算了吧！"

只听父亲长叹了一口气。一会儿，我竟听见父亲嗡嗡地抽泣起来，哭得好伤心啦我的父亲。可是母亲却一声也没吭。

我很吃惊也很迷惑，我想啊想啊，我觉得母亲对父亲不好，父亲母亲那时都只四十才出头啊！我估计，从那时开始，我的父亲母亲就没有过夫妻生活了。

他们这是为什么？我觉得我长大了。

第二天一早，我起床后，发现父亲已经走了，他又出车去了。母亲正忙着给我们做早饭。我看看母亲的脸，还是那样板板的冷冷的，好白。母亲看上去其实不老，母亲那时还是很端正的，年轻时的风韵还留在她的脸上身上。

父亲还是那样出车，回来后给我们带点东西，花钱不多。父亲还是给弟弟当马骑，还给我梳辫子检查作业。

母亲穿着父亲给她买的涤卡春装，很合身。

父亲有时带我和弟弟坐在他的驾驶室里，父亲驾驶着他的卡车在春天的原野上奔驰。父亲笑，我笑，连弟弟也难得地笑了，我们玩得很高兴。

但我们的家还是有股子冷气，不温暖。

那夜之后，我就很留意上房里父亲母亲的活动。他们偶尔对几句话，说说家务安排方面的事，没什么异常的响动和话语。

只是有一个晚上，我听见母亲翻了个身，叹口气对父亲说:“老周，太难为你了。在外面有合适的，你就……”母亲顿了顿又说：“我绝不管，你莫苦了自己。”

父亲不作声，叹了口长气，简直叹得惊天动地。

四

我母亲的丈夫黄燕明和他的两个同学，选了正月十八这个吉祥的日子，告别了父母，告别了娇妻，就走出了乡村，消失在雪原里，无影无踪，无声无息。雪还在下，把世界染得越来越白，母亲在雪地里打寒噤。

我母亲和她的丈夫新婚燕尔，恩恩爱爱如胶似漆，突然的别离，使我母亲难以忍受。从雪地里回来后，我母亲就有些发烧了，一阵晕眩，她病倒了。我母亲的婆婆小心伺候，端茶递水，照顾周全。我母亲的公公也很关心，请医生号脉买药。医生说无碍大事，只是中了风寒罢了，待几天养息，即可痊愈。

母亲独坐空房，特别是在夜间更难熬。想起她的丈夫的百般恩爱，情深意长，越想越思，恨不能长翅膀飞到黄燕明的身边。窗外的夜是寒冷的，雪还未化。黄燕明，这时你在哪里呢？你在做什么呢？你是否也在想乡下的新婚妻子，咬着被角，哭了一场又一场，她想她的丈夫想得好苦哇！

服了药，我的母亲就好了些，慢慢就起床走出房门。我的母亲瘦小，皮肤显得更白眼睛显得更大，就更使人疼爱了。我母亲的公公见媳妇这副模样，在饭桌上第一次没有用眼睛暗示而是充满着慈爱对我母亲说：

“孩子，你还年轻得很啦，要看远些。把燕明留在身边有什么出息咧？还是让他出去闯，男人家闹出些名堂来才不枉活一场，是不是？”

我母亲点点头。我母亲的婆婆也跟着点点头，她也很想她的这个独生子，只是她不敢表示。

道理我母亲明白，她是个明事理的人。我母亲病好后，就到磨坊协助婆婆做磨麦呀筛面剔麸呀等活计，她的公公负责用面和人家换麦子赶毛驴拉磨等一应事宜。这家人的日子就像小毛驴拉磨一般，在磨道上一步一步地走着，平静极了。老公公的理想超过了磨道，寄托在儿子身上。儿子能否成气候，当父亲的拿得并不太准，但他还是督促儿子去闯。这在乡间是不简单的。所以新中国成立后我母亲的公公是个开明富农，虽说还是经常挨斗，但比我姥爷挨的斗少多了。

我母亲白天里参加磨坊劳动，晚间歇下来，看到房里还没暗淡的红纸剪成的“囍”字，看到床上空余的一个枕头，在那漫长的春夜，像我母亲那样含苞正放的新媳妇，我是可以想象她那辗转反侧、彻夜难眠的情形的。我母亲盼望她的丈夫来信，盼望关于她的丈夫的一切信息。

可是，一个月过去了，两个月过去了，什么信息都没有。公公婆婆着急了，黄燕明的两个同学的家里人也来打听消息，他们也着急了。我母亲急得更厉害，当时，她已怀上了我异父同母的姐姐妮妮，妊娠反应比较厉害。念丈夫怀孩子，我母亲茶饭不思，默默流泪。

一向有主见的我母亲的公公也有些稳不住神了，他一面说些话安慰我母亲，一面四处打听些消息，仍然没有什么结果。

春的黄昏，在那已抽丝万千条的杨柳树下，我母亲常常伫望村头，伫望那里出现一些什么东西，那里出现过人或动物，但都不是我母亲渴望的。我母亲对黄燕明太多情了，她想得太苦了。

黄燕明离家三个月后的一天，那天早上我母亲早早地起来，她感到精神比往日好多了。思念虽说还是思念，但比开始那阵要平缓些了，只能在心里慢慢地念了。妞妞在肚子里已有拳头大了，三个月，胎位已经正常，我母亲在公公婆婆的照料下，身体也好起来。

那时，中午饭刚吃完。我母亲和她的公公婆婆都是吃的黑面疙瘩。他们家有黑面疙瘩吃就已经不简单了，因为他们家有座磨坊。生意很清淡，新麦没有登场，旧麦又吃完了，穷些的人家正闹粮荒。午饭吃了，勤快点的人都到田地里转转，看那麦子还要多少天才能收割，看那刚播下去的早谷秧返青了没有。没多少田地又有点懒散的人就乘此机会睡上一觉。面铺没什么事，我母亲又有身孕，因此她睡着了，睡得很香很甜，是黄燕明离家之后睡的第一个香甜觉。

当婆婆小心地推醒我母亲时，我母亲有些懒洋洋地爬起身来，很不情愿。我母亲的婆婆小心翼翼地说："有客人来了，你爹到磨坊去了，你起来看看吧！"

我母亲拢拢头发，扯了扯衣襟，刚睡了觉，因此就满面红光有些娇羞慵慵的模样走出房门。

我母亲看到堂屋里坐着个男人，戴顶旧毡帽，穿件粗蓝布做的长袍子，腰里用布带子系着。来人三四十岁的样子，正低头喝着我母亲的婆婆倒给他的茶，似乎走了好远的路。这不是驾船的黄老大吗？我母亲认识这个人，是她公公一个族里的，长年在外帮人家驾船。我母亲出嫁来黄家时，这人来喝过喜酒的。

黄老大见我母亲出了房门，忙搁下茶碗站起身："新婶子，燕明叔在南京让我带信回来，这是特地给您送来啦！"

听说黄燕明有信来，我母亲的脸上一阵红晕，心里喜得滋滋的。她忙说："大哥，稀客稀客，快坐快坐！"

黄老大在家族里比黄燕明小一辈，称我母亲为"新婶"，也是规矩，因为是新结婚的。黄老大没顾得坐，从腰里掏出两封信来，一封是写给我母亲的，一封是写给我母亲的公公的。我母亲接过信封上写着"刘翠翠收"的信，酸甜苦辣，千种思念万般恩爱一齐涌上心来，她简直都要哭一场，是快活的哭还是委屈的哭，她说不清楚。这时我母亲的婆婆已经把公公从磨坊里叫回来了。

黄老大说，他们的船队这回给南京运麻，从汉口开的头，走了好多日子才到南京。黄老大他们的船在南京卸了货后，等着再装一批货回汉口，船在码头上泊着。黄老大几个人没有事，有天晚上到码头附近的一家小酒馆喝大碗酒，没想到在小酒馆里就碰上了几个穿军服的学生兵喝酒，这是个星期六的晚上。

“当时我们也不怎么在意，我们驾船的他们当兵的，各喝各的酒嘛！我们喝酒说话，没想到来了个学生兵问我们是哪里人？我说了，那人就朝那桌上喊，黄燕明这是你湾的人呐，快来。那边就答，真的吗？立时就来了个高高大大的军人，我一看，天哪，这不是燕明叔嘛，怎么在这里呢？我喝了他的结婚喜酒才走的嘛！可不，就是他，我燕明叔，长胖了，穿了军装，好威风哟！”黄老大歇口气，喝口水，说得我母亲和她的公公婆婆呆呆的，只催问黄老大，黄燕明怎么当兵了？

“不是当兵，他们那叫航校，是军校呢，读书不要钱的学校。听燕明叔说呀，他们毕业后是开飞机的。”黄老大急急地说着。

那天，我母亲的公公很高兴，有了儿子的消息了，而且儿子上了军校，准是有出息的地方。乡下人不知道战争当时正激烈着咧。

我母亲的公公给了黄老大一斗麦子作为酬谢，并嘱咐他，走的时候告诉一声，他要给黄燕明带信去的。黄老大说，那好，他们的船下汉口时，他一定告诉，从汉口到南京的船好多。我母亲当时心里也决定要写封信给她的丈夫带去。我母亲跟我姥爷学得一些字，至今她还能认千把字呢。

我的母亲和她公公写给黄燕明的信后来就一直没有带去，因为黄老大他们的船没有下汉口，新中国就成立了。再后来，跟黄燕明一起出去的两个同学中的一个回到乡下来，他对我母亲和我母亲的公公说："黄燕明开着飞机到台湾去了。"

那天晚上，我母亲一个人在房里把黄燕明的信读呀读，读得彻夜难眠，特别是信的开头写的"翠翠爱妻"四字，已经融入了我母亲的血液中。那夜，我母亲一定是把黄燕明的信放在她饱满的哺育了我的生命的胸前而入睡的，她一定做了梦，是个好梦。

五

在我记事之前我父亲和我母亲之间发生的事情，是我的大舅妈告诉我的。我姥爷和姥姥死了后，三个舅舅分家立业，各分得顶富农子弟的帽子戴着胆战心惊地过日子，直到前几年政策揭了他们的帽子，他们才松了口气，可他们也都快老了。父亲出事了后，我回过一趟老家，实际上是我母亲的老家刘大庄。我住在大舅妈家。

大舅的背已经驼了，不爱作声，是他几十年养成的习惯。大舅妈拉着我的手，鼻涕眼泪一起流，直哭我母亲的命苦。那夜，大舅妈唠唠叨叨给我说了大半夜，直到她家的那只芦花公鸡叫出响亮的声音，她才让我上床睡觉。

那阵子，传说我母亲老家那一带有煤，好多好多的煤。反正那时候"大跃进"，你说地下埋的到处是金子也不犯法。我父亲就是在那时候随着地质队来到刘大庄的。

地质队整天测量呀，钻探呀，插许多的小红三角旗呀，吸引了不少的乡下人看稀奇。我母亲那时已经回到刘大庄住下来了，她带着我那个同母异父的姐姐妞妞一块过日子。

我母亲她们一群妇女们正在田里薅秧草，忽然看到村里来了七八个人，还有汽车，就一窝蜂地从田里爬起来跑拢去看。我母亲和我大舅妈一起，那时她是个俊俏的小媳妇，显得特别的水灵。

我父亲周三虻正是个毛头小伙子，驾驶着解放牌卡车，神气得不得了。地质队男的多女的少，经常在野外工作，这次能在一个村里驻扎下来算是好条件了。我父亲看到来了一群妇女们，高兴得直揿汽车的喇叭。他一边揿喇叭，一边朝妇女堆里瞅，他一眼就瞅到了我的母亲，我母亲当时在那群妇女中显然是最端正的一个。我父亲看到我母亲后，把已停的喇叭声陡地又揿响了，吓得我母亲一跳。我母亲朝他望了一眼，他就朝她咧嘴一笑，笑得我母亲红着脸低下了头。当时大舅妈站在她身旁看得清清楚楚。

地质队在刘大庄住了三年，三年后，连个鬼毛都没捞着就撤走了。只有周三虻除外，他有收获，他终于带走了我的母亲，从而就使我和弟弟小舵有出生在世的机会了。

我父亲得到我母亲那是非常艰难的，真是冰冻三尺，非一日之寒。

我母亲带着妞妞从黄家大湾回到刘大庄是土改工作队的主意。姥姥是一九五四年发大水淹死的。妞妞已经九岁了，在村里念小学二年级。姥爷把本来已经很窄的茅草棚腾出了半间让我母亲带妞妞住，让她们单独开了个小门，算是另一家。姥爷跟三个舅舅是一家，三个舅舅只有大舅娶了媳妇，另两个舅舅是过了许多年后才娶的媳妇。

我母亲帮着大舅妈洗一家人的衣服。刘大庄紧挨着金水河，这金水河是长江的支流，不是天安门前的那个金水河。我母亲每天早晨都提一桶衣服到金水河边去洗。

地质队借用了刘大庄的一幢空房子驻下来，空房子坐落在金水河边。

那天早晨，我母亲用左手臂挎着一大桶衣服，右手握着木棒棰，经过地质队的门前到河边洗衣服。那天天气很好，早晨的空气里充满着一股茉莉花的幽香，村里人在菜园里种了一些茉莉花树。人们精神很好，人们都很高兴，那时吃饭不要钱，做事人多热闹，似乎共产主义也不远了。我母亲挎着木桶，走路扭动着腰肢和臀部，扭出无尽的轻灵和少妇的风韵。当时，周三虻正趴在他的解放牌卡车下检修，从车底下看见了我母亲，忙钻了出来，不小心蹭了一脸的黑油泥。

我母亲正走着路，口里还哼着歌，突然见汽车底下钻出这么个人来，先是吓了一跳，继而又哈哈笑起来。周三虻也跟着笑起来，两人就说上了话。

"洗衣服去呀？"

"洗衣服去！"

就这么简单。周三虻再想说下句时，我母亲已经下了河坡，只看得见她的背影了。

周三虻这时也就无心检修他的车了，快快地钻进住房中，拿了肥皂毛巾漱口的牙刷杯子也下河坡，在我母亲旁边的一个水埠石旁蹲下。周三虻一边用肥皂洗手，一边盯着我母亲看，看得我母亲不敢抬头，心里好恼火。

河边这光景幸亏没有旁人。

周三虻说："你叫刘翠翠是吧！你一个人带着九岁的妞妞住

在你爹家里是不是呀？”

我母亲只好点点头，心想这人好讨厌，才来两天就把我的情况弄清楚了，你弄清楚我的情况又有什么用呢？

“我叫周三虻，今年二十六岁，共青团员，从部队当兵回来，在地质队里开车，还没成家。”周三虻不知怎么回事，在这个早上，在这条静静的小河边，忽然抑制不住自己，向一个刚认识的乡村少妇滔滔不绝地介绍自己的情况来。他平时是挺老实的人，多少年来，他也一直不轻浮。但那天在绿绿的小河边，他显得有些轻浮和不可理解了。

我母亲当时就虎下脸：“姓周的，谁要听你这些啦？我不认识你！谁管你成家不成家啦？你说这些是什么意思！”

我母亲气冲冲地说完，扬起手中的木棒棰，把衣服放在石板上，捶得啪啪啪地直响，捶得水花四溅。

周三虻被我母亲的几句话戗得直翻眼珠，脸上红一阵白一阵，呆呆地停止了手里的搓洗，肥皂泡涂了双手，不知怎么办才好。

我母亲捶了一阵衣服，看周三虻窘得那样，心里又有些不忍，她是个宽厚人。她顿了顿说：“大兄弟，你出门在外，不可太轻贱了自己呀！我是个有孩子的人，我男人在外面。我比你大，可以当你的姐姐。你快洗手洗脸回去吧！今后再莫给我说这些话了。”

周三虻像获得大赦一般，赶紧洗漱完后，低着头匆匆地逃了。

我母亲见他那样子，心里在暗笑。她忽然觉得这个黑黑的小伙子有些可爱了。

周三虻这个人倔，早上受了顿抢白，却对我母亲不死心。

当天晚间，周三虻竟然打扮得整整齐齐的，提着一包点心糖果，敲响了我母亲与妞妞住的茅棚柴门。我母亲打开门，一见是他，心里吃了一惊，问：“你来有什么事？”

周三虻嗫嚅着半天没说出话来，憋了半天才红着脸说：“大姐……姐，我来看看你和妞妞！我给妞妞买点糖果点心，你收下吧！”

我母亲见他那难受的样子，只好放他进了小屋子。那半间小屋太小了，放着张木床后，就没多少空隙了。一张小木桌子，妞妞正趴在桌上就着油灯写作业。妞妞见我母亲的眼色后，就乖乖地喊了周三虻一声叔叔。

小屋被收拾得整整齐齐，周三虻听见妞妞喊他，竟兴奋得不得了，就和妞妞一起玩起来，检查起妞妞的作业。周三虻在小屋里慢慢变得自然起来，和在灯下给妞妞纳鞋底的我母亲聊起天来，他看起来很高兴。

这时上半间屋里传来了“咳咳”两下老人的声音，我母亲在灯下一怔，纳鞋底的针一下扎了手指肚，有血珠沁出来。周三虻见了，忙用手去捂她的手指，我母亲的手在周三虻的大手中放了一会，缓缓抽出来。我母亲说：“我爹在上房咳嗽了！”

周三虻极不情愿地站起身，告辞后走出柴门。我母亲没有送他出门，她呆呆地看着他的背影，好宽的背啊！我母亲呆呆的，她已经有十年没被男人抚摸过了。

我母亲关上门，看到木床上熟睡的妞妞，眼泪突然像断了线的珠子滴下来。

上屋姥爷这时送话过来，声音苍老而威严：“翠翠，你不可松心呢，你男人还在‘国军’那边咧，你要守妇道人的规矩啊！”

我母亲一下趴在床上哭起来，边哭边答：“爹，我晓得的！”

那时，阶级斗争还没能天天讲月月讲。那时我姥爷对他的子女还很威严的。六十年代后，讲起了阶级斗争，像我姥爷这样的富农分子，可能会被斗得连狗都不如的，还能有什么威严可讲，幸亏我姥爷死得及时。

这夜，我母亲做了个梦。这夜，周三虻也做了个梦，至于他们梦见了什么，大舅妈没有说，我也就无从写起了。但我想，我母亲的梦一定是苦涩的。

听我大舅妈说，周三虻从此就经常到我母亲住的小屋里来了。我母亲既想他来又怕他来。他来了后，叫我母亲大姐，逗妞妞玩，妞妞很喜欢周叔叔。妞妞睡了后，周三虻就陪我母亲坐着，看我母亲做针线。

渐渐地，村里有人说闲话了，地质队也有人笑周三虻了。

我母亲对周三虻说："三虻子，你还是找个姑娘结婚吧！村里人说闲话，我无所谓，身正不怕影子歪，我怕坏了你的名声啊！"

周三虻说："我不要结婚，我就这样，大姐，你不要赶我走吧，就当我是你的三个兄弟中又添了个兄弟吧！"

周三虻说得我母亲直流眼泪。

周三虻来得少些了。不来的时候，周三虻就会拿支竹笛，对着小河吹。周三虻不论吹什么调子，都吹得哀婉凄清。使人听了，总不得开怀。笛音缕缕传到我母亲的半间小屋里，那就格外地惹人不安了。

村里人说，这个开车的哟，要把一颗心吹出来的，看不出他黑黑的一脸络腮胡子，还是个情种呢！可惜可惜！

六

自从黄老大为我母亲带回一封信后，我母亲再也没有收到她丈夫黄燕明的只言片语了。

我母亲一直保存着她丈夫写给她唯一的信，那是一封牛皮纸信封，黄色道林纸红竖格的信纸，信封信纸都是写的毛笔小楷字。我见过那宝贝，我母亲一直将它藏在箱子底下。有一次我翻衣服翻出来了，我叹服黄燕明的毛笔字写得真漂亮。我曾抽出信纸，只读了“翠翠爱妻”四个字后，就脸红心跳地把信纸插回信封。我这个做女儿的，似乎不应该看母亲的情书，但那四个字给我印象很深。

那四个字是深深地烙在我母亲的心上了。父亲的悲剧，母亲的悲剧，很难说与这四个字没有关系。

黄燕明没有回来，国民党败退了，新中国成立了。

我同母异父的姐姐妞妞就是一九四九年那年生的。土改前，我母亲带着妞妞跟公公婆婆住一起，一家人的生活还可以，我母亲的公公继续照管着面铺。家里添了人口，我母亲的公公喜欢得不得了，想给儿子带信去，却无处可带。于是老两口把内外的活路全包了，让媳妇一心一意地带好小孙女。

有了妞妞，有了个每夜能摸着衔着我母亲乳房的孩子，我母亲虽说还是想着黄燕明，但却比过去要好多了，毕竟有个孩子陪着啊！

这样的安心日子过了两年，黄家大湾和刘大庄就开始土改了。工作队进了村，发动群众斗地主分田地，富农的田地也分，富农分子也要挨斗。我姥爷和我母亲的公公一起被定为富农分子，一起被批斗。我母亲抱着妞妞坐在台下，看着我姥爷姥姥和她公公婆婆站在台上，低着头，和一群地主富农们被那些贫雇农指点着额头，破口大骂着，他们唾沫四溅，骂得兴起，还要抽几个耳刮子，推搡几掌。我母亲吓得直抖，生怕自己也要被拉上台去，丢人现眼。妞妞已两岁多了，在我母亲怀里，也吓得直哭。

我姥爷因为嘴巴犟，被多斗了些次数。他老不服，说他没剥削人。我母亲的公公就聪明多了，每次斗他，他都站得规规矩矩，头低得下腰弯得下，很老实的样子，并且主动把铺子和毛驴交了出来。第二次斗争会时，就不让他挨斗了。工作队说他开明老实，表现好。

那天，一个穿解放服梳短头发的女工作队员到家里来，找到我母亲谈话。

那个女工作队员说："你是国民党去台人员家属吧，你要和你丈夫黄燕明划清界限哩，黄燕明有什么武器有什么变天账书信的，你要交出来，不许隐瞒啊！"

我母亲当时抱着妞妞低头听着，口里连连答道："是！是！"

我母亲当时很怕，她本想把黄燕明给她的那封信交出来，但犹豫了半天，还是咬着牙关没交，她觉得那是她的某种盼望和信物。

女工作队员走了，我母亲虚惊了一场。

过两天，那个女工作队员又来了。一来，她就找我母亲谈话。一谈话，又是那几句："你是国民党去台人员家属，你要和你丈夫黄燕明划清界限哩，黄燕明有什么武器有什么变天账书信的，你要交出来，不许隐瞒的啊！"

女工作队员一来，我母亲就抱着妞妞低着头听，口里说：

“是！是！”

女工作队员隔两天来一次，说着重复的话，我母亲也做重复的姿势，回答重复的“是！”

我母亲想，工作队就是这样干工作的啊，她不怕女工作队员了，她现在更不会交待黄燕明给她写一封信的事了。

奇怪的是，那个女工作队员好像就没有其他的工作一般，她后来就天天到我母亲家来，说着同样的话，使得我母亲真服了她的工作态度和方法。我母亲有些怕她了，但又不敢躲起不见她。

我母亲的公公也感到事情似乎不妙，但他也不明白女工作队员要达到什么目的。

女工作队员那次去找我母亲谈话，第一次变了谈话的内容，她说：“刘翠翠，你是刘大庄的人吧？”

我母亲点点头。

“那你就回到刘大庄去呀！你难道愿意永远当去台人员的家属吗？难道你还盼望黄燕明打回来吗？你在这黄家大湾又没个男人，不是守活寡吗？你还年轻咧！”女工作队员连着问了几个问题，问得我母亲没准备，不知怎么回答才好。

刚好那天我母亲的公公在家，女工作队员见我母亲不作声，就叫我母亲公公的名字，说：“是不是这样呀？咹？你们不能把刘翠翠坑了呢，你是不是盼望你儿子回来，咹？”

我母亲的公公吓得连连点头：“是这样，是这样，我不盼望我儿子回来，他回不来的。”

“那你就要放刘翠翠走哇，还有那么多男人娶不上媳妇，你们家不能空着媳妇呀！”女工作队员说。

我今天写这两句话时，简直有点不相信。但我母亲说，那个女工作队员确实是这么说的。女工作队员后来当了公社妇联主任后，在妇女大会上，说了许多叫人听了脸红的丑话，但她一点都不觉得难为情，她是很直爽的，是怎么想的就怎么说。

女工作队员走后，我母亲的公公呆呆地怔着，半天不作声。好久，才叹了口气，又去忙活路。

两天后，在饭桌上，我母亲的公公婆婆和我母亲以及妞妞，一起围着饭桌吃饭。妞妞快三岁了，已经能自己用小碗扒饭吃。吃过一碗饭，大家都不作声。我母亲的公公放下碗，清了清喉咙说："燕明家的，看来我们不能久留你了，工作队天天来人做工作，现在是共产党领导的天下，我们还是按着人家的规矩办。你带着妞妞走吧，回刘大庄去，你是不能在黄家大湾再久待了。记住，孩子，妞妞是燕明留下的一点骨血，你要好好待黄家的这点骨血！我和你婆婆都老了，不中用了，活几年算几年。"

老人缓缓说着，已经泪流满面了，婆婆在一边哭出声来。不懂事的妞妞见爷爷奶奶哭，也吓得哭起来。

当时我母亲也哭起来了。我母亲说："不，我不走我不走！"

我母亲的公公说："你不走是不行的了。你不走，别人天天来做工作，工作做不通，他们还会把我们牵出去斗争的，会说我的思想反动，等着台湾的国民党回来。孩子，你要是不忘燕明，就先到刘大庄住下来再说，在刘大庄你一样地等他。你今年二十二岁，还年轻，你再等他十年，十年他不回来，你就不要等了。"

我母亲的公公说完，一家人再也没心思吃饭了，哭成了一堆。

果然，第二天那个女工作队员又来了，还没等她开口，我母亲和我母亲的公公都说走。

于是我母亲带着妞妞回到了刘大庄，我姥爷给了我母亲和妞妞半间茅草屋子，算是安下了家。

可怜我母亲的公公婆婆两个孤苦伶仃的老人，自己做自己吃。

两个老人以泪洗面，长吁短叹，苦捱日月。

我母亲常悄悄到黄家大湾看望公公婆婆，去时都要把妞妞带上。婆婆见了妞妞，抱得紧紧地流泪。公公婆婆是一天天地见老了，公公一世精明，到老来孤苦伶仃，精神上彻底垮了。婆婆一生胆小，只会埋头做活路，到老来眼睛不清楚了，夜里哭儿子想儿子，后来就双目失明了。

我母亲最后一次去黄家大湾，是别人带了信来，说是黄家的公公婆婆叫我母亲带妞妞回去一次。当时我母亲正在合作社的麦田里锄草。我母亲得了信，带着妞妞急匆匆地赶到黄家大湾。

我母亲看到黄家的房子已破落得不成样子，两个老人无力修缮，她也没这个能力啊！

我母亲突然恨起黄燕明来了，这个没良心的人啦，一走了事，丢下老的老小的小，我这个妇道人家怎么能撑持这个家呢？

我母亲带着妞妞进了房，见公公拄着拐棍，坐在木椅上直喘气，婆婆已经病倒了，躺在里屋的床上。婆婆想我母亲和妞妞了。

我母亲看望了婆婆，就动手清理屋子，房子里很乱，灰尘落满了柜子和桌面。清理完屋子后，就烧水做饭，一家人又在一起吃了顿午饭。

下午，我母亲带着妞妞要回刘大庄了。

我母亲的公公突然说："燕明家里的，这几年难为你了。只怪我呀，当年不该叫燕明出去的，如今害得我们一家子不能团圆。我后悔呀孩子，只怪我只怪我！"

老人说得涕泪交流："孩子，你年轻，再等几年吧，到你三十二岁时，燕明不回来，你再嫁人，总不能害你一辈子的！”

我母亲的婆婆从床上起来，颤巍巍地伸出手来，拉着我母亲的手臂，然后把我母亲浑身上下细细地摸了一遍。摸完我母亲，老人又把妞妞细细地摸了一遍，两颗浑浊的泪珠从老人那已经瞎了的双眼里滚了出来。

我母亲带着妞妞，哭着离开了黄家。

第二天一早，人们发现我母亲的公公婆婆吊死在一根绳子上。

黄家的屋子充了公。我母亲带着妞妞去最后看了一眼两个老人，不敢哭。干部们说，这两个富农伪装改造得好，其实反动得很，他们上吊，是自绝于社会自绝于人民。

村里人用两张芦席卷了两个上吊者，草草地埋了。不久，那两堆小小的黄土坟堆上长满了青草，秋天，风吹过时，发出窸窣的声响。

七

我父亲周三虻年轻时竟然还有个吹笛子的爱好，这倒是我没见到过的，我们家里并没有笛子及任何乐器，我以为我的父亲就只会开车和喝酒。

大舅妈的话不可不信，大舅妈说那个周三虻吹笛子呀，声音悠扬婉转，像一缕缕的丝线，从笛子里飘出来，在夜空里飞呀飞呀，飞到人的心里，慢慢地缠着，缠得人心里难受，缠得人心里满是同情，恨不得跑过去安慰他劝解他。

我母亲被周三虻的笛音打动了，总觉得不安，似乎欠他一点什么。但我母亲想到黄燕明，想到她公公婆婆临死的前一天对她说的话，就收起了心猿意马。

我母亲要等，等十年！

周三虻还是经常到我母亲的半间小茅屋里去，还是在不来时站在河边吹夜笛。渐渐地，人们都习惯了，习惯了周三虻吹笛子。人们习惯了后，再听他吹笛子就不难受了。妞妞习惯了这个叔叔，而且还喜欢起这个叔叔来。姥爷习惯了这个小周，小周有时给他送两瓶酒，帮他点小忙。

习惯是习惯，但我母亲什么都没答应周三虻。周三虻也真是有个执拗劲，硬是紧紧咬住我母亲不放松。

日子就这么一天天地过去了，一月月地过去了，转眼到了第二年春天。

那是个灾难的春天，那是个大自然对人类进行残酷报复的春天。秋后的庄稼没收起来，吃饭不要钱亩产万斤粮大放钢铁卫星已是全民“大跃进”“共产主义”已经到了中国。可惜的是前脚宣布共产主义到了，人们后脚就没粮食吃。

一边是没有吃的，一边还要“大跃进”。青壮年都抽去修水库造湖田了。我的三个舅舅和大舅妈都抽到水库上去了，住在水库工地上不许回家。我母亲留在家里照顾姥爷妞妞。

村里的食堂早不冒烟了，那大铁锅早就上了黄锈！留在村里的老幼病残们，自己找吃的。找得到吃的，就活下来了，找不到吃的，就饿死。

驻扎在村里的地质队的伙房还在冒烟，他们的粮食定量还没减少，他们是野外作业，国家指望他们找出矿来呢！

周三虻到我母亲的半间茅屋来时，总要带些食物来，这是他从自己有限的定量中扣下来的。带来的食物或者是个饭团子或者是只馍馍，我母亲不忍心要。她看见周三虻子瘦多了，下巴一天比一天尖削下去。

周三虻说："我吃饱了！"说完拍拍故意鼓起来的肚子。

我母亲看到周三虻那样，只好收了。她只把饭团和馍馍掰开，掺进野菜一煮，让姥爷和妞妞吃，自己只吃很少的一点。

地质队休息时，周三虻就扛着锹，到湖滩淤泥里去挖藕。湖滩的淤泥深，藕也埋得深。那时，不知有多少人为了活命到湖滩去挖藕，挖着挖着，就没再回来，被淤泥埋进去了。

周三虻去挖藕，挖的藕背到我母亲的那半间茅屋里去。每逢周三虻扛着锹去挖藕时，我母亲就要反复叮嘱，叫他千万小心。周三虻总是一笑："没事！"

周三虻走后，我母亲就担心，担心他千万不要出事。周三虻背着藕回来，我母亲就迎上前去，从他背上拿下藕。

那时，黄燕明已经沉到我母亲的心底层去了，而我母亲的意识里就只有周三虻了。但他们一直很纯洁，我母亲仍然没有答应嫁给他。周三虻也不催，还是一如既往，他像我姥爷的一个儿子，比姥爷的三个亲儿子还亲，他像我母亲的一个弟弟，比我母亲的三个弟弟还好。

日子越来越苦了。大舅妈和舅舅他们一群青壮劳力在山里的一个水库工地上，有两个多月没有回家。大舅妈说，他们在水库工地上什么活也干不了，但他们每天还有几两米的定量，他们花了更多的时间在山上挖葛藤剥树皮，到水库工地上去的人一个都没饿死。

在最艰难最困苦的日子里，周三虻是我母亲及姥爷、妞妞的主心骨和生活下去的支撑。那时，我姥爷对这个黑黑的小伙子充满了感激之情，要不是他，姥爷和妞妞以及我母亲三口人能囫囵着活下来吗？周三虻用自己节省下的粮食，用自己的生命换来一捆捆藕，送给我母亲他们，救了他们的命。

我姥爷的观点似乎改变过来了，他试探过我的母亲，但我母亲没有明确表示态度。周三虻到我母亲的半间茅屋里时，我姥爷再也不在上边半间屋里咳嗽了。有时，姥爷还把妞妞喊到他的屋子里去，让我母亲和周三虻单独留在半间屋里。

每逢这种时候，周三虻就在小方桌边坐着，小方桌上的油灯亮着暗淡的光，我母亲低着头就着灯光补衣服。周三虻呆呆地看着我母亲引针的手，不说话也不动。我母亲偶尔抬起头，朝他看看，他也就只憨憨地笑笑。

这种时候，我母亲痛苦得要死。无疑，周三虻是个好人，对她和她一家无私地倾注了一腔真情。但她能嫁给他吗？黄燕明留给她的短暂幸福，还有那封信开头的“翠翠爱妻”四个字，公公婆婆临死前的嘱托，这些怎么能丢得开忘得掉呢？她自己也有过诺言的啊！对不起，三虻兄弟，我今生今世不能报答你，来世还托生做女人嫁给你，给你作牛作马来报答吧，现在我还不能嫁给你。我母亲心里的这些话，好多次想鼓起勇气对周三虻说，可就是难以开口，她怕太伤了他的心。

有一次，已经好晚了，周三虻和我母亲还在灯下坐着，我母亲终于鼓起了勇气对他说：

“三虻兄弟，我是嫁过人的女人了，妞妞都这么大了，妞妞爹到台湾生死不明，难说他能不能回来。你还是去找个合适的人吧，世界上好的女人多着呢。”

我母亲说完，眼角沁出几滴晶莹的泪来。

周三虻还是不动，只默默地摇了摇头，缓缓地说：“我等着你！”说完，他就缓缓地站起身，推开柴门，缓缓地走向夜色中去了。

不是突然出现的变故，可能我们的家史就不会这么写，而且可能这个世界上就没有我。

艰难的日子慢慢过去了，情况慢慢地好了些，留在村里的老幼病残的幸存者们，突然得到了些救济粮，人们一家都能分到些红米，这样红颜色的米老人们还是第一次见到，不知是从哪里运来的。人们用这红米熬粥喝，终于有了进口的食物了。田地里慢慢也有了些收成了，走出饥荒，胜利在望啊！

周三虻为地质队出车，到省城去拖食物和地质队需要用的一些新仪器，他这一走就是五天。

就在周三虻离开村里这五天时间内，村里来了一场瘟疫，可怕的瘟疫。得病的人昏迷不醒，四肢麻木，不吃不喝，三两天后就蹬腿伸脖子完蛋。

灾难降临在我母亲头上了。先是我姥爷不吃不喝，两天后拉着我母亲的手说：“孩子啊，苦了你呀！黄家是没有指望了，你再莫等了啊，照顾好妞妞，跟着小周走吧，他是个好心肠的人。”

姥爷停顿了一会，又说，“黄家那伢为么事那年要让他走呢，这一走就是十来年呀！唉，走的时候还找我借了五块钢洋做路费呢，这钱就没还我们。黄燕明欠我的多啊……”

姥爷说完眼一瞪，就这么去了。

我母亲痛哭了一场，张罗安排姥爷的后事。然而，一个更大的打击使我母亲倒下了。妞妞也不吃不喝起来，怎么办？怎么办？妞妞是她的命是她的希望是她与黄燕明夫妻一场的遗物，妞妞是黄家最后的一条根啊！我母亲当时只觉得天旋地转，世界已经到了末日，她哭叫着，她挣扎着，她想寻求一根救命的稻草。

没有用。三个舅舅和大舅妈没有回来，周三虻出车没有回来，村里的老幼都自顾不暇。

我母亲一个妇道人家，她的眼里都哭出了血，她盼望着周三虻快点回来。她甚至失望了，她抱着昏迷的妞妞，娘两个就这样一起去吧！

周三虻出车回来了。周三虻手里提着好多礼物：为妞妞买的花裙子和生日蛋糕，为我母亲买的花衬衣，为姥爷买的两瓶酒。

周三虻推开茅屋门，呆了。周三虻到底是个男子汉，他放下东西，忙将卡车开来，把我母亲和妞妞塞进驾驶室，然后像疯子般地将卡车开得风快，向镇医院奔去。

镇医院救不了妞妞的命。我那只活了十一个年头的姐姐就这么走了，她到阴间去找她的爷爷奶奶姥姥姥爷去了。

舅舅和大舅妈他们终于回来了。周三虻带回来像疯子样的我母亲和妞妞的小尸体。

大家一起埋葬了姥爷和妞妞，这一老一小没有死于饥饿，却死于瘟疫。

周三虻一直守护着我母亲，失父失女使我母亲痛不欲生，她不想活了。周三虻守了她三天三夜。

地质队最后没有找到矿，只好撤离了。

我母亲终于跟着周三虻走了。

周三虻是我的父亲。我母亲跟周三虻走的时候，离她答应等黄燕明十年的日子还差九个月零三天。

八

有件事，一直是个谜。那就是我大舅妈在我母亲和父亲已经结婚，并且已经怀上了我之后，有一天告诉我母亲的一席话到底是真是假。按说，我老实憨厚的大舅妈是不会无缘无故地说假话的，她也不可能编出那套话来骗我母亲。要知道，就是因为这席话，使得我母亲心冷了，并且信上了菩萨，埋下了若干年后造成我父亲悲剧的引子。但是，这件事如果是真的，那又怎么解释呢？

事情大致是这样的。

那天是个好晴天，秋高气爽，万里无云，秋日下的田园平和宁静。土地在一场灾难之后，已经恢复了元气，田里的庄稼很好。人们熬过了苦难，迎来了安居乐业的光景。

那天，女人们躬着腰，腰上系着个大布袋。在绽满雪白花团的棉田里捡棉花，每人胸前的布袋里都塞满了洁白的棉花，像个怀着双胞胎的孕妇。

这时，在黄家大湾生产队棉田的路上，来了个干部模样的中年人，背个挂包，戴顶大草帽，手腕上还戴着块亮晃晃的手表。那人在棉田边停下来，向正在往路边大筐倒布袋里棉花的妇女打听事情。

那人问：“这是黄家大湾吗？”

妇女答：“是的！你家有么事？”

那人问：“黄燕明的媳妇刘翠翠在不在呀？”

妇女原来就是住在黄燕明家的隔壁，对黄家很熟悉，她愣了愣，还是回答道：“刘翠翠在呀！不过她已经回刘大庄娘家去了，后来又嫁给了地质队开车的司机！”

那人停了会，又问："那黄燕明家还有人吗？"

妇女答："没有人了！黄家闺女出嫁后得产褥风死了。黄燕明的爹娘也死了好多年了，是上吊死的。"

那人的脸暗了暗，叹了口气，就和妇女告辞，沿着棉田边的路走了。

那妇女回到棉田里，同伴们问："那男人刚才跟你说么悄悄话啦？"

那妇女笑骂了一回，就原原本本地把那干部模样的人问的话都学了一遍。临了说："怕是黄燕明回来了咧，派干部来打探。这不，翠翠嫁了人，老人死了，他就走了！"

黄燕明回来了，派人找家属的话就一下子传开了。我大舅妈听了后，找那妇女仔细问了问，那妇女又如实相告，并保证说没半点假话。

这时，地质队已经迁到另一个地方找矿，我母亲已经随着我父亲到了地质队，帮地质队做点临时工之类的事情。

刘大庄离地质队的新矿区不远。我大舅妈起了个大早，急匆匆地步行四十多里路赶到地质队，找到我母亲。我母亲肚子里正怀着我，而我父亲那天又不在家。

我大舅妈找到我母亲，就急急地把黄家大湾那妇女的话一五一十地说了一遍。我母亲听了，当时就脸色煞白，什么话也说不出来。

我母亲扳起指头算了算日期，那妇女碰到干部时，正好是我母亲答应等十年的期限的最后一天。还有什么话说呢，什么话也没说的了。我母亲好懊悔啊！在她心目中，黄燕明已经回到大陆来了，他没有死。说不定那天到棉花田边的那个人就是黄燕明，只是出去了十多年，回来时别人没有认出来罢了，要是她自己，准可以认出来，黄燕明找过她，找过他的父母，父母不在世了，她又改嫁了，所以黄燕明才走了，什么话也没留下来。留下话来又怎么样呢？即使黄燕明近在咫尺，现在她也没脸上前相认啊！我为什么改嫁？我为什么就不能再等这最后的九个月零三天？九年多都等了，就等不了几个月？我这个人算是完了，黄燕明对我多好！他一回来就找我，可我已经是别人家的媳妇了，黄燕明多么痛苦啊！我怎么办呢？周三虻对我也好，周三虻于我有恩的，我如今已经怀上了周三虻的孩子了，再过一个月就要生了。我就是现在离开周三虻去找燕明，燕明也不会要我了，我也没有脸面去啊！我怎么办？我怎么办啊？

不久，又发生了一件事，我母亲的精神开始崩溃了。

那天早上，她到早点铺去为我父亲和我买油条。油条买到了，卖油条的师傅顺手拿了半张旧报纸包了。我母亲托了油条回家，父亲吃完了早点上班，我吃完了早点上幼儿园。小舵那时还没有出生呢！

我母亲收拾饭桌，将那半张旧报纸拿起，准备扔到垃圾堆里去。

突然，她凭着她不高的文化，看到了那则惊心动魄的消息：弃暗投明，回归大陆，黄国明少校驾机起义！

我母亲的眼睛睁大了，顾不得收碗，又将那则消息仔细地读了一遍，虽然有许多的字不认识，但她还是读懂了。黄国明驾着飞机从台湾飞回来了。我母亲看了那朦胧的照片，越看越像，就是他，就是黄燕明！不过是把燕字改成了国字，可能是到台湾后改的名字吧！我母亲又看了那驾机归来的日期，天哪！正是那个干部模样的人到黄家大湾打听她消息的前二十天。啊，燕明呀燕明，你历尽千辛万苦地回来了，冒着生命危险回来了！你回来了，你的爹娘和妹妹都死了，你的妻子已经改嫁了！你是怎么样离开那一片棉田的啊？

当时我母亲捧着那半张满是油痕的旧报纸，只觉得头晕目眩，只觉天旋地转！大舅妈来说的事是千真万确的了，他回来了，报上登了，我母亲想哭一场，但欲哭无泪。她呆呆地坐着，望着那半张报纸，直到我从幼儿园回来扯她的衣角，找她要吃的，她才将半张报纸小心翼翼地折叠起来放好，心灰意冷地开始她的负罪人生，从此她的人生好沉重！

我母亲的心是冷了，彻底地冷了。

我父亲感到痛苦，但是无可奈何！

日子就这么一天天地过下去。父亲还是开他的车，母亲因为生了我之后，就不出外做临时工了。母亲待在家里一边抚养我，一边用缝纫机为某个小工厂轧口罩。父亲的工资不高，但其他补贴之类的比较多，那时物价也不高，加之我母亲做零工和会持家，我们家的日子过得不坏。

我要说，我母亲遇到我父亲这样的人，真是她的福气。可惜我母亲没有享受这种福气的命，她在自己折磨自己。

六年之后，我弟弟小舵出生了。

母亲对父亲的爱也在慢慢枯竭，在一天天地变冷，最后冷得使人只想打寒战。开始她还在尽一个妻子的责任。终于有一天，她连妻子的责任也难以尽到了。

自从那个春夜，我发现了父母之间的秘密之后，我才理解到，一个女人真难。我母亲不是成心为难我父亲的，她也想尽一个妻子的责任，但那样做，她觉得太痛苦，觉得罪孽太深了。因而她就不那样做，不尽一个妻子的责任，难为了我的父亲，她也痛苦。

我可怜的母亲，她陷在痛苦之中不能自拔，有谁能伸出手来救救她呢?

我母亲就寻找到了一个东西，那就是菩萨。

我可怜的父亲，面对日益冷淡的妻子，他曾经烦躁，曾经痛苦，最后仍然是无法可想。

父亲突然喝起酒来了，有菜喝，无菜也喝。有人陪着喝，无人陪着也喝。在这之前，父亲是不怎么喝酒的。后来父亲喝起酒来，能整瓶整瓶地喝。

母亲对父亲喝酒，似乎是持一种赞许的态度，每次有客人或同事来陪喝时，母亲总要想法多做几个菜，让他们喝个痛快。

有时母亲不在家时，父亲就不要菜一个人喝起来。每逢这种情况，父亲喝完后就悄悄流泪。父亲的哭，使我很害怕。我就赶快把母亲找回来。母亲回来后，就把父亲扶到床上休息，用脸盆打了热水，为父亲擦脸洗脚，照顾得小心翼翼的。

母亲不责备父亲喝酒。母亲是理解父亲的痛苦吗？还是让父亲喝酒以补偿某些东西呢！

但是父亲开车时是不喝酒的。

父亲不出车时，有时候晚上也不回来，母亲也不出去找，默默地照护我和弟弟小舵早些睡觉。

我说：“等父亲回来再睡！”

她说：“不用等了，父亲有事情，不回了！”

有几次，我看见父亲在黄晓娟阿姨家里，那时，黄晓娟的丈夫一般是不在家里，出差去了，或者回省城去办事了。

我母亲信起了菩萨。离地质队大院半里路远，有个小村叫龙应村，龙应村村头有座土地庙，土地庙里有个尺把长用木头疙瘩雕刻成的土地菩萨，每逢三六九，我母亲都要洗脸净身，挟着香烛黄表到土地庙前磕头烧香焚纸。我母亲那虔诚的心，可能打动了菩萨，她变得似乎比以前要轻松了些，有时对我们姐弟露些笑脸。现在分析起来，我母亲将心中的沉重作了部分转移，她乞求那个木头疙瘩的菩萨保佑她。

“文化大革命”开始了，红卫兵破四旧砸菩萨。龙应村的“革命者们”烧了土地庙，有个愣小子把那个木头疙瘩扔进一口水井里，我母亲的偶像投了水。

她烦躁不安，她闷闷不乐，她像失去了主心骨。初三初六初九十三十六十九二十三二十六二十九，我母亲没有菩萨敬了，她人瘦了一整圈。

终于，我母亲求我父亲帮帮她。父亲只好叹口气，在一个月黑风高的夜晚，陪母亲扛着一把捞鱼的网，找到了那口井。母亲提着马灯，父亲用捞网在土井里捞了半天，先是捞出了堆砖头瓦块，后来终于捞上了那块木头疙瘩菩萨。我母亲双腿跪下，用井水把菩萨擦洗干净，然后虔诚地抱回了家。

母亲住的屋子里。从此有了她虔敬的偶像，那个木头疙瘩菩萨，母亲供奉着它，朝它磕头烧香，求它免减她的罪愆。一直到后来，母亲又请回来一块灵牌。把灵牌与菩萨摆在一起，朝它们倾诉念叨，是母亲生活的重要内容。

母亲跪在菩萨和灵牌前，那是神圣的。那种时候，无论什么人都不能打扰她，我和父亲连走路都要把脚步放得轻轻的。这些年来，母亲下了多少跪？磕了多少头？烧了多少香烛纸钱？不可估算。母亲的面容从光滑跪到布满了皱纹，她的青丝在香火中变成了白发。

我的母亲，你解脱了多少呢？您心灵的负担为什么还不能完全去掉？对于你的皈依，菩萨应该给你奖赏，应该给你幸福！可是您什么都没得到．您得到的只是双膝上厚厚的茧子，那是跪的啊！

父亲走了，走到好远的地方，他要去十年啦！弟弟小舵走了，到外地读书去了，他来信对我说过，他已申请分配到边疆，不愿回这个小县来。母亲，小屋只剩下我们母女俩啦！

我一天天地了解我的母亲。我同情她，我理解她！我想我的父亲，我也同情他，理解他！对于弟弟小舵，我也似乎能理解的。

我的父亲母亲应该得到幸福，我和弟弟应该得到幸福！然而我们都没有得到。

九

我母亲的灵魂似乎找到了归属，她的归属是那块灵牌或木头疙瘩，是那虚无缥缈的上天，菩萨。我们说世界上不存在那个东西，但我母亲说那个东西是实实在在的，统治着她，指挥着她！她已经皈依了那个东西。

然而，我有个预感，迟早我们家会发生些什么！虽然现在什么都没有发生。

那天，天气是出奇的热，早晨起来，人的汗就不断流下来。这么热的天，办公室的同事无心办公，我随手翻着报纸。蓦地，《黄国明访问记》赫然出现在我的眼前。

《黄国明访问记》写了些生动事迹，我无心阅读，只在字里行间探索他的身世。

原来，黄国明是河北人，他老家那个村子叫中黄凹。他去台前家里只有父母，没有妻子。现在他的父母都还健在，和他住在一起。他是驾机起义回大陆后才结的婚。

放下报纸，我吁了口气，坐在电风扇前，迎着风，让风把我的衣裙吹得鼓鼓的，像飘起来一般。我就这么坐着，不动也不说话。

办公室本来就没有多少事情做。同事们有的溜到别的办公室混西瓜吃去，有的干脆来点个卯就转回家忙家务事。剩下的唯一的陈大姐，胖嘟嘟的，竟然趴在办公桌上打起呼噜来。

黄国明不是黄燕明，这是肯定的！我过去怎么没有怀疑过呢？怎么就听母亲的话，就以为那个黄国明就是黄燕明呢！我回去到底是告诉母亲还是不告诉母亲呢？

这是要好好地思考一下的。

我父亲的刑期，快满了，就要回来了。黄燕明如果还在的话，他也会从台湾回来的，他的父母他的妻子不是还在大陆嘛！

不管是父亲回来还是黄燕明回来，都没关系，我终于想透了，我心里平静极了。

我的母亲已经皈依！她不属于任何男人。

后记　怀念何锐

二〇一九年三月十五日，《山花》原主编何锐在贵阳去世。在得到消息的第一时间，我联系《山花》现任主编李寂荡，请他以我的名义在何锐的灵前送一个花圈，我从微信上给寂荡发了六十元作费用，寂荡帮我办了。当我看到写有“刘益善敬挽”字样的花圈摆在一堆花圈中的照片时，我的老泪纵横了。我在心里说：何锐兄，我远在千里的武汉给你送行，请走好！

我认识何锐整整四十年了。一九七九年，我在《山花》发表了一首诗，那时何锐刚好从贵州人民广播电台调到《山花》做诗歌编辑，我们第一次打交道。

一九八〇年四月，广西南宁召开了一次全国诗歌研讨会，这是一次可以记入当代诗歌史册的会议，到会的都是当时诗坛的大佬。我作为《长江文艺》的诗歌编辑被通知出席了研讨会，何锐也出席了这次会议，我们算是正式会面了。这次会上，与会者围绕由朦胧诗引发的中国新诗发展道路问题，展开了激烈的交锋。何锐在小组会上发言，中国社科院文学所的张炯先生听了后，临时安排何锐作大会发言。后来，何锐将发言稿整理成一篇论文，以《新诗要在自身基础上发展》为题，在一家大型刊物上发表。何锐其实是搞诗歌理论的，他出版过《画梦与释梦》《现代诗技巧与传达》等著作，发表过《诗歌中的隐喻结构及其功能》等文章。何锐后来就兼任了《山花》的理论编辑，不久便成为《山花》诗歌、理论组组长。据何锐自己讲，一位川大的老师应邀参加南宁诗会途经贵阳，何锐竟不假思索地毅然与这位老师结伴而行，成了南宁诗会的“不速之客”。会议主办者考虑到何锐毕竟是诗歌界的同行，破例让何锐参加了会议。那次南宁诗会，《长江文艺》因发表了熊召政的《请举起森林一般的手，制止！》而引起了不同凡响，我作为责任编辑在会上做了发言，我的发言被时任《文艺报》记者的高洪波拿到《文艺报》内刊发表。这是我与何锐第一次共同参加的会议。

何锐一九九四年在《山花》主编任上开始主持刊物改版，到他二〇〇九年退休，一共干了十五年，我一九九七年担任《长江文艺》的社长、主编，到二〇一二年退休，也是十五年。在我们都担任省级文学期刊主编任内，我们一起参加全国文学期刊主编的会议，有好多次。在这些会议上，我们的共同话题是省级文学期刊如何走出经济困境，提高刊物的品质和发行量。何锐谈他们如何与贵州的企业家研究会联合，企业家出钱，《山花》改版，做大做强的经验，令我们佩服得不得了。我从他那里学得了一些经验，争取了湖北一些企业家的支持，把刊物办下去。《山花》在何锐呕心沥血的努力下，从一本边远省份的文学杂志，走向了全国的文学名刊之列。何锐无疑是《山花》历史上一个最重要的主编。

当期刊主编的人，有一个共同的特点就是喜欢好稿，对作者如朋友，为了组织好稿，费尽气力，想尽办法，不达目的不罢休。

这么多年来，在《山花》上发表作品的作家，都和何锐成了好朋友。北京的野莽、湖南的聂鑫森、湖北的晓苏等人，我们碰到一起时，谈起何锐，就像谈自己的一个哥哥一样。

我在编辑之余写点作品，先是写诗，后来小说散文报告文学都写，何锐在《山花》上给我发过诗歌小说十二次，我的小说在他那里发过头条，也发过很后的位置。他看不中的作品，无论是谁写的，他都不发。我们曾在一起交换过意见，当主编的人，一定要把好人情关，否则刊物就会办不好，那就得不偿失。

何锐生前曾接受采访做过一次访谈，访谈文章题目为《以文学编辑为终身事业》。我和何锐都是做了一辈子文学编辑的人，他在文章中的一些见解，与我想的一样。我们都是把精力和光阴奉献给了文学。我们编出了好作品，我们帮助过的作者，后来成了著名作家，写出了更好的作品，我们高兴，就像是我们自己成功了一样。

如今何锐已经走了，我们活着的文学人还在继续搞文学。我们写作品的人，我们编文学的人，想起何锐，会在心里说：这是一个优秀的文学编辑，这是一个好人。

何锐兄，我们怀念你！

二〇一九年五月三日于武汉东湖